textprojekt.ch

Das Buch von der Geschichte, wie die Geschichte entstand.

Lesehilfe

Im Roman gibt es neben dem Ich-Erzähler Peter mit seiner Partnerin Anna auch eine Ich-Erzählerin. Annas Texte sind kursiv gedruckt.

Christoph Frommherz

Gabun retour

textprojekt.ch

© 2019 Verlag textprojekt.ch

Titelbild: Anna Frommherz

Lektorat: Yannick Frommherz

Herstellung und Druck: tredition GmbH, Halenreie 40-44, 22359 Hamburg

ISBN Paperback: 978-3-9525093-0-2

ISBN Hardcover: 978-3-9525093-1-9

ISBN E-Book: 978-3-9525093-2-6

www.textprojekt.ch

Mavas Flucht

Mava, der Name tut hier nichts zur Sache, konnte es nicht fassen. Nie hätte sie an so etwas gedacht. Nun war sie mittendrin und auf der Flucht. Bis vor Kurzem lebte sie in ihrem Heimatland Gabun in wohlhabenden Verhältnissen. Dank ihrem Vater hatte sie direkten Zugang zum Präsidenten des Landes und ihre Ansichten wurden von ihm immer geschätzt. In der Zwischenzeit konnte sie die vielen Menschen besser verstehen, die zurzeit in Afrika, im Nahen-Osten und an den Rändern Europas ihr Schicksal teilten. Ihre Flucht war zwar nichts anderes als eine komfortable Reise nach Frankreich; es blieb aber zu befürchten, dass ihre Widersacher ihr folgten.

Als unabhängige Person hatte sie es sich erlaubt, dem Präsidenten gegenüber auch kritische Dinge zu sagen. Und in ihrem Land war bei weitem nicht alles zum Besten bestellt. Umweltverschmutzung war allgegenwärtig und Korruption war an der Tagesordnung und bei etwas geübtem Blick unschwer zu erkennen. Die viel gerühmte Demokratie bestand auch nur auf dem Papier. Eine intakte Umwelt war ihr ein grosses Anliegen, das oft mit Füssen getreten wurde. Natürlich wusste sie, dass ihre Nachforschungen nicht allen Leuten im Lande passen würden; doch ihr Gerechtigkeitssinn liess nichts Anderes zu. Ermuntert vom Präsidenten fühlte sie sich dazu ermächtigt und glaubte sich in Sicherheit. Wie man sich täuschen kann. Obwohl die Recherchen und Absprachen mit dem Präsidenten nur in absoluter Diskretion erfolgt waren, hatte offenbar jemand Wind davon bekommen.

Heute Morgen, sie war gerade im Arbeitszimmer mit Mail-Korrespondenz beschäftigt, meldete ihre Bedienstete einen Kurier des Präsidenten. Das war ungewöhnlich. Noch ungewöhnlicher war die Nachricht, die er im verschlossenen Couvert überbrachte:

„Verlassen Sie umgehend das Land. Ein Komplott ist gegen ihre Person geplant. Hinterlassen Sie keine Spuren!" Stand da geschrieben, mehr nicht.

Der Kurier drängte zur Eile. Er gab ihr einen zweiten Umschlag, den sie hastig öffnete. Darin fand sie ein Flugticket, sämtliche nötigen Reisedokumente sowie eine Kreditkarte. Zeit zum Überdenken dieser völlig neuen Situation hatte sie keine. Sie packte die nötigsten Kleider und Schuhe ein. Anschliessend jagte sie mit dem Rollkoffer im Schlepptau durch ihr weitläufiges Haus und sammelte sämtliche unentbehrlichen Reiseutensilien ein: Das Beauty Case, das Necessaire, ein Bild von ihrer Familie, ihr iPad, einige Snacks für unterwegs, den Pass und einige wichtige Dokumente, u.a. belastendes Material, das sie bei ihren Recherchen gesammelt hatte. Die Dokumente entnahm sie dem Safe und legte sie ins Geheimfach des Rollkoffers. Weitere Zeit blieb keine mehr. Draussen wartete der Kurier bei der Limousine. Sie konnte sich nicht einmal von den Bediensteten verabschieden. Kaum hatte sie im Fonds des Wagens Platz genommen, gab der Chauffeur kräftig Gas. Mava wurde ins Polster ihres Sitzes gedrückt und vernahm gleichzeitig einen lauten Knall. Im Rückspiegel sah sie ihr Haus in Flammen aufgehen. Ein einziger Gedanke jagte durch ihr Hirn: Spuren hast du keine hinterlassen. Erst dann machte sie sich Sorgen um ihre Bediensteten.

Die Limousine brachte sie auf direktem Weg zum Flugplatz. Der Chauffeur lenkte den schweren Wagen durch die üblicherweise geschlossene Schranke am Rande des Flugfeldes direkt auf die Rollbahn, wo die Maschine von Air Gabun startklar wartete. Hier bremste er abrupt. Der Kurier öffnete die Wagentüre und wünschte ihr einen guten Flug. Eine Hostess nahm Mava in Empfang und geleitete sie an ihren Platz in der VIP-Lounge. „Fasten your seatbelts", tönte es aus der Lautsprecheranlage und das Flugzeug hob ab.

Wie gelähmt sass Mava an ihrem Platz. Die Hostess musste sie mindestens dreimal ansprechen, um ihren Getränkewunsch zu erfahren. Schliesslich erwiderte sie mit zittriger Stimme:

„Bringen sie mir einen Martini."

Das Getränk tat ihr gut. Allmählich begann das Hirn wieder zu arbeiten und ihre Gedanken wurden klar. Wer steckte hinter diesem Komplott? Wer wollte sie weghaben? Kandidaten dafür gab es einige. Warum konnte sie der Präsident nur warnen und nicht beschützen? War er so schwach? Oder war diese Geschichte von ihm womöglich selber inszeniert? Weil sie für ihn hätte gefährlich werden können. Ihre Loyalität zum Präsidenten verbot es ihr, diesen Gedanken zu Ende zu denken. Selbst wenn er ihr noch so plausibel erschienen wäre. Oder war der Brand im Haus ein ganz banaler Kurzschluss? Das kam nicht selten vor. Diese Gedanken marterten sie so sehr, dass sie in ihrer Handtasche nach einer Schlaftablette kramte. Nur noch vergessen wollte sie. Die Schlaftablette wirkte jedoch nicht wirklich.

Im Dämmerschlaf huschten die Bilder der vergangenen Stunden in Zeitlupe an ihr vorbei. Sie mischten sich mit Erinnerung an eine unbeschwerte Kinder- und Jugendzeit. Wiederholt sah sie den stolzen Blick ihrer Eltern auf sich ruhen. Ihre Tochter war für sie etwas Besonderes. Obwohl ihre Eltern nicht zur Elite des Landes gehörten, standen Mava dank guter Bildung und ihrer kommunikativen Fähigkeiten standen Mava grosse Türen offen. Als junge Erwachsene machte sie allmählich Bekanntschaft mit den Schattenseiten des Lebens in ihrer Heimat. Zunächst lernte sie einflussreiche Menschen kennen, bei denen sie spürte, dass sie nicht ehrlich waren;

danach ihre Gründe dafür. Schliesslich, dass diese Menschen keine Einzelmasken waren, sondern in einem korrupten Netz verbunden die Gesellschaft durchdrangen und beherrschten. Dieses Netz schnürte zusehends auch ihre eigene Lebenskraft ab: Bis zu diesem heftigen Knall, welcher ihre bisherige Existenz in Schutt und Asche legte. Bei diesem Knall und der anschliessenden Feuersbrunst blieb der Film hängen; die Szene wiederholte sich gefühlte tausend Mal. Erst die Ankündigung der Landung in Paris erlöste Mava aus diesem Albtraum:

„Close your tray table, open the window blinds and bring your seat in an upright position".

Schlagartig wurde Mava bewusst, dass nichts mehr sein würde, wie es einmal war. Sie fühlte sich aus dem Paradies verstossen und wusste, dass sie nun kämpfen musste. Um ihre Existenz, aber auch, damit dieses korrupte Netz für eine breite Öffentlichkeit sichtbar wurde. Auf dem Nachbarsitz bemerkte sie ihren Rollkoffer, welcher interessanterweise nicht im Gepäckraum mitgeflogen war. Er erinnerte sie an die belastenden Dokumente, die sie in allerletzter Sekunde eingepackt hatte. In Paris würden sich bestimmt Menschen finden lassen, die diese Dokumente auf geeignete Weise veröffentlichen konnten. Zuerst musste sie sich allerdings um die sogenannt kleinen Dinge des Lebens kümmern. Mava stutzte, als sie merkte, dass diese Dinge für viele Menschen auf der Welt alles andere als selbstverständlich waren. Insbesondere Flüchtlinge wie sie konnten davon nur träumen. Aber auch in dieser Beziehung war sie äusserst privilegiert. In Paris lebte ihre Schwester mit ihrer Familie.

Dieselbe Hostess begleitete Mava nach der Landung hinunter zur Rollbahn. Dort erwartete sie ein Angestellter des Flughafens. Er führte sie auf direktem Weg durch den Flughafenkomplex zum Taxistand, wo eine Limousine mit getönten Scheiben bereits wartete. Der Angestellte nannte dem Chauffeur eine Adresse. Sie gehörte offensichtlich zu einem Hotel. Eigentlich wollte Mava direkt zu ihrer Schwester fahren. Doch dies wäre kaum die beste Idee gewesen, kam es ihr auf der Fahrt in den Sinn. Denn sie musste äusserste Vorsicht walten lassen. Auf gar keinen Fall wollte sie ihre Schwester und Familie in Gefahr bringen. Zunächst ein paar Tage im Hotel waren da genau das Richtige. Sie musste ohnehin zur Ruhe kommen. Ausserdem nahm sie sich vor, ihre Umgebung genau zu beobachten. Erst wenn sie sicher war, dass sie nicht verfolgt wurde, konnte sie es wagen, ihre Schwester aufzusuchen. Das Hotel war von aussen gesehen eher bescheiden.

Der Mann an der Rezeption, ein älterer Herr, begrüsste sie freundlich und war sehr zuvorkommend. Mava schöpfte frischen Mut. Er nahm ihr den Koffer ab und begleitete sie gleich persönlich auf ihr Zimmer. Sie nahmen den Lift in den vierten Stock, gingen den Gang entlang bis zum einzigen Zimmer, das nicht nummeriert war.

„Diskretion ist alles", meinte der Rezeptionist und schloss die Türe auf. „Voilà, unser bestes Zimmer. Fühlen Sie sich wie zuhause, solange es Ihnen passt!"

Mava schaute ihn mit fragendem Blick an.

„Unsere Suite ist für Sie auf unbestimmte Zeit reserviert", meinte er lakonisch. „Wenn Sie einen Wunsch haben, wenden Sie sich vertrauensvoll an mich."

„Wie heisst das WiFi Passwort?", rutschte es wie selbstverständlich aus Mava heraus.

„Wohin denken Sie Madame, wir sind im 21. Jahrhundert und alle unsere Zimmer verfügen über einen ultraschnellen Breitbandanschluss", beruhigte sie der ältere Herr, dann empfahl er sich.

Mava trat ein. Die Suite war ein geräumiges Zimmer, stilvoll eingerichtet, mit eigener Dusche und WC. Mava liess sich auf das Bett

fallen. Über sich entdeckte sie eine beeindruckende Gebirgsland-
schaft, die in den französischen Alpen gemalt worden sein musste.
Vom Abendlicht rosa beschienene Gletscher und Berggipfel schauten auf sie herunter. Sie stiegen aus dem bereits dunklen Tal empor.
Noch nie hatte sie solch mächtige Berge erlebt. Schnee kannte sie
nur vom Hörensagen. Der Anblick faszinierte sie. Der Künstler
musste ein Meister seines Faches gewesen sein. Er hatte es verstanden, mit Farbe, Licht und Schatten in unterschiedlichen Intensitä-
ten auf der flachen Leinwand eine starke räumliche Wirkung zu erzielen. Eine Landschaft, die so anders war, wie jene, die sie bisher
kannte. Hier wollte Mava hin. Vielleicht hatte ihr erzwungenes Exil
auch seine guten Seiten. Zunächst hatte sie allerdings anderes zu
tun. Aber auch das musste warten. Mava gähnte. Erschöpft machte
sie nun beide Augen wirklich zu und viel in einen tiefen Schlaf. Er
dauerte bis in den kommenden Morgen hinein. Gegen acht Uhr
drang ein erster Sonnenstrahl in ihr Zimmer und kitzelte sie aus
dem Schlaf. Sie öffnete ihre Augen und tastete die fremde Umgebung ab. Als sie wieder beim Bild angelangt war, fühlte sie sich bereits ein wenig zuhause. Hunger machte sich bemerkbar. Sie ging
ins Badezimmer, nahm eine Dusche, zog frische Kleider an und
machte sich auf den Weg zum Speisesaal.

Als sie die Zimmertüre schliessen wollte, blieb ihr Blick am ge-
öffneten Rollkoffer hängen. Die Dokumente mit dem belastenden

Material würde sie wohl besser nicht im Zimmer aufbewahren. Sie öffnete das Geheimfach und brachte das Couvert zur Rezeption.

Anstelle des älteren Herrn versah nun ein jüngerer Herr seinen Dienst. Ohne nach dem Inhalt zu fragen, nahm er das Couvert in Empfang und verschloss es im Safe.

Das reichhaltige Buffet kam Mavas grossem Hunger sehr entgegen. Den Teller füllte sie gleich mehrmals mit Früchten, Croissants, Weichkäse, Wurstwaren, Butter und Konfitüre. Den Kaffee trank sie schwarz. Jetzt musste sie wach sein und einen klaren Kopf haben. Denn sie hatte wichtige Entscheidungen zu treffen. Als sie satt war, lehnte sie sich in den Stuhl zurück und liess die Geschehnisse des vergangenen Tages Revue passieren.

Die gleiche Frage stellte sich von Neuem ein: Wer wollte sie weghaben? Der Präsident konnte es kaum sein. Ihre Loyalität ihm gegenüber war unbestritten. Auch hatte er nie etwas dergleichen verlauten lassen. Einzig ihre Flucht machte sie stutzig. Eigentlich musste sie von langer Hand vorbereitet worden sein, so reibungslos wie sie verlief. Die ganze Geschichte blieb rätselhaft.

Zur Ablenkung nahm sie eine der Zeitungen, welche für die Gäste abonniert wurden und blätterte ziellos in ihr herum. Über Gabun fand sie selbstverständlich keinen Beitrag. So wichtig war ihr Land nun auch wieder nicht. Dafür blieb sie am Impressum der

Zeitung hängen. Hier entnahm sie die Kontaktdaten der Redaktion und notierte sie auf einem Blatt Papier. Mit den übrigen Zeitungen und Zeitschriften verfuhr sie auf dieselbe Weise. Nirgendwo stand etwas über Gabun geschrieben. Ihr Land schien in den heutigen Ausgaben der französischen Presse nicht existent zu sein. Dafür hatte sie nun eine ganze Adressliste von Personen, die Mava bei ihrer Mission helfen konnten. Als nächstes musste ein neues Handy her. Mit ihrer bisherigen Nummer wollte sie auf gar keinen Fall die Kontakte zu diesen Redaktionen herstellen.

Sie erkundigte sich an der Rezeption nach einem Handyshop. Zudem wollte sie sich die Haare schneiden lassen und benötigte neue Kleider. Der junge Mann an der Rezeption nahm mit einem verschmitzten Lächeln einen Pariser Stadtplan hervor und markierte die empfehlenswerten Geschäfte im Umfeld des Hotels mit Grossbuchstaben.

Nicht unsympathisch, dachte Mava, als sie die Erläuterungen des Rezeptionisten entgegennahm. „H" bedeutete Handyshop, „B" Boutique, „C" Coiffeur. Die meisten dieser Geschäfte waren in Gehdistanz zu erreichen.

Bewegung tat gut. Sie verband die Geschäfte mit einer sinnvollen Route und machte sich auf den Weg. Zum Glück hatte sie genügend Bargeld mitgenommen. Die Kreditkarte gedachte sie nur im Notfall zu benutzen. Mit Hilfe der Datenspur würde es ein Leichtes sein, ihren Aufenthaltsort zu bestimmen.

Im Laufe dieses Tages veränderte Mava ihr Äusseres Schritt für Schritt. Im vorletzten Laden kaufte sie sich verschiedene Hüte und im letzten Laden drei Sonnenbrillen. Je nachdem konnte sie nun durch runde, eckige oder ovale Gläser in die Welt blicken. Am Abend, als sie sich im Brillengeschäft im Spiegel betrachtete, fragte sie sich, ob diese markante äusserliche Veränderung auch Spuren in ihrem Inneren hinterlassen würde.

Der Rezeptionist, es war wieder der ältere Herr, war auf jeden Fall sichtlich irritiert bevor er vorsichtig, aber charmant fragte: „Sind Sie es oder sind Sie es nicht; die Dame aus der Suite im 4. Stock?"

Mava nickte, lächelte als Zeichen der Komplizenschaft und bekam den Schlüssel ausgehändigt. Im Zimmer ordnete sie ihre Errungenschaften. Dann bediente sie sich an der Zimmerbar und ass das Sandwich, das sie in einem Take-away auf dem Rückweg zum Hotel erstanden hatte. Müde kleidete sie sich um, besorgte die Toilette, stieg ins Bett, von wo aus sie noch etwas fernsehen wollte. Es dauerte nicht lange und sie schlief vor dem laufenden Bildschirm ein. Irgendwann in der Nacht musste sie ihn ausgeschaltet haben.

Am folgenden Tag wiederholte sich am Morgenbuffet das gleiche Spiel. Mava füllte Teller um Teller von den angebotenen Köstlichkeiten. Nach dem Essen fühlte sie sich träge und schlaff. Eigentlich beabsichtigte sie nun die Kontakte zu den Zeitungsredaktionen herzustellen. Daraus wurde vorerst nichts. Zurück auf dem Zimmer hatte sie plötzlich Sehnsucht nach der Schwester. Allen Vorsichtsmassnahmen zum Trotz wollte Mava sie anrufen. Es stellte sich nur noch die Frage, welches Handy sie benutzen sollte. Mava entschied sich für das alte Handy. Diese Nummer kannte ihre Schwester bereits. Das konnte helfen. Bereits der erste Versuch war erfolgreich.

Mavas Schwester Amélie war perplex, als sie ihre Schwester hörte. Sie konnte es kaum fassen. Von der Polizei war ihr nämlich mitgeteilt worden, dass sie bei einem Brand im eigenen Haus ums Leben gekommen sei. Als Ursache wurde ein Kurzschluss vermutet.

Mava war sprachlos, als sie dies vernahm. Mindestens eine gefühlte, halbe Ewigkeit wartete die Schwester auf ihre gestammelte Antwort: „Ich lebe aber noch und bin in Paris. Kann ich zu dir kommen?"

„Natürlich kannst du das, wann immer du willst. Ich bin zuhause und freue mich riesig, dich lebend zu sehen."

„Du darfst aber nicht erschrecken. Ich habe mich äusserlich stark verändert, da mich niemand erkennen darf."

„Nur keine Angst, du bist und bleibst meine Schwester."

Es verging keine Stunde, bis Mava vor dem Hauseingang zur Wohnung ihrer Schwester stand. Sie ging allerdings nicht direkt hinein, sondern umrundete den Häuserblock. Dabei prüfte sie so unauffällig wie möglich, ob ihr jemand folgte. Soviel Vorsicht musste trotzdem sein. Nach zwei Umrundungen fühlte sie sich sicher genug, klingelte bei ihrer Schwester und wartete gespannt auf ihre Stimme in der Gegensprechanlage. Stattdessen knackte der Türöffner. Sie öffnete schnell die Türe und trat in den Flur. Vier Stockwerke musste sie hochsteigen, dann lagen sich die beiden Schwestern in den Armen.

Erst jetzt konnte Amelie ihr Glück wirklich fassen. Beide weinten hemmungslos. Waren die vergangenen Tage für Mava turbulent gewesen, so waren sie für Amelie nur schrecklich. Und jetzt dieses Happyend. Mava drängte in die Wohnung.

„Komm wir gehen in die Küche, ich habe Kaffee zubereitet", schlug Amelie vor.

Mava liebte die gemütliche Wohnküche von Amelies Wohnung. Sie nahm am gedeckten Tisch Platz und Amelie goss den Kaffee aus dem Thermoskrug in die vorbereiteten Tassen.

„Leonie ist im Kindergarten. Wir können uns ungestört unterhalten", meinte Amelie und setzte sich.

Nun berichtete Mava die Geschehnisse der vergangenen Tage in allen Einzelheiten. Amelie hörte staunend zu.

„Du hast dich äusserlich wirklich stark verändert", bestätigte sie ihre Schwester.

„Ich bin ja so froh, dass ich bei dir bin."

„Hast du eine Ahnung, wer dir was anhaben will?"

„Diese Frage habe ich mir auch wiederholt gestellt und keine überzeugende Antwort gefunden."

„Wenn du mich fragst, hat das der Präsident zu deinem Schutz, zu seinem oder zum Schutz von euch beiden arrangiert. Deine Gegner hätten das Feuer gelegt, um dich zu töten", war Amelie überzeugt.

„Vielleicht sollte es eine Warnung sein".

„Nein, nein, das war der Präsident."

„Wie dem auch sei."

„Was machst du nun?"

„Ich konnte einige belastende Dokumente mitnehmen. Diese möchte ich französischen Zeitungen zuspielen."

„Mach das bloss nicht!"

„Wieso nicht?"

„Die französischen Zeitungen berichten praktisch gar nicht über Gabun und wenn, dann nur über unverfängliche Dinge. Alles andere ist zu heiss und könnte der Staatsräson widersprechen."

„Ich muss doch diese Schweinereien in meinem Land an die Öffentlichkeit bringen. Das bin ich ihm schuldig."

„Wenn du Öffentlichkeit erzielen möchtest, musst du mindestens mit dem Aussenminister ins Bett, alles andere verpufft in diesem Land ohne Wirkung."

„Ist das wirklich so?"

„Du kannst es versuchen. Ich gebe dir allerdings keine grossen Chancen. Ausserdem solltest du dich nicht unnötig in Gefahr bringen."

Mava nippte nachdenklich an ihrem Kaffee. „Was soll ich denn tun?"

„Das ist eine gute Frage." Amelie überlegte: „Von meiner Übersetzungsarbeit her kenne ich einige Verlagshäuser in Belgien und der Schweiz. In diesen Ländern spricht man auch Französisch."

„Du meinst, die können mir helfen?"

„Diese werden dir sicher eher helfen als die französischen Zeitungen."

Amelie goss Kaffee nach und Mava überdachte das Gesagte.

„Diese Geschichte ist einfach schrecklich."

„Sei doch froh, dass du noch am Leben bist!"

„Da hast du allerdings Recht." Nun war es an der Zeit, das Thema zu wechseln. „Wie geht es Pierre?"

„Was soll ich sagen? Er ist dauernd auf Montage unterwegs und selten zuhause."

Da frage ich mal besser nicht weiter, dachte Mava und Amelie war froh, dass ihre Schwester sich mit dieser Antwort zufriedengab. Unter anderen Umständen hätten die beiden noch lange weiter getratscht, doch Mava drängte zum Aufbruch. Sie wollte möglichst bald eine Redaktion finden, die ihr helfen konnte. Beim Abschied gab ihr Amelie die nötigen Adressen. Mava versprach, sich regelmässig zu melden.

Die Geschichte nimmt ihren Anfang

Nichtsahnend sass ich allein im grossen Aufenthaltsraum der Jugendherberge und betrachtete das leere Blatt Papier vor mir. Allerlei Gedanken gingen mir durch den Kopf, nur nichts, was ich auf das Blatt bringen konnte.

Genau vor zehn Tagen hatte mich der Verleger meines ersten Buches angerufen und mich gebeten, zu ihm ins Büro zu kommen. Er hätte wichtige Dinge mit mir zu besprechen. Nanu, dachte ich, das sind ja ganz neue Sitten: Bis anhin pflegte vor allem Anna, meine Frau, die Kontakte zum Verlag. Ich vereinbarte mit ihm einen Termin für den nächsten Vormittag um zehn Uhr. Als ich Anna davon berichtete, meinte sie lakonisch:

„Vielleicht will er ein zweites Buch von dir."

„Dass ich nicht lache, soweit wird es noch kommen!", erwiderte ich vollen Ernstes, „woher sollte ich mir die Zeit nehmen?"

„Das wäre wirklich ein Problem, aber hingehen musst du auf jeden Fall, man weiss ja nie."

„Natürlich gehe ich hin! Sehr wahrscheinlich möchte er, dass ich eine Lesung halte, damit das Geschäft ein wenig angekurbelt wird."

Am kommenden Vormittag, das heisst vor neun Tagen, radelte ich in die Stadt und fand mich pünktlich um 10.00 Uhr beim Verlagshaus ein. Von der rege befahrenen Strasse gelangte man durch die Toreinfahrt in einen Hinterhof. Wer nur die Strassen und Fassaden der Häuser kennt, verpasst die halbe Stadt, ging es mir durch den Kopf. Zahlreiche Gewerbebauten, die dem Verlag als Büroräumlichkeiten für die Druckerei und Spedition dienten, waren hier ineinander verschachtelt angeordnet.

Ich stellte mein Fahrrad beim Haupteingang ab und betrat den Empfang. Frau Mangold meldete mich beim Verlagsleiter und wies mich an, im Sitzungszimmer Platz zu nehmen.

„Möchten Sie einen Kaffee? Der Chef kommt gleich.“

„Gerne.“

Ich schaute mich im Raum um, welcher bis auf einige Kunstwerke ziemlich nüchtern eingerichtet war. Frau Mangold brachte den Kaffee und meinte, der Chef würde jeden Moment erscheinen. Tatsächlich, nach wenigen Augenblicken erschien Herr Baldur und bat mich ihm zu folgen.

„Nehmen Sie doch den Kaffee mit, ich möchte diese Unterredung in meinem Büro führen.“

Wir durchquerten den Hof, nahmen den Eingang zur Druckerei und stiegen das Treppenhaus hoch in den zweiten Stock, wo sich das Büro befand. Dort angelangt, eröffnete er mir die Verkaufszahlen meines ersten Romans:

„Lieber Herr Lipp", meinte er, „ihr Roman ist zwar kein Renner, doch immerhin ein Dauerläufer, was für ein Erstlingswerk gar kein schlechtes Zeichen ist."

„Das freut mich", erwiderte ich und Baldur fuhr fort:

„Sie haben doch sicher Ideen für einen weiteren Roman", überraschte er mich trotz meiner Vorbereitung.

Ich war ziemlich perplex und musste zunächst kurz durchatmen, bevor ich ihm meine Situation erklären konnte. Doch was tat ich: Anstatt ihm zu erläutern, dass es nicht an Ideen mangelte, sondern vielmehr an Zeit, weil mit dem Studium, der Familie und dem Nebenerwerb als Journalisten das Zeitbudget bereits mehr als strapaziert war, meinte ich lediglich:

„Na klar, an Ideen soll es nicht mangeln."

„Dann gilt es ernst!", meinte er, „Sie müssen unbedingt innert nützlicher Frist ihrem Erstlingswerk einen zweiten Roman von gleicher Qualität folgen lassen. Ich bin überzeugt, Sie haben das nötige Zeugs zum Schriftsteller. Der Verlag wird sich freuen, auch diesen Roman veröffentlichen zu dürfen."

Peng, ich war von dieser Ankündigung beinahe erschossen und stammelte so etwas wie meinen Dank für das in mich gesetzte Vertrauen. Erklärte ihm, dass ich mir das Thema übernächste Woche in unserem Kurzurlaub in Rotschuo überlegen würde und erkundigte mich noch, was denn eigentlich eine nützliche Frist wäre.

Baldur meinte: „Acht Monate dürften ein adäquater Zeithorizont sein. Am besten Sie machen mir ein kurzes Konzept auf einer Seite, sobald Sie wissen, über was Sie schreiben."

Nun war die Unterredung bereits beendet und Baldur geleitete mich zum Empfang zurück, wünschte mir alles Gute und bat mich, Anna zu grüssen.

Nachdenklich trat ich den Heimweg an. Jeder andere Autor wäre an meiner Stelle im siebten Himmel, nur ich machte mir Sorgen. Wie sollte ich neben all meinen Verpflichtungen und der journalistischen Arbeit, die mir wichtig erschien, noch einen zweiten Roman fabrizieren?

Draussen war trübes Wetter. Die umliegenden Berge waren wolkenverhangen. Nur wenige Schiffe kreuzten auf dem See. So hatte ich mir unseren Aufenthalt in Rotschuo nicht vorgestellt. Gestern waren wir von Luzern her mit dem Schiff gekommen. Und heute dieses Wetter.

Wenigstens hatte ich Zeit zum Schreiben oder schlimmer gesagt, um meine Schreibblockade zu kultivieren. Denn sonderlich weit war ich noch nicht gekommen. 100 Themen hatte ich bereits erwogen und allesamt verworfen. Wie bei allen meinen Schreibprojekten war der Anfang unheimlich schwierig und aufreibend zugleich. Beim Schreiben bin ich immer wieder von neuem Anfänger, dachte ich. Der befreiende Gedanke wollte und wollte nicht kommen. Nur diffuse Ideen hatten sich bisher ergeben. Ideen, die ebenso schnell verschwanden, wie sie gekommen waren und keinerlei Spuren hinterliessen. Meine Gedankenwelt glich einer luftigen Berghütte bei Durchzug. Dabei wären die Bedingungen optimal gewesen: sämtliche störenden Faktoren waren eliminiert. Anna war mit unserem Sohn Michael beim Einkaufsbummel in Schwyz. Mein Aufenthaltsort war ruhig gelegen, frei von Ablenkung, und das Wetter liess ohnehin nichts Anderes zu (und hielt erst noch weitere potenziell störende Gäste ab). Nur die Inspiration stellte sich nicht ein. Dafür wurden die Zweifel an der Unzulänglichkeit des eigenen Schreibens kräftig genährt. Bereits schlürfte ich den vierten Espresso und sollte eigentlich wirklich wach sein, spürte jedoch nichts davon. Ich ging an die frische Luft und hoffte, dass sie mir guttun würde.

Die Jugendherberge lag unmittelbar am See. Normalerweise würde ich jeden Tag mindestens zweimal ins Wasser steigen, doch bei diesem trüben Wetter machte nicht einmal Baden Freude. So ging ich dem Ufer entlang von einem Ende der Anlage zum anderen und beobachtete die Möwen über dem See. Ihre Leichtigkeit möchte ich gerne haben, dachte ich, mich mit ihr über meine Blockade hinwegsetzen, um in einem steten Gedankenfluss zu wassern, der meine Geschichte trägt und spannend weiter treibt von einem Wendepunkt zum nächsten.

Wow! Dieser Satz gefiel mir! Ich notierte ihn in mein Büchlein für geistige Einfälle, das ich stets bei mir trug. Aller Anfang ist schwer, dachte ich, deine Geschichte hast du zwar noch nicht gefunden, aber immerhin war die Ausbeute des heutigen Tages nicht mehr gleich null. Etwas zufriedener setzte ich mich auf den betonierten Steg, zog Schuhe und Socken aus und hielt wenigstens die Füsse ins Wasser. Ziemlich kühl für diese Jahreszeit, doch zum Baden würde es knapp reichen.

Anna hatte zu meiner Motivation noch gesagt: „Du musst nur mit Schreiben beginnen, dann läuft es wie von selbst." Mit ihren

Ratschlägen hatte sie bis jetzt immer Recht und ich hoffte, dass dieses Mal nicht die berühmte Ausnahme war, welche die Regel bestätigte.

Ich streckte den Fuss nochmals ins Wasser und beschloss doch ein Bad zu nehmen. Auch wenn das Bad kalt war, würde es mich erfrischen und noch besser, es würde bestimmt meine Stimmung aufhellen.

Unser Zimmer lag ebenerdig mit direktem Ausgang zum Rasenstreifen, der gleichzeitig das Ufer bildete. Das war für Wasserratten wie mich äusserst praktisch. Schnell zog ich die Badehosen an und stieg beim betonierten Steg ins Wasser. Lange wollte ich nicht im Wasser bleiben, um mich nicht zu unterkühlen. Einige Schwimmzüge mussten es trotzdem sein. Kaum im Wasser, staunte ich, wie schnell ich mich an die kalte Temperatur gewöhnte. Nur der erste Kontakt hatte Überwindung gekostet. Aus den wenigen Schwimmzügen wurden etwas mehr und das Wasser tat seine Wirkung. Wie neu geboren stieg ich aus dem See, wickelte mich in das Badetuch ein, setzte mich im Lotussitz hin, um noch etwas Zeit kontemplativ am See zu verbringen.

„Hallo Papa!" Ausgerechnet jetzt kamen Michael und Anna von ihrem Ausflug zurück. Michael wusste allerhand zu berichten und

Anna gönnte sich an meiner Stelle etwas Ruhe. Zum Schluss erzählte er von einer schwarzen Frau, die sie auf der Heimfahrt kennen gelernt hatten. Sie logierte offenbar ebenfalls in der Jugendherberge. Die Zeit verging wie im Flug und bald war es Zeit für das Abendessen.

Für einmal kochten wir nicht selber, sondern liessen uns von der Küchencrew verwöhnen. Das strapazierte zwar unser Budget, musste aber von Zeit zu Zeit auch sein. Nur wenige Gäste waren ausser uns anwesend. Eine Familie mit zwei Kindern, zwei befreundete Paare und eben diese Frau, die wohl aus Afrika stammte.

Anna lud sie zu uns an den Tisch ein. Sie nahm die Einladung gerne an und stellte sich mit R. vor. R. überraschte mich mit einem klaren, gewinnenden Blick aus schönen, geheimnisvollen Augen, den ich etwas verlegen zu erwidern versuchte.

R. stammte aus Gabun und lebte zurzeit in Frankreich. Von dort aus besuchte sie verschiedene europäische Städte unter anderem auch Genf.

Während Anna mit R. vorwiegend Englisch sprach, versuchte ich mit meinen Französisch-Kenntnissen zu brillieren. Da ich Touristen wie sie eher auf dem Jungfrau-Joch oder in Zermatt erwartete, fragte ich sie, wieso sie ausgerechnet nach Rotschuo gekommen sei.

„Das hat sich so ergeben", meinte R. „Eigentlich beabsichtigte ich die grösseren Städte Europas zu besuchen, bin aber nur bis nach Genf gekommen", erklärte sie. „In Genf haben mir nette Leute die Jugendherberge von Rotschuo empfohlen."

„Und dass bei diesem Wetter", wandte ich ein.

„Ça ne fait rien, les montagnes sont toujours magnifiques", korrigierte sie mich umgehend. „Von Genf aus habe ich den Zug nach Montreux und von dort über Gstaad an den Thunersee bis nach Interlaken genommen, wo ich ebenfalls in einer Jugendherberge übernachtet habe. Dort lernt man stets interessante Leute kennen und erhält gute Tipps", erklärte sie und beeindruckte mich mit ihrer Begeisterungsfähigkeit: „Die Aare-Schlucht, diese Wassergewalten und der schmale Pfad tief unten im Felsen, wunderbar! Die Berge, wisst ihr, noch nie habe ich so hohe Berge gesehen", sprudelte es aus R. heraus.

„Von Interlaken bist du sicher über den Brünig nach Luzern und von dort hierhergekommen?", stellte ich meine Geographie-Kenntnisse unter Beweis.

„Wo ist Interlaken?", getraute sich Michael, der von unserem Gespräch nur wenig verstand, eine Frage zu stellen.

„Da haben wir im vorigen Jahr auf dem Weg nach Grindelwald den Zug verpasst", versuchte Anna zu erklären, aber Michael konnte sich darauf keinen Reim machen.

„Nein, ich habe noch einen Tagesausflug auf die Kleine Scheidegg gemacht, bevor ich nach Rotschuo gekommen bin", nahm R. den Faden wieder auf.

„Warum nicht gleich auf das Jungfrau-Joch?", wollte ich wissen, „Da hast du etwas verpasst."

„Peter zieht es stets auf die höchsten Gipfel", stellte Anna klar.

„Da gehen viel zu viele Touristen hin", wurde ich Lügen gestraft. „Die Bahn ist sehr teuer und ich ziehe viel lieber die unberührten Orte vor", begründete R. ihre Wahl.

„Die sind leider nicht mehr so häufig", meldete sich der Skeptiker in mir zu Wort.

R. schwärmte von ihren bisherigen Stationen durch die Schweiz und beschrieb alles bis ins letzte Detail. Die Bauernhäuser mit ihren ausladenden Dächern, den Geranienkistchen vor den Fenstern, den Aussentreppen und den Verzierungen an den Frontseiten gefielen ihr besonders gut. Aber auch die Bäche, Wasserfälle und schliesslich die grossen Seen, denen sie auf dem Weg nach Rotschuo begegnet war, taten es ihr an.

„Bei mir zu Hause in Gabun gibt es auch viel Wasser, das kommt aber sehr massig daher. Bei euch tritt es viel abwechslungsreicher, kleinräumiger, filigraner und lebendiger in Erscheinung", meinte sie.

Ihre Freude über die Entdeckungen, die sie auf der bisherigen Reise gemacht hatte, erinnerte mich an meine letzte grosse Reise durch Südfrankreich und Spanien. Damals zog ich die mir fremden Landschaften förmlich in mich hinein und war von einer Entdeckungslust getrieben, die ich sonst nicht kannte.

„Wie lange lebst du bereits in Frankreich?", wollte Anna wissen, die ebenfalls an unsere Reise erinnert wurde: „Vielleicht sind wir uns vor fünf Jahren in Marseille begegnet: Peter und ich haben uns nämlich in der Provence kennen gelernt, wo wir während drei Monaten in einer Kooperative auf einem Bauernhof gelebt haben."

„Ah, ihr kennt Marseille! Da bin ich oft anzutreffen."

Wir hüpften von einem Thema zum anderen und gegen Ende des Abends hatte ich den Eindruck, dass wir bereits alte Bekannte waren. Beim Abschied dachte ich, für einmal ist ein attraktives Äusseres mit einem unkomplizierten, offenen Charakter verbunden. Und ein weiterer Gedanke, den ich lange nicht zu deuten vermochte, kam mir in den Sinn: Sie weiss mindestens so gut wie du, was sie will.

Am folgenden Tag liess sich endlich die Sonne etwas blicken. Wir beschlossen den geplanten Ausflug zu machen und packten unsere Siebensachen: Getränk in die Feldflasche, Picknick, warmer Pullover plus Regenschutz in den Rucksack, den ich zu tragen hatte. Die Badehose durfte auch nicht fehlen, denn baden konnte man bei jedem Wetter. Als Optimisten nahmen wir auch Sonnenhut und -crème mit. Man konnte ja wirklich nie wissen: Plötzlich war es trotz unbeständiger Wettervorhersage schönstes Wetter.

Pünktlich auf die Minute trafen wir bei der Rezeption ein, wo R. bereits auf uns wartete. Sie wollte ebenfalls mit uns kommen. Mit dem Bus ging es nach Gersau zur Schiffshaltestelle, wo wir einen kurzen Aufenthalt hatten, bis uns schliesslich ein Linienschiff über den See nach Treib mitnahm.

Auf dem Schiff fühlte sich Michael gleich als Pirat auf hoher See und machte alle Decks gleichzeitig unsicher. Das ging nur gut, wenn ich mich an seine Fersen heftete. So begann die Überfahrt, die gemütlich hätte sein können, ziemlich stressig. Der Stress endete erst vor dem Schiffskiosk als Michael, mittlerweile von seinen Abenteuern selbst etwas müde, eine Packung mit Gummibärchen entdeckte, die er unbedingt haben wollte. Clever, wie ich war, setzte ich an den Kauf dieses süssen Teufelszeugs gewisse Bedingungen: Erstens verwaltete ich diese farbigen Tierchen, zweitens musste er den ganzen Tag brav sein und durfte nie murren und drittens sollte er sich jetzt etwas Ruhe gönnen und sich zu R., Anna und mir setzen. Missmutig ging Michael auf den Handel ein. Punkt zwei des Abkommens störte ihn am meisten. Die zwei Gummibärchen, die er gleich zum Start erhielt, besänftigten ihn allerdings schnell.

In Treib nahmen wir den Wanderweg Richtung Rütli.

„Die Rütliwiese ist die Geburtsstätte der Eidgenossenschaft", erklärte ich R. und hatte etliche Mühe, dies auf Französisch zu übersetzen.

Sie war tief beeindruckt von den Anfängen der Schweizer Geschichte; wie sich die vier Waldstätten zusammengerauft und den Habsburgern zwecks Wahrung ihrer Freiheit entgegengestellt hatten und, dass das vor mehr als 700 Jahren geschehen war. R. wollte alles sehr genau wissen. Anna und ich gaben ihr alle erdenklichen Auskünfte, entdeckten aber da und dort Wissenslücken, die ich mit Hilfe meines Taschenführers zu stopfen versuchte. Die Antworten, die wir schuldig blieben, versprach ich bei nächster Gelegenheit zu recherchieren und R. nachzuliefern.

Auf der Rütliwiese stärkten wir uns mit unserem Picknick. Michael hatte bereits die Hälfte seiner farbigen Tierchen verzehrt. Er wollte deshalb auch kein Butterbrot essen. Das sei ja langweilig, wie er unmissverständlich zu verstehen gab. Die andere Hälfte seines Vorrats war dringend nötig, um ihn von der Rütliwiese aus über den steilen, bewaldeten Berghang hoch zu lotsen, um danach nach Bauen abzusteigen.

Zum Glück gab es auf dem Kulminationspunkt eine kleine Überraschung. Bei einem Bauernhaus warteten ein Bub und ein Mädchen mit einem Erfrischungsgetränkestand auf uns. Sie boten verschiedene Süssgetränke an, den Preis bestimmten die Gäste selbst.

„Ca c'est sympa!", war R. ganz begeistert und genehmigte sich einen Becher Süssmost.

Anna und ich taten es ihr gleich, Michael wollte ein Citro. Neben den Getränken verkauften die Kinder auch noch Konfitüre. Anna wünschte sich Aprikosen- und Michael Himbeer-Konfitüre. Ich beglückwünschte die beiden geschäftstüchtigen Kinder, beglich grosszügig den geschuldeten Betrag und packte die beiden Gläser in den Rucksack. Frisch gestärkt ging es munter weiter, nun bergab.

In Bauen reichte die Zeit bis zur Abfahrt des nächsten Schiffes gerade noch für eine Kaffeepause im Restaurant. Danach führte uns der Weg per Schiff und Bus via Brunnen zurück zum Ausgangspunkt.

Vor dem Abendessen gingen wir noch zum Schwimmen im See. R. konnte ich allerdings nicht überzeugen, sie meinte nur: „C'est beaucoup trop froid!"

Nach dem Nachtessen war der Zeitpunkt gekommen, mich zu verabschieden. Ich musste am nächsten Tag Dinge in Basel erledigen, die ich nicht aufschieben konnte. Ich wünschte R. viel Glück und wer weiss:

„Vielleicht führen dich deine Wege einmal nach Basel."

„Dann werde ich euch ganz bestimmt besuchen", erwiderte sie und gab mir als Zeichen der Vertrautheit die obligaten drei Küsschen zum Abschied auf die Wange.

Anna und Michael blieben noch für eine weitere Nacht. Beide bekamen zum Abschied einen Kuss von mir.

Die Heimfahrt führte mich mit dem Bus nach Viznau, dann mit dem Schiff nach Luzern.

Ich sass hinten auf dem Deck und betrachtete die vom letzten Sonnenlicht vergoldeten Bergspitzen. Über dem See und am Ufer war es bereits dunkel. Das Schiff glitt ruhig dahin.

Die Begegnung mit R. hatte bei mir einen anhaltenden Eindruck hinterlassen. Ihr offener, warmer Blick schien immer noch auf mir zu ruhen und verzauberte mich. Die urtümliche Landschaft des Vierwaldstättersees sah ich mit ganz neuen Augen. Ich konnte vieles ausmachen, das mir sonst verborgen blieb. Ich fühlte mich vollständig mit Raum und Zeit verbunden und staunte über die grossartige Kulisse.

Ähnlich überwältigende Eindrücke erlebte ich bisher höchstens bei meinen Gebirgstouren in den Alpen: Frühmorgens noch im Dunkeln auf dem Gletscher, wenn die Bergspitzen bereits von der Sonne beschienen wurden. Wie wunderbar konnte diese Welt doch sein, vorausgesetzt, man nahm ihre Schönheit auch wahr!

Das Schiffshorn weckte mich ruckartig aus meiner Seligkeit und kündete die Einfahrt in den Hafen von Luzern an. Diese gestaltete sich nach der Überfahrt für mich als weiterer feierlicher Moment. Bewegt ging ich von Bord, wechselte vom Schiffssteig auf das Perron, an dem der Zug nach Basel wartete und nach kurzer Zeit losfuhr.

In Gedanken ging ich das Geschehene der vergangenen Tage durch und war sehr zufrieden. So müssten alle Wochenenden beschaffen sein.

Kaum war ich zu Hause angelangt, läutete das Telefon: Anna kündigte an, dass R. sie morgen nach Basel begleiten und bei uns übernachten würde. Dagegen war nichts einzuwenden, ganz im Gegenteil. Nur hatte ich jetzt noch etwas zu tun.

Unsere Wohnung musste in Ordnung gebracht werden. Im Badezimmer sah es ziemlich übel aus: Sämtliche Dinge an ihren richtigen Platz stellen, das Klo putzen, die Hand- und Badetücher wechseln, die Badewanne schrubben. Unser Haushalt gibt wieder ziemlich viel zu tun, dachte ich. Dabei sind wir eine ganz normale, unkomplizierte Familie! Ordnung musste aber sein, besonders dann, wenn sich Gäste ankündigten. Danach bereitete ich noch das Gästebett vor. Endlich gegen Mitternacht war die Arbeit erledigt. Ich kroch todmüde unter die Decke.

Am folgenden Tag stand ich zeitig auf. Ich wollte noch zwei Beiträge für den lokalen Anzeiger fertigstellen.

Auf die Stelle hatte mich vor zwei Jahren Anna aufmerksam gemacht: „Gesucht Nachwuchsjournalist".

Ich bewarb mich umgehend und wurde gleich zu einem Vorstellungsgespräch eingeladen, meinem ersten überhaupt. Etwas nervös, traf ich auf der Redaktion ein und wurde vom Chefredaktor begrüsst:

„Es freut mich, dass Sie sich für diese Arbeit interessieren", meinte er einleitend, „sicher ist Ihnen bekannt, dass das zwar eine interessante Arbeit ist, aber bestimmt keine, bei der man sich eine goldene Nase verdient. Betrachten Sie es als Sprungbrett für ihre journalistische Karriere", meinte er weiter und wollte wissen, welche Kenntnisse und Erfahrungen mich zur Bewerbung bewogen hatten.

Hier konnte ich punkten: Ich zog meinen Roman aus der Mappe, legte ihn selbstbewusst auf dem Schreibtisch vor ihm hin und wartete einen kurzen Moment, um die Spannung zu erhöhen: „Schreiben", erklärte ich stolz, „ist für mich eine wichtige Tätigkeit, die beim Studium leider etwas zu kurz kommt."

„Ach, Sie studieren", unterbrach mich der Chefredaktor, „darf ich erfahren, was?"

„Agrarwissenschaften. Ich habe soeben den Bachelor gemacht und beginne jetzt an der ETH in Zürich mit dem Master."

„Interessant, interessant."

„Die ausgeschriebene Stelle wäre da eine gute Ergänzung", nahm ich den Faden wieder auf, „und unregelmässige Arbeitszeiten bin ich gewohnt."

Der Chefredaktor nahm meinen Roman in die Hand, blätterte ein wenig darin, las eine kurze Passage und meinte dann knapp: „An den nötigen Voraussetzungen scheint es Ihnen nicht zu fehlen. Falls Sie mit den Anstellungsbedingungen einverstanden sind, können Sie mit der Arbeit nächsten Samstag beginnen."

Der erste Beitrag war schnell erledigt. Ich las ihn nochmals aufmerksam durch und brachte letzte Korrekturen an.

Der zweite Bericht über die Jahresversammlung eines Turnvereins musste noch geschrieben werden.

Ich holte meine Notizen hervor, ging sie durch und markierte jene Stellen, die ich erwähnen wollte. In meinen Berichten stelle ich die Veranstaltungen immer etwas interessanter dar, als sie es in Wirklichkeit waren. Dies entsprach der Philosophie der Redaktion des lokalen Anzeigers und war Dienst am Kunden und in eigener Sache zugleich.

„So hat die Leserschaft den Eindruck, in einer besonders spannenden Region zu wohnen. Das steigert ihr Wohlbefinden und gleichzeitig die Zufriedenheit mit dem lokalen Anzeiger", erklärte mir der Chefredaktor zu Beginn meiner Laufbahn.

Dem kam ich gerne nach, schmückte da und dort etwas aus, verlängerte den Applaus in eine stehende Ovation, erhöhte die tatsächliche Anzahl der am Anlass Beteiligten, etc. Unverfängliche

Formulierungen wie „viel Prominenz war zugegen", „die Darbietungen zeugten von einem ansprechenden Niveau", „alles, was Rang und Namen hatte" gehörten bald zu meinem Repertoire, das ich stets zu erweitern bemüht war. Trotzdem versuchte ich, dem journalistischen Ehrenkodex verpflichtet, so nah wie möglich bei der Wahrheit zu bleiben.

In dieser Hinsicht bereitete mir die Jahresversammlung des Turnvereins ein echtes Problem: Sie war nicht nur langweilig, ehrlich gesagt, sie war zum Gähnen gewesen. Dies durfte im Bericht auf gar keinen Fall zum Ausdruck kommen. Sonst hätte nicht nur der Turnverein ein Problem, sondern die darüber berichtende Zeitung auch. Langweilige Zeitungen sind nämlich schnell weg vom Fenster. Auch diese Erkenntnis hatte mir der Chefredaktor vermittelt und damit meine Medienkunde beträchtlich erweitert. Nach viel Biegen und Brechen gelang es mir diesen zweiten Bericht ganz ordentlich abzufassen. Zum Schluss war ich sogar ein wenig stolz auf das Geschriebene. Der Turnverein wird mir dankbar sein.

Nun war es höchste Zeit, bald würden Anna und Michael zusammen mit R. bei uns zu Hause eintreffen. Ich gedachte sie mit einem leckeren Abendessen zu überraschen. In der Küche kontrollierte ich den Kühlschrank und stellte fest, dass zwar vieles da war, aber ausgerechnet das Wesentliche fehlte, nämlich Zwiebeln und Rahm. Beides sind unabdingbare Zutaten für eine urchige Schweizer Spezialität: Neben den landschaftlichen soll R. auch kulinarische Highlights in Erinnerung mit nach Hause nehmen. Dazu gehören mit Sicherheit Älplermakkaronen, dachte ich.

Zum Glück gab es bei uns um die Ecke einen Tante-Emma-Laden, bei dem es praktisch alles zu kaufen gab. Das Vorhandensein solch kleiner, überschaubarer Läden für nahezu alle Bedürfnisse des täglichen Lebens war mit ein Grund dafür, dass wir uns für dieses Quartier entschieden hatten. Uns kommt das sehr entgegen, können wir doch so gezielt einkaufen und werden nicht wie im Supermarkt üblich durch irgendwelche Spezialangebote und Aktionen vom Wesentlichen abgelenkt.

Neben Zwiebeln und Rahm kaufte ich noch vier Cremeschnitten, die mich anlachten und erst noch zu einem günstigen Preis zu erstehen waren. Zufrieden mit dem Einkauf kehrte ich in die Wohnung zurück. Hoffentlich entspricht das etwas deftige Essen auch dem Geschmack von R., die möglicherweise leichtere Kost gewohnt ist, ging es mir durch den Kopf. Aber Älplermakkaronen mussten einfach sein.

Als die drei gegen 18 Uhr eintrafen, war ich voll mit der Vorbereitung des Nachtessens beschäftigt. Wiederum überraschte mich R. mit ihren schönen Augen und ihrem offenen Blick.

Gemeinsam zeigten wir ihr unsere Wohnung. Ich war stolz, dass alles ordentlich aufgeräumt war. „Das ist unser Gästebett, ich hoffe das geht in Ordnung", meinte ich zu R., „wir haben leider kein Gästezimmer, darum steht es in unserem Büro."

„Pas de problème, ça fait rien", erwiderte sie unkompliziert.

„Was kochst du uns Gutes?", erkundigte sich Anna.

„Dreimal darfst du raten."

„Filet de perche?"

„Das wäre auch gut, können wir vielleicht morgen machen."

„Risotto ai funghi?"

„Nein, auch nicht. Es ist eine urschweizerische Spezialität, die ich zu Ehren des heutigen Tages ausgewählt habe."

„Warum hast du das nicht gleich gesagt?!", tadelte Anna und übersetzte R. das Menu: „Peter macht Teigwaren gemischt mit Kartoffeln an einer Käse-Rahm-Sauce, dazu gibt es Apfelmus."

„Oulalala!", liess R. in ihrer Überraschung etwas Skepsis durchblicken.

„Und zum Dessert gibt es Crèmeschnitten."

„Crèmeschnitten? Ist das nicht etwas lourd, schwer, meine ich?" Anna teilte offenbar meine leise gehegten Bedenken und schlug vor: „Ich hole uns noch etwas Früchte im Laden. Michael komm mit."

„Dann werde ich in der Küche die letzten Vorbereitungen treffen. R., du kannst mir Gesellschaft leisten."

R. leistete mir nicht nur Gesellschaft, sondern machte sich gleich nützlich. Ich zeigte ihr, wo Geschirr und Besteck zu finden waren und nutzte die Gelegenheit, mit ihr ins Gespräch zu kommen. Sie erklärte mir, dass sie schwierige Zeiten hinter sich habe und mit der Reise diese verarbeiten wolle. Um davon abzulenken, sprach ich sie auf ihre Herkunft an und sie erzählte mir, dass ihr Vater grosse Waldgebiete bewirtschaften würde. Nachhaltigkeit sei bei seiner Arbeit ein grosses Thema. Sie selber besitze ein Grundstück an schöner Lage an einem Fluss und würde gerne in ihrem Land sanften, nachhaltigen Tourismus entwickeln.

„Weisst du, die Leute haben überhaupt keine Ahnung von Umweltschutz oder Ökologie. Alles wird einfach fortgeschmissen und verschmutzt die Umwelt", erzählte sie mir.

Interessant, dachte ich, der Vater ist Förster und die Tochter sensibilisiert in Umweltfragen. Irgendwie kam mir das bekannt vor:

Auch in der Schweiz und überhaupt in Europa entwickelte sich der Gedanke der Nachhaltigkeit zuerst im Forstwesen und wirkte bis heute nach. Ist das nun ein Erbe der Kolonialherrschaft oder sind die Menschen in Gabun unabhängig von äusseren Einflüssen auf dieselbe Idee der Nachhaltigkeit gekommen, fragte ich mich.

„Wie muss man sich den Wald in Gabun vorstellen? Können die vielen wilden Tiere nicht gefährlich werden?"

„Ich habe noch nie einen lebenden Elefanten oder Tiger gesehen", überraschte mich die Antwort von R., „bei uns geht man nicht in den Wald."

Damit hatte ich nicht gerechnet und mein Interesse war erst recht geweckt.

R. wusste Abhilfe: „Komm wir schauen im Internet!", schlug sie vor.

Da das Essen soweit vorbereitet war, gingen wir ins Büro und setzten uns nebeneinander an den Computer. Eine leichte Erregung bemächtigte sich meiner. Wir surften im Internet nach Gabun und blieben bei der Seite einer der zahlreichen Nationalparks hängen. Hier sah ich jene Tiere, welche die Einheimischen offenbar nicht zu Gesicht bekamen. Der Nationalpark rühmte sich als nachhaltige Investition in die Zukunft. Schon wieder dieses Wort! Spannend,

spannend, dachte ich: Ist diese Aussage nun Schein oder Wirklichkeit? Ein Bild, das man für die Touristen bereithält, oder ist da etwas daran? Vielleicht gibt es auch zwei verschiedene Seiten der gleichen Medaille: diese und jene, die mir R. vorhin beschrieben hat. Möglicherweise bleibt die Nachhaltigkeit auf den Wald beschränkt und der Nationalpark ist ja ein Waldgebiet. R. zeigte mir noch weitere Seiten mit schönen Bildern aus ihrer Heimat.

„Wie steht es um die politischen Verhältnisse in deiner Heimat?"

„Wir sind eine Demokratie, aber nur auf dem Papier. Vieles ist korrupt und der Reichtum aus dem Ölgeschäft kommt nur einer kleinen Oberschicht zugute, während die anderen Menschen in Armut leben", erklärte mir R.

„Bestimmt verdienen auch die Ölmultis ganz ordentlich dabei", warf ich ein.

„Ohne die Ölfirmen läuft bei uns gar nichts! Sie haben die Bohrrechte und stützen das System, weil sie an stabilen Verhältnissen interessiert sind."

Eine Hand wäscht die andere, dachte ich mir und R. ergänzte:

„Solange meine Landsleute das akzeptieren, wird sich daran nichts ändern."

„Aber sie leben doch in bitterer Armut, wie du selber gesagt hast, der Volkszorn müsste sich doch an diesen Ungerechtigkeiten entzünden!"

„Armut macht die Menschen apathisch", gab R. nüchtern zurück und wollte wissen, warum mich das alles interessierte.

Ich outete mich als Autor, der als solcher immer neugierig sein musste.

„Aha", erwiderte R.: „Du musst ein Buch über Gabun schreiben. Ich könnte dir da viele Geschichten erzählen."

Für weiteren gedanklichen Austausch reichte es nicht mehr. Anna und Michael kehrten vom Einkauf zurück. Wir begaben uns zu Tisch und nahmen das Abendessen ein.

Mehr als mit Essen war ich allerdings mit meinen Gedanken beschäftigt. Das kurze Gespräch mit R. hatte mein Interesse an Afrika, geweckt. Von der Schule her erinnerte ich mich noch gut an die geradlinige, willkürlich Grenzlegung, die als Erbe des Kolonialismus bis heute Bestand hatte. Die Namen der einzelnen Länder waren mir nur noch teilweise geläufig. Die ans Mittelmeer grenzenden Länder konnte ich knapp benennen; dass an der Spitze im Süden Südafrika lag, war ebenfalls klar. Von den übrigen Ländern waren höchstens die Namen hängengeblieben, ihre geographische Lage hätte ich im Atlas nachschauen müssen.

Ganz gegen die Gepflogenheiten verliess ich beim Essen den Tisch und begab mich ins Büro und schaute nach. Aha, hier liegt also Gabun, an der Westküste, am Golf von Guinea, direkt am Äquator.

Als ich zurückkam, stellte ich fest, dass meine Abwesenheit gar nicht aufgefallen war. Anna und R. waren eifrig in ein Gespräch vertieft und die Älplermakkaronen schienen mindestens Michael zu schmecken.

Tropisches Klima war mein nächster Gedanke, soviel wusste ich noch von der Schule. Aber was bedeutet das nun wieder? Warm, feuchtes Klima über das ganze Jahr hinweg, rekonstruierte ich mein Allgemeinwissen. Ich war bereits ziemlich stolz auf meine Kenntnisse, obwohl ich nicht die geringste Ahnung davon hatte, wie die Lebensumstände dort waren. R. danach zu fragen, welche am gleichen Tisch sass und darüber mit Sicherheit am besten Bescheid wusste, fiel mir gar nicht ein, so sehr hing ich meinen Gedanken nach. Keine Jahreszeiten, die – wie bei uns – das Leben prägen, fiel mir noch ein. Feucht und warm konnte es bei uns auch sein, aber nicht das ganze Jahr lang und schon gar nicht im Winter.

Und die Tage und Nächte sind immer gleich lang. Interessant, interessant, dachte ich mir, keine Depressionen im Winter, das wäre was wert.

Als Anna zur Nachspeise die Früchte servierte, setzte ich mich bereits in Gedanken im Dschungel in ein Boot, es war wohl ein Einbaum, und paddelte einen unbekannten, träge dahinfliessenden Fluss hoch. Die Bäume reichten dicht ans Wasser, keine Seele weit und breit. Eine eindrückliche Geräuschkulisse umgab mich. Flusspferde waren am Ufer zu sehen. Irgendwelche Vögel hoben von der Wasseroberfläche ab und landeten wieder auf ihr. Ich mochte bereits einige Stunden unterwegs sein. Vor lauter Staunen hatte ich die Zeit völlig vergessen. Bald würde es dunkel und die Orientierung schwierig werden.

Leichtes Unbehagen stieg in mir hoch. Ich forderte meinen bereits ziemlich müden Armen das Letzte ab. Der Einbaum schnitt zügig durchs Wasser. Hoffnung keimte auf, doch noch rechtzeitig anzukommen. Tatsächlich, mit Einsetzen der Dunkelheit erspähte ich weit vorne eine Lichtquelle. Das musste ein Dorf sein. Glücklich über diesen Orientierungspunkt verlangsamte ich das Tempo und genoss die letzten geschätzten zwei Kilometer ruhig dahinpaddelnd. Neben der einen Lichtquelle wurden nun weitere kleine

Lichtquellen sichtbar, die dem Dorf Konturen verliehen. Lange konnte es nicht mehr dauern, bis die ersten Häuser sichtbar wurden. Sie waren wie alle hier am Fluss auf Pfählen gebaut. Allmählich näherte ich mich dem Ufer und spähte nach einer Anlegestelle. Die Konturen wurden immer schärfer; bereits waren Stimmen zu hören. Rund 200 Meter vor mir konnte ich am Ufer eine Ansammlung von Einbäumen ausmachen, dies war offensichtlich die ersehnte Anlegestelle.

Bevor ich ausstieg und den Einbaum vertäute, hielt ich inne, denn ich war über meine Reise und den momentanen Aufenthaltsort mehr als im Unklaren. Warum nur sass ich in diesem Einbaum inmitten einer fremden, faszinierenden Gegend, die auch noch voller Gefahren und ich gänzlich unerfahren war? Jeder halbwegs vernünftige Mensch wäre durch das Land auf dem bequemsten Weg gereist. Ich wollte es aber offenbar auf eigene Faust und mit eigener Kraft schaffen. Wo war ich bloss? Ein Ortsschild konnte ich nirgends ausfindig machen, welches dem Dorf einen Namen gegeben und mir als Orientierungshilfe gedient hätte. Wie auch immer war ich froh, die Nacht nicht auf dem Fluss verbringen zu müssen. Ich stieg vom Landesteg zur Plattform hoch und wurde genau in diesem Moment aus den Gedanken gerissen.

„Du Papi, erzählst du mir eine Geschichte?" Michael hatte seinen Teller ausgelöffelt und wollte, dass ich mich um ihn kümmerte.

Solchen Anfragen konnte ich mich in keiner Weise entziehen. Die Wünsche meines Sohnes sind mir Befehl, da bin ich ganz konsequent.

„Moment mal, ich überlege mir etwas."

Überlegen musste ich eigentlich gar nicht, denn ich witterte eine Synergie. Ich erzählte ihm einfach von der Reise mit dem Einbaum und schmückte die Geschichte zusätzlich aus.

Aber Michael bemerkte bald, dass die Geschichte nicht so taufrisch war, wie er sie gerne gehabt hätte und begehrte auf: „Du Papi, die Geschichte ist nicht so, wie die Geschichten, die du sonst erzählst; auch möchte ich nicht, dass du von einem Krokodil gefressen wirst."

„Ich habe doch gar kein Krokodil erwähnt."

„Aber im Urwald hat es Krokodile", belehrte er mich, „R. hat es Mama gesagt und R. muss es wissen."

So, so, dachte ich: „Wir können auch etwas Anderes spielen, wenn dir das lieber ist."

„Toll! Wir spielen Fussball und ich bin im Tor."

Normalerweise spiele ich gerne Fussball mit meinem Sohn, in der Wohnung geht das allerdings nur schlecht und für einen Abstecher in den nahen Park war es bereits zu spät. Ich versprach ihm hoch und heilig, das Versäumte morgen nachzuholen.

Während Anna und R. Michael zu Bett brachten, zog ich mich ins Arbeitszimmer zurück und machte einige Notizen zur Geschichte mit dem Einbaum.

R. reiste zu unserem Bedauern bereits am folgenden Tag weiter. Sie setzte ihre Suche nach potenziellen Geldgebern für ihr Tourismusprojekt in den Golfstaaten fort. Beim Abschied blickte ich wieder in ihre schönen Augen.

„Falls du Fragen zu Gabun oder Afrika hast, schreibe mir doch eine E-Mail, ich helfe dir gerne, Anna kennt die Adresse." Es folgten die obligaten Küsschen auf die Wange. Dann war sie weg.

Themenwahl und Quellensuche

Zwei Tage nachdem R. abgereist war, kam mir an meinem vorlesungsfreien Mittwoch jene Pendenz in den Sinn, die ich in den vergangenen Tagen erfolgreich verdrängt hatte. Ich sass in meinem Büro und wollte gerade mit der Lektüre von Fachliteratur beginnen. Stattdessen stellte ich beim Anblick meiner Notizen, die ich vor zwei Tagen gemacht hatte mit Schrecken fest, dass ich weder ein Thema für meinen Roman gefunden, noch es meinem Verleger mitgeteilt hatte. Das war natürlich in sich logisch, musste aber zur Verdeutlichung meiner Situation unbedingt hervorgehoben werden. Für kurze Zeit beschlich mich ein ziemlich mulmiges Gefühl. Es tritt immer dann auf, wenn ich an überfällige Versäumnisse erinnert werde.

Schnell legte ich meine Fachlektüre zur Seite und überflog meine Notizen noch einmal. Könnte mir die Geschichte mit dem Einbaum vielleicht den Weg zum Thema meines zweiten Romans weisen? Als Idee war sie sicher brauchbar. Oder war es überhaupt die Begegnung mit R.? Mein Roman müsste dann etwas mit Afrika zu tun haben, folgerte ich. Aber was? Weitere Themen könnten „Nachhaltigkeit" und „Wald" sein, hier hatte es nämlich bei mir im Gespräch mit R. Klick gemacht. Ich könnte vielleicht, so wie R. Europa und die Schweiz bereist, in meinem Roman Afrika erkunden. Dies wäre sicher reizvoll, würde allerdings eine längere Reise für Recherchearbeiten bedingen, die ich mir in meiner gegenwärtigen Situation nur schwer vorstellen konnte. Ich hatte weder die Zeit, noch das Geld und schon gar nicht die Freiheit für ein solches Unterfangen. Ich war an Aufgaben in meiner Familie gebunden und wollte diese nicht vernachlässigen. Vielleicht würde der Verleger eine solche Reise... Nein, diesen Gedanken schob ich gleich wieder bei Seite.

Eine andere Möglichkeit bestand darin, die nötigen Reiseeindrücke in der Literatur zu finden. Bestimmt gab es entsprechende Bücher über Afrika, die mir dabei dienlich sein konnten: nicht nur Reiseberichte, sondern auch literarische Werke. Ausserdem sollte es auch kein simpler Reisebericht werden, da mussten noch andere Inhalte her. Vielleicht auf Gabun beschränken? Dort hätte ich mit R. eine qualifizierte Auskunftsperson, die ich jederzeit darauf ansprechen konnte. Ihre Hilfe hatte sie ja bereits angeboten.

Ich holte meinen Atlas, ging in unserer Hausbibliothek alle Bücher durch und forschte nach Anhaltspunkten, die sich mit einer Geschichte in oder über Afrika verbinden liessen. Schliesslich landete ich im Internet. Nachdem ich in meiner privaten Bibliothek nichts gefunden hatte, was auch kein Wunder war, wurde ich hier mit Hinweisen überflutet. Beide Recherchen waren etwa gleich hilfreich. Im Internet gelang es mir zwar noch meine Resultate durch eine bessere Wahl der Suchbegriffe einzugrenzen, etwas wirklich Brauchbares wollte sich trotzdem nicht ergeben. Ernüchtert hing ich in meinem Bürostuhl, Arme und Beine schlaff nach unten, bereit diese Idee fallen zu lassen. Um ein Haar hätte ich dies auch getan. Gerade im letzten Moment wurde ich mir der Lächerlichkeit meines Unterfangens bewusst. Auf der Suche nach der berühmten Nadel im Heuhaufen hatte ich mit meinen unzulänglichen Suchmethoden immerhin den Heuhaufen entdeckt. Das war schon mal was. Aufgeben wollte ich also noch nicht. Eine etwas genauere Suche war es bestimmt wert.

Wenn ich in meiner verschwindend kleinen Privatbibliothek nichts gefunden hatte, so war es nicht ausgeschlossen, dass in öffentlichen Bibliotheken ein oder mehrere interessante Werke zu finden waren. Warum komme ich erst jetzt darauf?, fragte ich mich. Sonst ging ich auch immer zuerst in die Hauptfiliale der öffentlichen Bibliothek. Ich richtete mich in meinem Bürostuhl wieder etwas auf und meine Gedanken bekamen eine Richtung.

Zu Anna, welche mit Michael in der Stube spielte, sagte ich: „Hättest du etwas dagegen, wenn ich deinen Sohn entführen würde? Ich mache einen Ausflug in die Bibliothek und kann Michael ganz gut mitnehmen?"

„Super, dann beende ich endlich meine Näharbeit. Habe zwar gemeint, du *schreibst* Bücher."

„Um zu schreiben, muss man auch lesen", erwiderte ich und bereitete Michael für den Ausflug vor: „Michael, wir gehen in die Bibliothek, weisst du, dort wo es die vielen Bauklötze und Bilderbücher hat."

Michael war hell begeistert, denn Bauklötze und Bilderbücher liebte er über alles und ich war stolz auf meinen genialen Einfall. Ich zog Michael Helm und Schuhe an, holte das Fahrrad mit Kindersitz hervor und gemeinsam radelten wir Richtung Innenstadt.

Wenn ich mit meinem Sohn auf dem Fahrrad unterwegs bin, fühle ich mich stets besonders gut in meiner Rolle als Vater. Ich bin dann klar die treibende Kraft und der Steuermann; dies wird von ihm ganz natürlich hingenommen, was in anderen Situationen nicht selbstverständlich ist. Dieses von uns beiden geteilte Rollenverständnis gibt mir die Möglichkeit, gut auf seine Anliegen und Bedürfnisse einzugehen; da und dort kurz anhalten, um etwas genauer zu betrachten, das Michael auf der Fahrt entdeckt hatte. So ergeben sich auf dem Drahtesel, so nenne ich mein Fahrrad, stets für ihn und für mich zufriedene Momente.

Zur Heuwaage hinunter ging es in flotter Fahrt, was Michael ein fröhliches Glucksen entlockte. Unten angekommen musste ich gut aufpassen: Meine Geschwindigkeit und der Wirrwarr der sich hier kreuzenden Strassen(-bahnen) war beträchtlich. Damit ich mein zügiges Tempo möglichst weit in den nun folgenden flachen Strassenabschnitt retten konnte, versuchte ich nur wenig abzubremsen, was mir ganz gut gelang. Herrlich, diese Fahrt, nicht nur Michael, sondern auch ich war begeistert. Nun noch den Barfüsserplatz queren, dann Richtung Marktplatz und bereits waren wir dort.

Ich hob Michael aus dem Kindersitz und verschloss das Velo mit einem schweren Schloss an der Stange eines Strassenschildes. Als ich wieder aufblickte, war der kleine Mann beinahe unsichtbar verschwunden. Michael liebte es sich zu verstecken. Ich tat so, als würde ich ihn nicht sehen und begann zu suchen. Dabei klapperte ich zunächst – von Michael beobachtet – verschiedene Hauseingänge ab, spähte hinter diesen und jenen Blumentrog und entdeckte den lachenden Knirps schliesslich rein zufällig hinter einer Litfasssäule:

„Da bist du ja, du Schlingel!" Ich hob ihn in die Luft und knuddelte ihn. „Weisst du, was wir jetzt machen? Wir gehen in das Haus mit den vielen Büchern und du darfst mit den Bauklötzen spielen und die Bücher anschauen."

Ich nahm Michael bei der Hand und wir gingen zum Eingang der Bibliothek.

„Und was machst du?"

„Ich schaue mir einige Bücher an."

„Erzählst du mir dann eine Geschichte?"

„Wenn ich meine Bücher gefunden habe, schauen wir uns gemeinsam ein Bilderbuch an."

Kaum waren wir in der Bibliothek angekommen, verschwand Michael von neuem. Dieses Mal musste ich ihn allerdings nicht suchen, denn er war bereits in der Kinderecke mit Bauklötzen beschäftigt. Selber begab ich mich zur Ausleihe, um in Erfahrung zu bringen, wie ich am besten suchen konnte. Die junge Frau, verwies mich an eine Kollegin, die sich besser mit Afrika auskannte.

„Schauen sie bei den Reiseführern nach", lautete ihr erster Tipp. Der zweite würde mich zur Geographie-Abteilung führen: „Dort gibt es didaktisierte Materialien, die wir für Lehrpersonen bereithalten", meinte sie. Den dritten übernahm sie gleich selbst: „Wenn es Ihnen recht ist, stelle ich in der Zwischenzeit noch etwas neuere Literatur zu Afrika zusammen. Haben Sie eine bestimmte Vorstellung?"

„Die sozialen und wirtschaftlichen Verhältnisse müssten darin beschrieben werden. Ich brauche diese Angaben, um sie literarisch zu verarbeiten."

„Interessant, interessant, mal sehen, was wir dazu finden."

Ihr Vorschlag war mir noch so recht, denn Michael würde bestimmt nicht genügend Geduld aufbringen, damit ich alle drei Tipps eigenständig befolgen konnte.

Bei den Reiseführern war ich relativ schnell durch. Erstens war die Auswahl nicht besonders gross und zweitens konnte ich mir mit Durchblättern schnell einen guten Überblick und Eindruck verschaffen. Schliesslich wählte ich zwei Reiseführer aus. Bei den Lehrmitteln stiess ich auf verschiedene Geographiebücher mit Themen zu Afrika. Hier gab es auch Bildmaterial, das mir gute Eindrücke aus dem Regenwald und der Sahara vermittelte. Zudem gab es DVDs zu verschiedenen Themen. Jene Titel, die potenziell interessant tönten, notierte ich mir: Diese wollte ich allenfalls zu einem späteren Zeitpunkt ausleihen. Ansonsten entschied ich mich für zwei Geographiebücher und legte sie bei der Ausleihe zu den Reiseführern auf den Tisch. Dort befand sich bereits ein weiterer Stapel.

Dem Titel des obersten Buches nach zu schliessen, hatte die Bibliothekarin ihr Versprechen bereits eingelöst. Die Bücher waren für mich bestimmt. Ich ging die Titelseiten kurz durch, kaum war ich fertig damit, zupfte irgendwer an meinem Hosenbein. Es war Michael, der mir eine seiner Lieblingsgeschichten zeigte, die wir zusammen schon viele Male erkundet hatten:

„Wann sehen wir uns die Geschichte an?"

Nun musste ich mich um meinen Sohn kümmern, sonst würde er mir keine Ruhe mehr lassen. Wir blätterten Seite für Seite durch und ich fragte ihn, was es darauf zu entdecken gab. Nach den ersten Seiten war er wieder so weit in der Geschichte drin, dass er von sich aus über die Inhalte zu berichten begann. Er wusste ziemlich gut Bescheid.

„So, jetzt muss ich meine Bücher einpacken und dann geht's nach Hause."

Bei der Ausleihe kontrollierte ich noch einmal die Titel und entschied mich, lediglich eine Selektion der Bücher mitzunehmen, welche die Bibliothekarin hingelegt hatte:

„Welche Bücher würden Sie besonders empfehlen?"

„Diese beiden müssen Sie auf jeden Fall lesen, sie werden oft ausgeliehen und sind von namhaften Autoren geschrieben. Aber die anderen sind ebenfalls interessant."

Da Michael bereits etwas ungeduldig war, fragte ich nicht weiter und packte die empfohlenen Bücher zusammen mit den Geographiebüchern und den Reiseführern ein.

„Sobald Ihr Buch veröffentlicht ist, würde ich es gerne lesen", meinte die Bibliothekarin beim Abschied.

Das freute mich sehr. Ich versprach ihr ein Exemplar vorbeizubringen und bedankte mich für die gute und freundliche Beratung.

Zu Hause angekommen nahm ich mir gleich eines der literarischen Werke vor. Es stammte von einem italienischen Journalisten, der sich als Migrant ausgegeben hatte. Er beschrieb eine von Schleppern für gutes Geld organisierte, gefährliche Reise durch die Sahara an die Küste von Libyen und von dort über den Seeweg nach Sizilien. Dieses Buch wollte ich als erstes lesen. Aus dem Klappentext erfuhr ich vom sozialen Elend, das die Migranten zu ihrer Reise zwang.

Dies erinnerte mich an unsere Zeit in Südfrankreich: Mit einer Gruppe von Gleichgesinnten machte ich einen Abstecher nach Spanien, wo wir uns vor Ort über die prekären Verhältnisse der afrikanischen Wanderarbeiter in der Landwirtschaft erkundeten. Wir sannen nach Aktionen, um diese unhaltbaren Lebensbedingungen öffentlich anzuprangern.

Noch mehr als diese Aktionen interessierten mich die Hintergründe: Was bewog diese Wanderarbeiter ihre Heimat in Afrika zu verlassen, um unter solchen Bedingungen zu leben?

Ob aus den Aktionen etwas Konkretes wurde, bekam ich allerdings nicht mehr mit. Auch die Hintergründe blieben nur angetippt und nicht geklärt. Denn Anna war auch mit von der Partie. Hier kamen wir uns näher, verliebten uns ineinander und waren innert kürzester Zeit ein unzertrennbares Paar, das durch Dick und Dünn ging. Alles andere war nun Nebensache.

So ist es bis heute geblieben, nur, dass in der Zwischenzeit auch Michael regelmässige Spuren in unserer Agenda hinterlässt.

Nach diesem gedanklichen Exkurs fiel es mir wie Schuppen von den Augen. Das ist es, daran kann ich anknüpfen, dachte ich überrascht und begann meine Gedanken schriftlich festzuhalten und zu bearbeiten. In Afrika soll es in meiner Geschichte nicht um irgendwelche Reiseeindrücke gehen, sondern um die Landwirtschaft und ihre wirtschaftlichen und sozialen Rahmenbedingungen, welche die Wanderarbeiter zur Emigration bewegt. Dieser Gedanke gefiel mir ausgezeichnet, passte auch gut zu mir als angehenden Agrarwissenschaftler. Ich war bereits leicht euphorisch über diesen guten Einfall. Ein Kreis schien sich zu schliessen. Das Ganze begann Spass zu machen.

Habe ich das Thema tatsächlich gefunden?, prüfte ich mich bewusst kritisch. Es erschien mir noch etwas nebulös und von einem Konzept war keine Rede. Auch fehlten die Themen Wald und Nachhaltigkeit darin. Diese würden sich jedoch integrieren lassen. Mein letztes Bedenken galt der politischen Brisanz des Themas: Besteht da nicht die Gefahr, dass viele Leute mein Buch gar nicht in die Hand nehmen werden, weil sie an politischen Themen nicht interessiert sind?

Allen Bedenken zum Trotz begann mich das Thema zu faszinieren; plötzlich war ich überzeugt von dieser Idee: Diesen Roman musste ich nicht nur schreiben, weil es mein Verleger oder mein eigenes Ego gerne so sah; nein, weil ich ihn einfach schreiben wollte. Punkt.

So was nennt man Inspiration, dachte ich. Die guten Pointen, der interessante Plot fielen mir meistens als Gedanken zu und waren weniger Frucht reifer Überlegungen. Vor allem wenn ich Knacknüsse und Ungereimtheiten lösen musste, war Inspiration Gold wert. Kaum hatte ich mir ihre Notwendigkeit eingestanden, war sie auch schon da! Als gäbe es um mich herum ein Heer von geistigen Mitarbeitenden, die nur darauf warteten, mir einen spannenden Gedanken – keinen Floh – ins Ohr zu setzen. Das tönt wie ein billiges Rezept, ist es aber nicht, denn ich muss mich darum bemühen und mich darauf einlassen. Nun verspürte ich vorsichtigen Optimismus: Vielleicht kann ich dieses Netzwerk von geistigen Helfern auch für diesen Text in Anspruch nehmen, überlegte ich. Dieser Gedanke machte mich umgehend glücklich. Nun war ich definitiv bei den Literaten angekommen.

Diese freudige Erkenntnis wollte ich umgehend Anna mitteilen, denn sie war die zweite wichtige Stütze meines literarischen Schaffens. Ich ging zu ihr in die Küche, wo sie für Michael das Z'vieri zubereitete und hielt ihr den soeben geschriebenen Abschnitt zum Lesen hin.

„Mein lieber Peter", meinte sie nach der Lektüre, „dass du Talent zum Schreiben hast, habe ich schnell bemerkt. Daran zweifelst höchstens du von Zeit zu Zeit. Die von dir gewählte Bezeichnung des Literaten finde ich trotzdem etwas hoch gegriffen, sie wirkt pathetisch." Dann setzte sie gleich noch zur Schelte an: „Gelegentlich muss ich dir aber auch den Spiegel vorsetzen. Zum Beispiel, wenn du drauflos schreibst, Seite um Seite füllst, ohne wirklich etwas Interessantes zu sagen", meinte sie. „Diesen Eindruck habe ich auch bei diesem Abschnitt, den würde ich nochmals überarbeiten und kürzer fassen. Das Loblied auf meine bescheidenen Beiträge darfst du ruhig auf ein zwei Sätze zusammenstreichen." Und damit nicht genug: „Nein Peter, so geht das nicht, auch aus Respekt vor deinen

Leserinnen und Lesern nicht, die das auch noch interessant finden sollen. Gerne erinnere ich dich daran, dass beim druckreifen Skript jeder Buchstabe genau an seiner Stelle sein sollte und keiner zu viel sein darf. Das stammt übrigens nicht von mir, sondern von dir selber, aus deinem ersten Roman. An die eigenen Ratschläge müsstest du dich eigentlich gerne halten", befand sie.

Hoppla, dachte ich und wurde etwas vorsichtiger, was allerdings nichts daran änderte, dass der Schriftsteller in mir sein Thema gefunden hatte: R., die Fahrt mit dem Einbaum, das Buch des italienischen Journalisten und schliesslich meine eigene Erfahrung gaben es mir vor. Ein erster wichtiger Schritt zur Meisterung der Anfangsschwierigkeiten war geschafft.

Kaum hatte ich das gedacht, klingelte mein Mailbriefkasten. Als hätte er es geahnt, wollte Baldur wissen, ob ich den Stoff für meinen Roman gefunden hätte. Falls dem nicht so sei, bot er seine Unterstützung an. Er wüsste da ein gutes Thema, dass sehr exotisch wäre: „Das verkauft sich gut!"

Nanu, dachte ich, hat er kalte Füsse bekommen? Ich teilte ihm umgehend mit, dass mein Buch mit Afrika, genauer gesagt mit Gabun und der Frage der Migration zu tun haben würde und fragte ihn, ob das genügend exotisch sei. Keine 10 Sekunden später las ich auf dem Bildschirm schwarz auf weiss:

„Afrika ist immer gut. Ich sehe, Sie verfolgen die richtige Spur." Er erwähnte noch seine guten Beziehungen zu Menschen aus Gabun: Bestimmt kann ich Ihnen gute Quellen erschliessen, schrieb er leicht euphorisch.

Nach den Erfahrungen mit R.'s Angebot, das ich bis jetzt nicht benutzt hatte, antwortete ich lediglich: „Melde mich bei Bedarf." Schliesslich wollte ich mich nicht allzu sehr von meinem Verleger beeinflussen lassen.

Das Schreiben konnte also beginnen. Einige Textfragmente hatten sich bereits bei der Suche nach dem Thema ergeben. Diese konnte ich für den Roman nutzen. So auch Annas im vorgängigen Abschnitt geäusserte Kritik. Ihn habe ich um die Hälfte zusammengestrichen. Nun sollte es wie von selbst gehen, hat wenigstens Anna zu meiner Motivation einmal behauptet. Ich sass jedoch ziemlich uninspiriert vor einem Blatt Papier. Meinte, ich müsse das Ganze konzeptionell noch besser fassen, machte mit allen bisherigen Ideen eine Mindmap nach der anderen und kam trotzdem nicht vom Fleck. Lange brütete ich über der Frage, wie gesteuert ich vorgehen sollte. Brauchte es ein ausgearbeitetes Konzept, das dem Roman wie ein Gerüst den nötigen Halt verlieh oder sollte ich der

Phantasie freien Lauf lassen? Die Verlockung des Konzepts war gross. Die Arbeit wäre geplant und könnte in einzelnen Portiönchen abgearbeitet werden. Ein Portiönchen nach dem anderen würde sich wie bei einem Mosaik ineinanderfügen und zu einem bunten, spannenden Muster heranreifen. Wenn man auf Grund des Konzepts die Portiönchen kennt, kann man sich die Zeit besser einteilen, dachte ich mir, was in meinem Fall besonders wichtig war. Portiönchen waren gut machbare Arbeitsschritte. Nach jedem Arbeitsschritt ein Erfolgserlebnis, das sich im Mosaik sehen lässt.

Aber dieses umfassende Konzept, das als verschriftlichte Mindmap auf einem einzigen Blatt Papier den ganzen Roman kondensieren sollte, stellte sich nicht ein. Herr Baldur, der Verlagsleiter, musste sich noch etwas gedulden. Der Papierstapel mit meinen Versuchen erreichte bereits eine beträchtliche Höhe. Jeder Versuch machte irgendwie Sinn und half mir weiter. Dazwischen wurde ich ungeduldig und schrieb einfach drauflos. Die Phantasie riss mich aus meiner konzeptionellen Hilflosigkeit und schrieb Seite um Seite Geschichten, die mir gerade zum Thema in den Sinn kamen.

Wenn gar nichts ging, las ich im Buch des italienischen Journalisten, das spannend geschrieben war.

Das ging zwei Wochen so und war von innerer Unruhe und zum Teil von Unzufriedenheit begleitet. Meine Zeit zum Schreiben war knapp und musste meinen übrigen täglichen Aufgaben abgerungen werden. Ich nutzte jede Sekunde zwischen den letzten Vorlesungsstunden im Semester und meinen familiären Verpflichtungen. Bis zu den Semesterferien wollte ich mit Klarheit in dieser Frage ein gutes Fundament für den Roman gelegt haben.

Diese Unruhe spürte auch Anna und fragte mich eines Abends bei einem Glas Wein in der Küche:

„Wie geht es mit dem Roman?"

Ich nippte am Glas und zögerte etwas: „Naja, die Inhalte verdichten sich vor allem in meinem Kopf und noch nicht auf dem Papier."

„Hast du genügend Zeit zum Schreiben?"

„Ich hoffe es. Eigentlich würde ich gerne etwas schneller vorwärtskommen und konkreter werden", gab ich zurück und stellte das Glas ab. Anna rückte mir näher, legte ihren Arm um meine Schultern und schaute mich prüfend an:

„Pass gut auf, dass die Qualität stimmt. Du musst nicht nur ein zweites Buch schreiben, du musst die Qualität mindestens halten oder besser noch steigern", meinte sie, „auch wenn das Buch etwas später herauskommen sollte."

„Da hast du bestimmt Recht", erwiderte ich.

Anna gab mir einen innigen Kuss als Zeichen ihrer Unterstützung.

Dies beruhigte und motivierte mich zugleich. In Zukunft beabsichtigte ich, meine verschiedenen Tätigkeiten wesentlich fokussierter anzugehen. Unproduktive Schreibarbeit war ebenso wenig zu gebrauchen wie ein zerstreuter Student oder Vater bei der Haus- und Familienarbeit. Mindestens diese Gegenleistung war ich Anna schuldig. Eine Win-win-Situation, dachte ich und spürte neuen Elan, der mich aus der Krise führte.

Quellen auswerten, Konzept entwickeln

Mit dem Beginn der Sommerferien fuhren wir wie in den vergangenen Jahren für drei Wochen nach Wallbach auf den Hof meines Onkels Heiri und seiner Familie. Dort waren wir voll in das bäuerliche Leben integriert, womit auch für das leibliche Wohl gesorgt war. Trotzdem hatten wir die Möglichkeit, uns zurückzuziehen und unseren eigenen Ideen nachzugehen. Davon wollte ich in diesem Jahr etwas mehr Gebrauch machen. Ausserdem rechnete ich damit, dass sich Michael bereits relativ selbständig auf dem Hof bewegen und unterhalten konnte. Ich hoffte auch, dass die Kinder aus der Nachbarschaft zu Hause waren und mit ihm spielen würden. So wäre die Betreuungsarbeit für Anna auf ein gut zu bewältigendes Mass reduziert und ich konnte guten Gewissens an meinem Roman schreiben.

Zuversichtlich packte ich sämtliche Unterlagen ein und nahm sogar meinen Laptop mit. Anna meinte dazu spöttisch:

„Seit wann nimmst du das Büro mit in die Ferien?"

„Da ich keine Windeln mehr transportieren muss, ergeben sich ganz neue Perspektiven", erwiderte ich und war selber vom Gesagten überrascht.

Bei unserer Ankunft auf dem Hof, gab es zur Begrüssung Kaffee und Schokoladekuchen, den Rosi zur Feier des Tages extra gebacken hatte, da sie wusste, dass ich ihn besonders gern mochte.

„Herzliche Willkommen auf dem Hof", begrüsste uns Heiri und Rosi ergänzte:

„Fühlt euch wie zu Hause."

„Das machen wir ganz bestimmt", erwiderte Anna und ich bedankte mich für die tolle Gastfreundschaft.

„Ich habe gehört, du hast ein neues Romanprojekt", schaltete sich Reto ein, welcher fast gleich alt war wie ich, „darf man bereits mehr erfahren?"

„Von wem hast denn du davon gehört?"

„Das Buschtelefon weiss mehr als du denkst", erwiderte Reto mit lachenden Augen.

Mir war sofort klar, wer da wem was zugesteckt hatte. Anna traf sich nämlich ab und zu mit Retos Freundin Klara, die in Basel arbeitete.

„Wo ist eigentlich deine bessere Hälfte?"

„Zuerst bekomme ich eine Antwort auf meine Frage und dann du auf deine", strahlte Reto weiterhin selbstbewusst.

„Buschtelefon ist ein gutes Stichwort: Der Roman wird mit Afrika zu tun haben. Mehr kann ich im Moment nicht verraten."

„Spannend, sobald du mehr weisst, bin ich neugierig, davon zu erfahren."

„Wenn alles gut geht, kann ich bereits nach unseren Ferien mehr darüber sagen. Ich gedenke an der Geschichte zu arbeiten."

„Mach das! Du brauchst auch kein schlechtes Gewissen zu haben, wenn du nicht auf dem Hof mitarbeitest."

„Danke, darüber werde ich bestimmt froh sein."

„Wolltest du nicht noch etwas?", schaltete sich Anna ein.

„Ach ja, Klara ist zu Besuch bei Verwandten und wird in den nächsten Tagen zurück sein. Sie freut sich, euch zu sehen", löste Reto seine Versprechen ein.

Ich nahm ein zweites Stück vom Kuchen, füllte Kaffee nach und genoss die gute Stimmung.

„Das fängt gut an", sagte ich etwas später zu Anna, die Michael dabei beobachtete, wie er bereits mit den jungen Katzen spielte.

Auf dem Hof fühlten wir uns immer gleich wohl.

Anschliessend zeigte uns Rosi unsere Kammer und wir hatten bis zum Nachtessen Zeit, uns einzurichten. Dieses wurde in der geräumigen Küche eingenommen.

Der lange Tisch war bereits gedeckt, als wir herunterkamen. Michael erhielt den Ehrenplatz oben am Tisch, flankiert von Anna auf der einen und mir auf der anderen Seite. Es gab Geschwelte mit Käse und Wurst, Salat sowie in Essig eingelegte Zucchetti, Zwiebeln und Gurken. Bis auf Wurst und Käse stammte alles vom Hof.

Für Michael zerdrückte ich eine geschälte Kartoffel mit etwas Butter zu einem Brei und garnierte diesen mit ein paar Gurkenscheiben. Salat wollte er keinen.

Für mich nahm ich zwei mittlere Kartoffeln, etwas Käse und Salat. Nach dem leckeren Kuchen hatte ich gar nicht so grossen Appetit.

„Habt ihr euch im Zimmer gut eingerichtet?", erkundigte sich Rosi.

„Alles in bester Ordnung", erwiderte Anna, „wir werden uns wohl fühlen."

„Gibt es grössere Veränderungen seit unserem letzten Besuch auf dem Hof?", spürte ich dem Gang der Dinge nach.

Heiri erwiderte zu Reto gewandt: „Mach doch mit ihnen einen Hofrundgang und zeig den neuen Abpackraum. Die Vorbereitungsarbeiten für morgen kann ich auch alleine erledigen."

„Einverstanden?", schaute Reto uns fragend an. Anna und ich nickten.

„Kommst du auch mit?", wollte Reto von Michael wissen, doch dieser hatte sich bereits bei Rosi in der Küche eingenistet.

„Michael darf mit mir die Katzen und Kaninchen füttern", meinte Rosi und wir machten uns auf den Rundgang.

Reto hatte den notwendigen Ersatz der veralteten Abpackstrasse dazu benutzt, die Situation des Abpackraums inklusive Kühlraum generell zu überdenken. Daraus resultierte eine wesentlich zweckmässigere Anordnung der einzelnen Stationen.

„Gleichzeitig haben wir einige lästige Schwellen entfernt, sodass die Rollgitter nun stufenlos zirkulieren können", erklärte er uns stolz und resümierte: „Insgesamt ergeben sich für uns beim Abpacken der Gemüsekistchen beträchtliche Zeitersparnisse."

„Was heisst das konkret?", wollte Anna wissen.

„Der gesamte Abpackvorgang vermindert sich mit der neuen Anlage um mindestens eine Stunde."

Nicht schlecht, dachte ich und gratulierte Reto zum gelungenen Werk.

Dann kamen wir noch auf Sinn oder Unsinn zu sprechen, aus aller Welt Bioprodukte in die Regale unserer Grossverteiler zu transportieren. Reto vertrat dezidiert die Meinung, dass solche Transporte aus ökologischer Sicht nur wenig Sinn machten und aus ökonomischer Sicht nur wegen den zu geringen Energie- respektive Transportkosten möglich waren. Grosse Konkurrenz verspürte er deshalb nicht. Ich hingegen gab zu Bedenken, dass es manchmal sinnvoller ist, frisches Obst weit zu transportieren, als es bei uns lange zu lagern. Bei Reto konnte ich damit allerdings nur bedingt punkten, da er ein erklärter Verfechter von Saisonobst und -gemüse war. Die Diskussion dauerte ziemlich lange.

Irgendwann meinte Anna: „Ich muss jetzt Michael ins Bett bringen, es ist allerhöchste Zeit dafür."

Am anderen Morgen durchbrach ich gleich meine guten Vorsätze. Eigentlich wollte ich den Tag mit Schreiben beginnen. Michael war aber bereits um halb sechs Uhr wach, quietschfidel und wollte unbedingt mit mir spielen. Er turnte wild auf unserem Bett herum und liess sich auch nicht von meiner schläfrigen Stimmung abschrecken.

„Lass doch Papa noch etwas in Ruhe liegen", versuchte Anna ihn zu besänftigen, was natürlich rein gar nichts nützte.

In solchen Fällen ist es besser gleich aufzustehen, was ich auch tat. Gemeinsam gingen wir in die Küche, wo Rosi, Heiri und Reto bereits beim Frühstück sassen.

„Habt ihr gut geschlafen?", wollte Rosi wissen.

„Ausgezeichnet, wie im siebten Himmel", meinte Anna.

„Etwas kurz, aber gut", meinte ich, „dieser Lausbub hat uns natürlich vor der Zeit geweckt."

Michael zog mich am Arm als Zeichen, dass ich gefälligst solche Bemerkungen unterlassen und ihm seine Ovo zubereiten sollte. Danach konnte ich mich endlich in Ruhe meinem Frühstück widmen. Der Kaffee war zum Glück stark und weckte erste Lebensgeister. Selbstgebackenes Brot aus dem Holzofen mit Butter und frischer Konfitüre waren ein Gedicht. Michael schlürfte selig seine Ovo. Obwohl Anna ihm das Brotstück in mundgerechten Portionen geschnitten hatte, war sein Gesicht bis über die Ohren mit Konfitüre verschmiert.

„Komm zu mir, du Schlingel", packte ich ihn und versuchte mit der Serviette wieder Ordnung zu schaffen, was Michael gar nicht schätzte, weshalb er aus meinem Griff zu entwischen versuchte.

„Lass ihn doch, bis er fertig gegessen hat, ich besorge das dann", kam mir Anna zu Hilfe.

Michael schnitt mir eine Grimasse und freute sich über seinen kleinen Sieg.

„Was gibt es heute auf dem Hof zu tun?", erkundigte sich Anna.

„Die Himbeeren sind reif und müssen abgelesen werden. Das wird uns einen guten Teil des Tages beschäftigen", gab Reto zurück.

„Super, da können wir doch mithelfen", war Anna begeistert, „Michael könnte da sogar mittun, auf jeden Fall hat er Himbeeren fürs Leben gern. Peter hätte dann die Gelegenheit in aller Ruhe zu schreiben."

Ruhe hätte ich zwar, aber die Musse müsste sich erst noch einstellen, dachte ich. Ausserdem war es nicht das Dümmste, mich auf dem Hof zunächst einmal als nützlich zu erweisen, bevor ich mich in die Schreibstube zurückziehen würde:

„Ich komme heute mit aufs Feld und werde nach dem Mittagessen, wenn Michael sein Schläfchen hält, mit der Arbeit beginnen."

„Ich fahre nach Frick", meinte Heiri, „dort habe ich einen Termin bei einem Bauern und werde auf das Mittagessen zurück sein."

Er stand in engem Kontakt zum Forschungsinstitut für biologischen Landbau. Seitdem er die Verantwortung auf dem Hof praktisch Reto übertragen hatte, war er vermehrt als Berater tätig und begleitete Bauern, die gewillt waren, ihren Hof auf biologischen Landbau umzustellen.

Nach dem Morgenessen ging es gleich an die Arbeit. Wir richteten die leeren Kistchen und Schalen für die Ernte der Himbeeren und luden sie auf den Anhänger. Dann nahmen wir selber darauf Platz. Reto spannte den Traktor vor und zusammen ging es aufs Feld zu den Himbeeren. Diese Kultur war vor zwei Jahren angelegt worden und trug in diesem Jahr zum ersten Mal voll Früchte.

„Deine Himbeeren sind in diesem Jahr prächtig gediehen, das gibt eine tolle Ernte!", stellte ich anerkennend fest.

Reto teilte die Arbeiten ein und ich vereinbarte mit Anna, dass wir die Betreuung von Michael teilen würden.

„Die reifen Früchte müssen samt Fruchtboden gepflückt werden", erläuterte Reto, „denn der Fruchtboden würde ansonsten ohne Frucht unproduktiv weiterwachsen."

Ein Körbchen nach dem anderen füllte sich. Zwölf Körbchen hatten in einem Kistchen Platz. Diese stapelten sich nach und nach auf dem Anhänger.

Michael schlug sich den Bauch voll und in seinem Gesicht machte die abgewischte orange Farbe der roten Platz. Für kurze Zeit konnte man ihn sogar in die Arbeit einspannen. Er trug die Schalen zusammen und brachte sie zu den Kistchen. Dann entdeckte er einen Schmetterling und verfolgte ihn durch die Pflanzung. Als nächstes faszinierte ihn eine Blüte. So entfaltete sich ein buntes Treiben und unser Betreuungsaufwand hielt sich in Grenzen.

„Unser Sohn ist der geborene Bauer", meinte Anna zu mir, als es ihm sogar gelang ein volles Kistchen einige Meter weit zu tragen, „in seinen jungen Jahren ist er bereits eine gute Hilfe."

„Du bist aber ein starker Bub", lobte ich ihn und Michael lächelte keck und stolz zugleich.

„Wen belieferst du mit den Himbeeren?", wollte ich von Reto wissen, der nur unweit von mir pflückte.

„Ein Teil der Himbeeren geht mit unseren Gemüsepaketen als kleine Überraschung an die Abonnenten. Mit dem Rest beliefern wir Reformhäuser und Bioläden in der Region."

Nach dem schnell eingenommenen Mittagessen ordnete ich, um doch noch etwas am Roman gearbeitet zu haben, meine Kopien, die ich aus dem Internet über Gabun ausgedruckt hatte. Teilte sie in Themen ein und versuchte mir ein Bild über diesen Staat zu machen.

Wie bei allen Internetrecherchen stellte sich die Frage der Glaubwürdigkeit der Quellen. Wikipedia war einigermassen vertrauenswürdig. Bei jener Seite, die mir R. gezeigt hatte, ging es wohl mehr um PR. Eine weitere wichtige Quelle für Informationen war die Dokumentationsstelle der Entwicklungszusammenarbeit in Bern. Sie führte Informationen zu allen Ländern des globalen Südens.

Diese Stelle hatte ich noch vor den Ferien besucht. Im Zeitungsarchiv gab es zu jedem Land ein Dossier. Die Dokumentalistin brachte mir jenes von Gabun und meinte:

„Über dieses Land wird leider nicht so viel geschrieben, aber vielleicht finden Sie trotzdem, was sie suchen."

Dann ging sie ein weiteres Dossier holen, denn alle Zeitungsartikel, welche die Beziehungen zwischen diesem afrikanischen Land und der Schweiz dokumentierten, waren an einem speziellen Ort abgelegt. Diese Beiträge interessierten mich speziell. Auch in Bern hatte ich zahlreiche Kopien von Zeitungsbeiträgen gemacht, die nun vor mir lagen.

Eigentlich müsste ich diese Dokumente elektronisch einlesen und nach noch genaueren Stichworten als bisher durchsuchen, dachte ich. Dieses Prozedere wäre bei weiteren Durchgängen Schritt für Schritt zu verfeinern, bis genau jene Textstellen daraus resultierten, die zur Geschichte passten. So gut ausgerüstet war ich natürlich nicht.

In Anbetracht der Fülle des Materials musste ich mir etwas anderes einfallen lassen. Beim gegenwärtigen Stand des Projekts wäre es mir auch gar nicht leichtgefallen, die geeigneten Stichworte festzulegen. Ich entschied mich für die Auswahl durch Zufall, denn alles konnte ich unmöglich durchlesen. Wie bei der Inspiration sollen mir die guten und nützlichen Informationen zufallen, sagte ich mir. Somit waren meine geistigen Mitautoren voll gefordert und leisteten ganze Arbeit, wie ich zufrieden feststellte. Das erste Dokument, das ich bei geschlossenen Augen aus dem Papierstoss pickte, war zwar ein Flop. Ausser ein paar wenig aussagekräftigen Zahlen war kein Fleisch am Knochen. Nach zwei weiteren mässig interessanten Beiträgen war der vierte Artikel ein Volltreffer, der in die Entstehungsgeschichte meines Romans eingehen würde. Da war von gut ausgebildeten jungen Männern u.a. aus Gabun die Rede. Sie sahen in ihren Heimatländern keine Zukunft und machten sich auf den beschwerlichen Weg nach Europa. Hier gab es Anknüpfungspunkte zum Buch des italienischen Journalisten, das ich zu einem guten Teil bereits gelesen hatte.

Augenblicklich nahm ich in Gedanken die Gestalt eines jungen Migranten an, der gerade einen grossen Teil seiner Ersparnisse einem Schlepper übergab. Geld, das mühsam von der Familie für die Reise in das gelobte Europa zusammengekratzt worden war. Morgen früh würde ich mit zahlreichen anderen afrikanischen Leidensgenossen einen Lastwagen besteigen, der uns quer durch die Sahara nach Libyen bringen sollte.

Im Camp am Rande der immensen Wüste herrschte in dieser letzten Nacht eine verheissungsvoll gespannte Atmosphäre. Vor drei Wochen war ich nach beschwerlichem Weg von Gabun herkommend hier angelangt. Nach den eintönigen Tagen im Camp mit seinen mangelhaften sanitären Einrichtungen waren alle froh, dass es endlich weiterging. Der künftige Weg würde sicher nicht leichter werden. Aber er kannte nur eine Richtung. Im Lager erfuhr ich viel über korrupte Zollbeamte und Militärs, die Auswanderungswillige schikanierten und ausraubten. Da man niemandem richtig trauen konnte, hielt ich mich stets abseits meiner Schicksalsgenossen. So lernte ich nur wenige von ihnen besser kennen.

Einer davon war Ali, zu ihm fasste ich Vertrauen. Wir sassen im Schatten eines Hauses am Rande des Camps und besprachen die kommende Reise.

„Wie viele werden sie auf dem Lastwagen mitreisen lassen?"

„Die belegen wie immer den letzten Platz und das sind mindestens 100 Personen", gab Ali fachmännisch Auskunft: „Hast du genügend Wasser dabei?"

„Ein Kanister wird hoffentlich reichen, wir kommen an verschiedenen Oasen vorbei", erwiderte ich und wollte etwas mehr von seinen Plänen erfahren: „Was wirst du in Europa machen?"

„Ich habe einen Cousin, der ist vor fünf Jahren nach Spanien ausgewandert; den werde ich als erstes besuchen. Er wird mir Arbeit besorgen."

„Was macht er?"

„Er ist Pflücker und sendet uns regelmässig Geld."

In der Zwischenzeit war die Nacht hereingebrochen. Unser Gespräch verstummte zusehends, jeder hing seinen eigenen Gedanken nach. Die Stille wurde lediglich durch das Bellen eines einsamen Schakals gestört.

Vor drei Monaten war ich aufgebrochen und hatte bisher viel erlebt, nicht nur schöne Dinge: Ich lernte die Macht- und Rechtlosigkeit der Migranten bei der Reise durch fremde Länder kennen, was nagende Zweifel in meiner Seele hinterliess. War man nicht der letzte, dann sicher der vorletzte Dreck. Nur Aussätzige wurden schlechter behandelt. Mein Reisegeld war bereits zu einem guten Teil verbraucht. Dabei hatte ich bisher sogar Glück und wurde nie beraubt.

All diese negativen Aspekte wogen aber nur wenig, verglichen mit der grossen Hoffnung, die ich in mir trug.

Müde kroch ich unter meine schmutzige Decke.

Am anderen Morgen bildete sich eine lange Schlange vor den beiden LKWs. Ich bemühte mich, einen Platz am Rande der Ladefläche zu ergattern, wo ich mich gut festhalten konnte; denn herunterfallen war nicht erlaubt.

Nachdem alle ihren Platz gefunden hatten, verstrich noch etliche Zeit, bis die Fahrt begann. Die Fahrer schienen es nicht besonders eilig zu haben. Sie beendeten zunächst ihr ausführliches Frühstück im Schatten eines der Camions, währendessen wir auf der Ladefläche in der Sonnenhitze schmorten.

Endlich ging die Fahrt los. In langsamem Tempo verliessen die beiden Lastwagen das Camp und bogen auf die Wüstenpiste ein. Die Erleichterung war bei allen Weggenossen spürbar. Eine leichte Euphorie belebte die Gespräche, die nun anhoben und uns einander näherbrachten, aber bald wieder in der Monotonie der Hitze verebbten. In langsamer, steter Fahrt kämpften sich die Lastwagen über die Wüstenpiste. Bald war nur noch das Brummen der Motoren zu hören, welches uns die nächsten Tage begleiten würde. Es überliess mich meinen Gedanken, die ich mir unzählige Male über den Sinn meiner Reise gemacht hatte und die mich stets zum gleichen Schluss führten: Offenbar musste es so sein! Dies war zwar nicht der Sinn, den ich suchte, höchstens ein Selbstzweck. Er beruhigte mich aber und liess mich in einen Dämmerzustand abgleiten, der bis in die frühen Abendstunden dauerte.

Ein heftiger Ruck schüttelte mich wach und öffnete mir die Augen. Die Sonne stand bereits tief. Ich bemerkte, dass unsere LKWs stillstanden. Nun nahm ich auch das verhaltene Gemurmel wahr, das rund um mich herum zu vernehmen war. Dessen Inhalt war nur unschwer zu erraten: Ein Kontrollposten mitten in der Wüste zwang uns zum Unterbruch der Reise.

„Was wollen die von uns?", fragte ich Ali.

„Sie wollen Geld, das übliche Spiel."

„Die haben doch kein Recht dazu!"

„Weil sie wegen ihrer Dienstpflicht nicht selber auswandern können, möchten sie wenigstens davon profitieren. Das machen viele andere genauso."

Wir wurden aufgefordert die Lastwagen zu verlassen.

„Nimm nur wenig Geld mit und überlasse mir den Rest", herrschte mich Ali leise an, „wenn sie dir was abnehmen, hast du wenigstens noch diesen Rest."

Ich schaute mich um und nahm zögernd meinen Geldbeutel hervor. Ali wies diskret auf eine kleine Öffnung in der Innenwand der Ladefläche und flüsterte mir ins Ohr:

„Wir verstecken das Geld hier."

Diese Sicherheit genügte mir und ich gab Ali das Geld.

Unten mussten wir uns der Reihe nach aufstellen. Die Militärs musterten und kontrollierten jeden einzeln. Pechvögel wurden hinter die Militärfahrzeuge abgeführt. Dumpfe Schläge, Schreie waren zu vernehmen. Auf wackeligen Beinen, von den Misshandlungen gezeichnet, wurden die Unglücklichen wieder an ihren Platz zurück geschleppt, wo sie sich mit verzerrter Miene aufrecht zu halten versuchten.

Dieses Prozedere benötigte etliche Zeit.

Als ich an der Reihe war, versuchte ich dem Offizier genau in die Augen zu sehen. Es war nicht bloss der Zufall oder das missliebige Gesicht, die Hautfarbe oder die Kleidung, die für die Auswahl als Kriterien dienten. Psychische Stärke oder Schwäche ist mindestens so wichtig, dachte ich. In seinen Augen sah ich ein unschlüssiges

Flackern. Gleichzeitig wiederholte ich unablässig mein Mantra: Du lässt mich in Ruhe! Du lässt mich in Ruhe...

„Papa, wir müssen wieder aufs Feld!", rüttelte Michael mich aus meinem Tagtraum, der offensichtlich vom Buch des italienischen Journalisten inspiriert war.

„Ja ist gut, ist gut", stotterte ich verwirrt und war froh, dieser Situation entgangen zu sein, „ist denn schon Zeit dafür?"

„Ja Papa, komm jetzt endlich, alle warten nur auf dich."

Wir gingen hinunter, wo tatsächlich Traktor und Anhänger zur Abfahrt bereitstanden. Erschöpft und erschlagen stieg ich auf den Anhänger, der zum Glück kein Lastwagen war. Ich brauchte einige Zeit, um mich zu erholen.

„Was ist denn mit dir los?", wollte Anna wissen, welche einen guten Blick für meine Gemütsverfassung hatte.

Doch wir waren bereits auf dem Feld angelangt und mussten uns beeilen, denn das Wetter deutete auf ein nahendes Gewitter hin.

„Ich sage es dir heute Abend", erwiderte ich kurz und war bereits mit dem Pflücken von Himbeeren beschäftigt.

Im Westen türmten sich zunächst helle, dann stetig dunkler werdende, hohe Wolken. Diese spornten uns an, den Rest der Ernte möglichst zügig einzubringen. Bereits setzten leichte Windböen ein, welche die Erde aufwirbelten. Bald würden die ersten Regentropfen fallen. Eine Schale nach der anderen füllte sich schneller als sonst. Auch Michael erkannte den Ernst der Lage und half tüchtig mit. Wie am Morgen sammelte er die vollen Schalen ein und vergass sogar zu naschen.

„So das genügt", kündigte Reto den Abschluss der Ernte an, „den Rest überlassen wir den Vögeln."

Schnell stiegen wir auf den Anhänger, tuckerten mit leicht erhöhter Geschwindigkeit dem Dorf zu. Gerade noch rechtzeitig vor dem ersten Regenschauer erreichten wir das schützende Vordach des Hofes. Blitze zuckten im Westen des Dorfes über das Feld und erhellten die dunkle Regenfront. Blitze, unmittelbar gefolgt von wuchtigen Donnerschlägen zeigten, dass die Gewitterfront direkt vor uns war. Der Regen prasselte heftig auf das Vordach und Pfützen füllten sich auf dem Platz. Gebannt folgten wir diesem spannenden Schauspiel der Natur. Michael wollte in den Regen hinaus. Mein Reflex war wie immer falsch. Anna, welche die Beweggründe unseres Sohnes weit besser verstand, meinte nur:

„Lass ihn doch."

Recht hatte sie. Diese Episode erinnerte mich an die eigene Kindheit: Gerne hätte ich mich damals in solchen Situationen wie Michael verhalten, nur durfte ich es allzu oft nicht.

Allmählich liess der Regen nach und die vormals gespenstische Wetterstimmung hellte wieder auf.

Nachdem die Himbeerkistchen abgeladen waren, holten wir das am Vortag geerntete Gemüse aus dem Kühlraum und verteilten es auf verschiedene Stationen entlang des Rollbandes. Darauf wurden die sich füllenden Gemüsekistchen für die Abonnenten transportiert. Reto hatte für diese Arbeit zusätzlich zwei Jugendliche und eine ältere Frau engagiert. Jeder von uns betreute eine Station und hatte eine genau definierte Menge des jeweiligen Gemüses in das Kistchen zu legen. Neben Salat gab es Karotten, Mangold, Zucchini, Kartoffeln und Gurken. Als letzter durfte Michael die Himbeerschalen dazugeben. Die fertig bestückten Gemüsekistchen wurden auf Rollgittern gestapelt wieder in den Kühlraum geschoben.

„Wichtig ist, dass unser Gemüse möglichst frisch zu unseren Kunden gelangt", meinte Reto zu mir, „das ist unser grösstes Kapital, aber auch eine echte Herausforderung."

„Immerhin müsst ihr genügend Gemüse und zum Verpacken die nötigen Mitarbeitenden zur gleichen Zeit am gleichen Ort beieinanderhaben. Allzu lange willst du das Gemüse auch nicht im Kühlraum lagern."

„Da steckt eine Menge Erfahrung dahinter, die ich von meinem Vater übernommen habe", meinte er und ergänzte: „Und der Lieferwagen muss jeden Donnerstag in der Früh seine Fahrt beginnen, das bin ich unseren Kunden schuldig. Die werden als erste bedient."

„Und die Bioläden?"

„Da bin ich etwas flexibler."

„Was machst du, wenn das Gemüse mal knapp wird?"

„Dann kaufe ich von meinen Kollegen dazu. Durch die Beratungstätigkeit von Heiri haben wir ein grosses Netzwerk und wissen ganz genau, wer was anbaut."

Nun unterbrach Michael, welcher direkt nach mir an der Reihe war, das Gespräch, indem er mich mahnte:

„Papa, bei dir stauen sich die Kistchen!"

Das durfte nicht sein! Ich steigerte meine Abpackfrequenz, kam mir ein wenig wie ein Akkordarbeiter vor und holte das Versäumte nach. In der Zwischenzeit hatte Michael Lust auf Himbeeren bekommen und naschte fleissig aus den Schalen.

„Du darfst nur eines pro Schale nehmen, sonst fällt es auf", sagte ich bestimmt.

Michael konnte sich damit sogar abfinden. Ich war froh, für einmal nicht gerade alles verboten zu haben. Diese Abpackarbeit dauerte bis gegen sieben Uhr abends. Michael hatte natürlich nicht so lange Geduld. Er begann irgendwann mit einer der zahlreich auf dem Hof herumstreunenden Katzen zu spielen und verzog sich schliesslich zu Rosi in die Küche, die das Nachtessen zubereitete. Für den Rest der Arbeit übernahm ich auch Michaels Station und war ziemlich froh, als das letzte Kistchen abgepackt war. Reto klopfte mir auf die Schultern:

„Du bist ein guter Büetzer, dich kann man gebrauchen."

Mein Seufzer zeigte ihm, dass ich von dieser ungewohnten Arbeit ziemlich erschöpft war.

Gemeinsam gingen wir hinüber in die Küche, wo das Essen bereitstand. Anna, welcher man keinerlei Müdigkeit ansah, half Rosi beim Schöpfen: Gemischter Salat, Kartoffelstock und Gemüse standen auf dem Menüplan. Ich hatte einen riesigen Appetit.

„Seid ihr fertig geworden mit den Gemüsekistchen?", wollte Rosi wissen.

„Für einmal keine Abendarbeit", gab Reto zu verstehen, „Anna, Peter und Michael haben uns kräftig geholfen."

„Es war wunderbar auf dem Feld und dann diese Gewitterstimmung, so was bekommt man in der Stadt nur selten mit", bescheinigte Anna.

Zum Dessert gab es Beerenkompott mit etwas Vanille-Glacé. Als sämtliche Schüsseln leer gegessen waren, meinte Rosi zu uns:

„Gönnt euch jetzt etwas Ruhe, ich passe auf Michael auf. Um halb Neun sitzen wir noch bei einem Tee in der Küche zusammen."

Gerne nahmen wir das Angebot an. Michael fragten wir gar nicht erst, bei Rosi in der Küche fühlte er sich ausgesprochen wohl. Wir verzogen uns an ein schönes Plätzchen im Garten. Dort berichtete ich Anna von meinem Wüstentraum und meinte zum Schluss:

„Etwas merkwürdig ist mir diese Geschichte schon vorgekommen."

„Praktisch, praktisch, du bekommst deine Geschichten im Schlaf serviert", erwiderte Anna schmunzelnd.

„Interessanterweise hat mich, wie bei der Urwaldreise, Michel aus meinen Träumen geholt."

„Unser Bürschchen bekommt gar vieles mit", meinte Anna.

„Etwas Angst hat mir die Geschichte schon eingejagt: Nicht das Erlebnis des Wanderarbeiters als solches, sondern dass ich einfach im Traum wegtreten und mich in einer ganz anderen Welt wiederfinden kann."

„Sicher, die Sache ist nicht ganz ohne: Stell dir nur vor, wenn dir so etwas auf dem Fahrrad im Verkehr passieren würde!"

„Da hast du allerdings Recht."

„Hast du deinen Tagtraum bereits notiert?"

„Dazu hat es noch nicht gereicht."

„Dann mach es am besten gleich jetzt, solange er noch präsent ist."

Obwohl ziemlich müde, setzte ich mich an den Schreibtisch und notierte die Geschichte so genau wie möglich, erfand dieses und jenes Detail dazu und war ganz zufrieden mit der Ausbeute des heutigen Tages. Schliesslich hatte ich auch bereits etwas über mögliche Beweggründe erfahren, welche Wanderarbeiter zur Migration verleiteten. Auch spürte ich bereits etwas vom Schreibfluss, in den ich zu kommen gedachte. Morgen wollte ich mich auf Gabun konzentrieren.

Nun stieg ich in die Küche hinunter, wo die anderen beim Tee versammelt waren. Michael war zum Glück noch erstaunlich fit. Heiri berichtete von seinem heutigen Besuch:

„Vor zwei Jahren hat er mit der Umstellung begonnen und heute will er bereits einen Riesenerfolg sehen. So schnell geht das natürlich nicht!"

„Was machst du als Berater in einer solchen Situation?", wollte ich wissen.

„Ich erzähle von meinem Umstellungsunterfangen, den schlaflosen Nächten, den Fehlern und Erkenntnissen, die ich gemacht habe."

„Das könnte aber demotivierend wirken", wandte ich ein.

„Wenn ich solche Bauern auf den Boden geholt habe, sage ich ihnen, dass die Umstellung in ihrem Fall sicher schneller vonstattengehen werde, weil sie nicht die gleichen Fehler machen müssen und von den Erfahrungen anderer Bauern profitieren können. Am Schluss erwähne ich noch, dass wir auf unserem Hof das Geschäft mit dem Biolandbau bereits 25 Jahre betreiben und immer noch da sind."

„Die Bauern, die heute umstellen, haben wohl nicht mehr den gleichen Pioniergeist, wie du ihn gehabt hast", relativierte Reto, „denen geht es mehr um ein gesichertes und besseres Einkommen."

„Mut brauchst du auch heute noch", schloss Heiri.

„Wenn du willst, können wir morgen gemeinsam die Gemüse-kistchen ausliefern. Michael kann auch mitkommen", wandte sich Rosi an Anna.

„Was meinst du dazu?", fragte mich Anna, „Für mich wäre es okay und du könntest dich deinem Romanprojekt widmen."

„Tönt gut! Wie lange seid ihr unterwegs?"

„Meistens essen wir unterwegs etwas Kleines oder werden ein-geladen und sind dann gegen vier Uhr zurück", erläuterte Rosi.

„So lange kann ich euch knapp entbehren", erwiderte ich schel-misch.

Nun war es Zeit für Michael ins Bett zu gehen. Hundemüde übernahm ich diesen Part und verabschiedete mich ebenfalls. Anna wollte Rosi noch in der Küche und beim Vorbereiten des kommen-den Tages helfen.

Nachdem Peter gegangen war, wurde es in der Küche für einen kurzen Moment still. Endlich etwas Ruhe vor der Familie, dachte ich. Als Heiri aufstand und sich ins Büro begab, Reto seinen abendlichen Rundgang auf dem Hof machte, nutzte Rosi die Gelegenheit, um mit mir ins Gespräch zu kommen:

„Willst du mir beim Abwasch helfen?"

„Gerne."

Rosi liess das Abwaschwasser einlaufen und erkundigte sich, wie es mir in der Schule ginge.

„Ganz schön anstrengend war dieses Jahr. Alles neu, aber die Kinder sind lieb und die Routine nimmt zu."

„Auf welcher Stufe unterrichtest du eigentlich?"

„Erste bis dritte Klasse, danach ist bei uns Wechsel."

„Schön, dass Peter und du euch die Arbeit so teilen könnt, das ist ja nicht selbstverständlich."

„Das finde ich auch. Peter hat zum Glück diesen Job als Journalist gefunden. Das ist für ihn ein guter Ausgleich zum Studium."

„Das denke ich auch", meinte Rosi, gab mir ein frisches Geschirrtuch und nahm den Faden wieder auf:

„Schreiben scheint für ihn ein echtes Bedürfnis zu sein."

„Das ist schon so", erwiderte ich überzeugt, stellte die trockenen Tassen in den Schrank und ergänzte:

„Seitdem wir die neue Wohnung haben, ist er viel ausgeglichener."

„Ihr müsst jetzt bestimmt gut aufs Geld achten."

„Klar, aber wir kommen ganz gut zu recht."

Nachdem das Geschirr abgewaschen war, ging Rosi in die Vorratskammer und kam mit einem grossen Berg von Zucchini, Tomaten, Auberginen, Zwiebeln, etwas Peperoni und Kartoffeln zurück:

„Ich bereite jetzt noch ein Ratatouille vor. Wenn du willst, kannst du mir beim Rüsten helfen."

Ich besorgte mir Rüstmesser, Brettchen und Schüsseln und setzte mich zu Rosi an den Küchentisch.

„Ratatouille bereite ich stets in grossen Mengen zu, das gibt einen besseren Geschmack", erklärte Rosi währendem sie das Gemüse auf die gewünschte Grösse zuschnitten.

„Einen kleinen Teil behalten wir für das morgige Mittagessen und den grösseren Teil füllen wir in Gläser ab und verkaufen sie am Markt."

Rosi dünstete nun die Zwiebeln zusammen mit einer erlesenen Auswahl von Kräutern in einem grossen Topf. Sie gab das gerüstete Gemüse dazu, salzte, löschte das Ganze mit etwas Wein und Wasser ab und brachte den gesamten Inhalt zum Kochen.

„Ratatouille ist bei einigen unserer Kunden sehr beliebt. Nur selten bringe ich etwas vom Markt zurück nach Hause."

Bis das Gemüse genügend weichgekocht war, brauchte es noch etwas Zeit. Wir holten die Einmachgläser im Keller, stellten sie ins warme Wasserbad und bereiteten die Etiketten vor. Als das Ratatouille die gewünschte Konsistenz aufwies, gab mir Rosi zum Kosten.

„Mmh, schmeckt ausgezeichnet, dieses Rezept notiere ich mir."

„Ein eigentliches Rezept gibt es nicht, aber du kennst jetzt die Zutaten. Mit etwas Übung wird dir das genauso gut gelingen", erklärte Rosi, „an Stelle der vielen Küchenkräuter kannst du auch Suppenwürze verwenden."

Nun füllten wir die vorgewärmten Gläser mit der Schöpfkelle. Zum Verschliessen wurde der Deckel auf das randvoll gefüllte Glas zunächst lediglich locker aufgesetzt und beim anschliessenden Stürzen des Glases angezogen.

„Durch das Stürzen entsteht im Glas ein Unterdruck, welcher den Deckel dicht verschliessen lässt", erklärte Rosi den Ablauf.

Als alle Gläser gefüllt und angeschrieben waren, musste noch die Küche aufgeräumt werden.

„Dein Arbeitstag kennt auch keinen Feierabend", meinte ich zu Rosi.

„An das gewöhnst du dich auf dem Hof. Wenn du müde bist oder noch etwas Anderes tun möchtest, dann kann ich alleine fertigmachen."

„Kein Problem, wir bringen das gemeinsam zu Ende."

Als alles erledigt war, wünschte ich Rosi eine gute Nacht. Todmüde stieg ich die Treppe hoch und erledigte meine Toilette. Dann schaute ich kurz bei Michael im Bettchen nach; vor mir lag der süsseste Knirps selig schlafend. Ganz wie der Vater, dachte ich und kuschelte mich zu Peter ins Bett.

Kaum drang das erste Morgenlicht in unsere Kammer, kitzelte mich der neue Tag aus dem Schlaf. Ich streckte mich und rieb mir den Schlaf aus den Augen. Anna und Michael schlummerten noch friedlich. Ich erhob mich leise, ging zum Fenster, steckte meine Nase hinaus und zog die frische Morgenluft ein. Nach dem gestrigen Gewitter schien die Welt wie neu gemacht. Vom nahen Kirchturm schlug es fünf Uhr. Wann bin ich zum letzten Mal so früh aufgestanden? Doch Morgenstund hat Gold im Mund, besonders heute.

Unten in der Küche roch es nach frischem Kaffee, den Rosi für ihre Männer zubereitete.

„Gut geschlafen?", wollte sie wissen, als ich noch etwas müde zur Türe hinein in die Küche schlurfte.

Ich nickte gähnend und setzte mich an den Tisch. Der Kaffee duftete herrlich und sein Genuss weckte definitiv meine Geister. Ich strich mir eine Schnitte Brot mit Butter und Konfitüre.

„Und hast du Grosses vor?"

„Gabun", erwiderte ich zwischen zwei Bissen, „steht heute auf dem Programm. Dieses ostafrikanische Land wird in meinem Buch eine wichtige Rolle spielen."

„Warum gerade dieses Land?", war Rosi neugierig.

„Das ist eine lange Geschichte, die ich gerade am Erfinden bin", gab ich etwas sibyllinisch zurück.

„Aha", meinte Rosi, und ich bemühte mich zu ergänzen:

„Wir haben vor ein paar Wochen eine Frau aus Gabun kennen gelernt. Das war der Auslöser, mehr dazu kann ich noch nicht sagen."

„Dein erster Roman hat mir übrigens gut gefallen!"

„Das höre ich gerne!"

„Ich hoffe, du behältst die Leichtigkeit des Schreibens, ohne seicht zu werden, auch bei deinem zweiten bei." „Ich werde mir alle Mühe geben."

In der Zwischenzeit hatte ich bereits die zweite Schnitte gegessen und goss noch etwas Kaffee nach. Draussen war es nun richtig Tag; Zeit für mich, mit der Arbeit zu beginnen. Als ich mich erhob, kamen gerade Heiri und Reto herein. Sie hatten noch vor dem Morgenessen einige Handgriffe auf dem Hof erledigt. Ich wünschte ihnen einen schönen Tag, ging in den Garten und richtete mir in der Gartenlaube ein gutes Plätzchen zum Schreiben ein. Noch war es etwas kühl. Doch die ersten Sonnenstrahlen drangen bald zu mir, wärmten mein Gemüt und beflügelten meine Gedanken.

Diese führten mich aus der sicheren Warte in der Gartenlaube von Wallbach nach Gabun. Dieses ostafrikanische Land wurde während der Kolonialzeit mit willkürlichen Grenzen und einem eigenen Namen versehen. Einige bescheidene Vorstellungen besass ich bereits. Diese galt es zu prüfen und zu ergänzen.

Ich kramte in meinen Notizen und Kopien, überflog die Stellen, die ich gelb markiert hatte, und versuchte das Wesentliche über dieses Land auf den Punkt zu bringen. Automatisch verkleinerte sich meine Handschrift bis die einzelnen Buchstaben kaum noch voneinander zu unterscheiden waren. Dabei fand ich analog zur Kurzformel für die Schweiz eine für Gabun. Statt Alpen, Uhren, Schokolade und Direktdemokratie hiess es hier tropischer Regenwald, Erdöl, Uran und korrupte Oberschicht. So in etwa hatte ich das Gespräch mit R. in Erinnerung. Wenn ich die Zeitungsberichte in Betracht zog, kam als weiterer Punkt noch Diktatur eines Familienclans hinzu. Der Punkt war also beinahe erreicht, das Ziel noch nicht. Gleichzeitig wurde mir bewusst, dass weder die Kurzformel für Gabun noch jene der Schweiz ihrem Land gerecht wurde. Meine Schrift weitete sich wieder auf. Ich gestand diesem Land nun einen Steckbrief zu: Gabun, ostafrikanisches Land auf Höhe des Äquators mit Anstoss an den Atlantik. Stark bewaldet. Weitverzweigtes Flusssystem. Höchste Erhebung: 1000 m ü. M. Grosse Vorkommen an Erdöl, Uran und Mangan. Wurde 1958 als ehemalige französische Kolonie in die Unabhängigkeit entlassen. Wird seit 1967 von Omar Bongo und seinem Familienclan diktatorisch regiert... Ich hielt inne. War es das bereits? Gab es nicht noch interessantere Dinge zu sagen? Mit diesem Steckbrief war ich nicht zufrieden und dachte an die Begeisterung, mit der R. über die Schweiz berichtet hatte. Etwas Ähnliches sollte mir zu Gabun gelingen!

Ich stöberte weiter in meinen Kopien und fand einen Zeitungsartikel, bei dem Staatspräsident Bongo auf fünf verschiedenen Fotos, sozusagen im Zeitraffer, mit den letzten fünf Präsidenten Frankreichs abgebildet war. De Gaulle, Mitterand & Co, alle schüttelten Bongo die Hand. Das ist ziemlich speziell, dachte ich anerkennend: auf der einen Seite immer der gleiche Fuchs und auf der anderen, mal ein linker Schelm, mal ein rechter Hund, je nach politischer Konjunktur.

Einem anderen Bericht entnahm ich, dass der französische Geheimdienst heute noch ein gern gesehener Gast in Gabun war.

Ich stutzte: Wie ist das nun mit der Unabhängigkeit, fragte ich mich. Ist sie überhaupt je eingetreten oder ist sie eine Farce? Mein Interesse war geweckt und ich verfolgte die Spur der bilateralen Beziehungen dieser beiden Länder. Sie führte mich zu einem weiteren Zeitungsbericht, der brisante Angaben bezüglich Parteispenden machte. Nicht nur französische Präsidenten hofierten Omar Bongo, sondern fast alle politischen Parteien Frankreichs erhielten von ihm Geld. Das war interessant. Von wo und für was hat er bloss das viele Geld gespendet?, Das Stichwort hiess „Erdöl" und stammte aus meiner Kurzformel zu Gabun. Ich überflog nochmals den ersten Zeitungsartikel, jenen mit den Bildern, welcher auch über die Förderung von Erdöl berichtete. Mein Blick blieb an einer Stelle haften, bei der Bongo mit folgenden Worten zitiert wurde:

„Gabun ohne Frankreich ist wie ein Auto ohne Fahrer. Frankreich ohne Gabun ist wie ein Auto ohne Benzin.“

Ganz ähnlich wie ich Gabun auf den Punkt bringen wollte, hat es hier Bongo mit der Beziehung seines Landes zur ehemaligen Kolonialmacht Frankreich geschafft. Vordergründig beschreibt diese Aussage nichts anderes als die gegenseitige Abhängigkeit der beiden Länder, dachte ich, soweit sind die Dinge klar. In dieses Bild passte auch, dass Frankreich stets zur Stelle war, wenn Bongo Schwierigkeiten hatte. Wie 1990, als nach dem Fall der Berliner Mauer in Afrika Demokratiebestrebungen aufkamen, so auch in Gabun. Bongo versuchte dieser Entwicklung zuvor zu kommen: Er rief ein Mehrparteiensystem sowie eine Konsens-Regierung aus. Gleichzeitig wurde gemäss verschiedenen Zeitungsberichten ein Teil der Abgeordneten bestochen, um Bongos „demokratische“ Wiederwahl zu sichern. Der andere Teil versammelte sich jedoch in einer Protestbewegung. Nach der Ermordung eines bekannten Oppositionspolitikers kam es zu Ausschreitungen. Frankreich war zur Stelle und setzte mit Fallschirmjägertruppen Ruhe und Ordnung durch.

Auf der Suche nach den Hintergründen kam mir ein gedankliches Experiment in den Sinn: Was würde wohl passieren, wenn sich die Beziehung dieser beiden Länder zueinander in Luft auflöste? Ein Auto ohne Fahrer bleibt ein fahrtüchtiges Auto, eines ohne Benzin hingegen auf der Strecke! Somit wäre Gabun wesentlich weniger von Frankreich abhängig als umgekehrt. Das wiederum heisst, Frankreich wäre eine Marionette eines afrikanischen Clans! War das der tiefere Sinn dieser Aussage oder lediglich meine Interpretation? Abwegig war dieser Gedanke nicht. Man musste sich lediglich die Bedeutung des Autos in der französischen Gesellschaft als Transportmittel und Generator von Arbeitsplätzen vor Augen führen.

Ich hielt einen Moment inne und schaute mich vorsichtig um: In meiner Fantasie sah ich mich bereits von einem Agenten des französischen Geheimdienstes beobachtet, welcher bestimmt keine Freude an solch subversiven Gedanken gehabt hätte. Meine Schrift begann zu zittern. Ich bewegte mich auf Glatteis. Um meine innere Ruhe wieder zu finden, atmete ich tief durch. Es gelang mir nur teilweise. Gabun und seine Herrscherfamilie waren für mich nicht nur hochinteressant, sondern ebenso brisant.

Dem Bericht von R. war ich zwar nicht im Inhalt, aber mindestens auf der Skala der emotionalen Intensität ein gutes Stück nähergekommen.

Neugierig trieb ich dieses gedankliche Spiel am folgenden Tag weiter. Ich schlenderte wie ein Gelehrter gemessenen Schrittes mit den Armen auf dem Rücken im weitläufigen Garten hinter dem Bauernhaus ohne festes Ziel hin und her. Ich hielt da und dort inne für einen speziellen Gedanken, machte mir ab und zu einige Notizen im Büchlein für gute Einfälle und setzte mich schliesslich an meinen Arbeitsplatz, um das Ganze zu verarbeiten. Dieses Spiel bekam für mich allmählich reale Züge.

Wie schaffte es Omar Bongo, Frankreich im Glauben an die vermeintliche Überlegenheit an der Nase herumzuführen? Letztendlich hielt er die besseren Karten in der Hand. Leichte Bewunderung schlich sich ein und drängte soziale Überlegungen in den Hintergrund. Diese meldeten sich umgehend zurück: Der Staatspräsident benutzte Autos nicht nur für treffende Vergleiche, sondern ganz profan auch als Fortbewegungsmittel im täglichen Verkehr. Aber nicht irgendwelche Autos, sondern Luxuskarossen der Marken Bentley, Rolls-Royce, Mercedes etc. Von denen unterhielt er einen stattlichen Fuhrpark. Demgegenüber lebten rund 80 % der Menschen in Gabun unter der Armutsgrenze und sahen Autos höchstens von aussen. Wobei hinzuzufügen ist, dass sich Omar Bongo damit bestimmt in bester Gesellschaft mit vielen anderen (Geld-)Aristokraten jeglicher Couleur befindet.

Als pikantes Detail stellte sich ich in einem weiteren Zeitungsbericht heraus, dass diese Karossen nicht etwa von einer französischen Firma, sondern von einer Handelsfirma aus der Schweiz geliefert wurden. Wenn es um lukrative Geschäfte geht, sind gewisse Landsleute schnell zur Stelle, dachte ich. Dieser Querbezug liess mich die politischen Verhältnisse von Gabun mit jenen der Schweiz vergleichen: Im Gegensatz zu Gabun standen die demokratischen Mitbestimmungsrechte bei uns nicht nur auf dem Papier. Trotzdem, bestimmt nicht auch bei uns eine kleine Oberschicht im Wesentlichen den Gang der Dinge? Etwa der Milliardär, der sich eine ganze Volkspartei hält und eine Abstimmung nach der anderen mit viel Geld zu beeinflussen versucht. Wo ist da der Unterschied?

Erschrocken über die eigenen Gedanken, hielt ich ein zweites Mal inne und schaute mich vorsichtig um: dieses Mal auf der Suche nach Agenten der Bundessicherheitspolizei, aber ich war ganz allein im Garten; Wanzen krabbelten höchstens auf den Sträuchern herum. Dann kam mir in den Sinn, dass es diese Polizei in der

Schweiz dank einer Volksabstimmung im Jahr 1978 zum Glück nicht gab.

Bei diesen politischen Gedanken spürte ich wieder jenen Willen zum Widerstand, der mich auf meiner Reise nach Südfrankreich und Spanien begleitet hatte.

Gegen Mittag bekam ich kräftig Hunger und ging in die Küche, wo Anna und Rosi gerade Mittagessen kochten.

„Und, hast du Hunger?", wollte Anna wissen.

„Mit meiner Schreibarbeit habe ich etliche Kalorien verbrannt, die ich dringend ersetzen muss", erwiderte ich.

„Dann freue dich auf ein leckeres Mittagessen."

„Was gibt es denn, wenn ich fragen darf?"

„Kartoffelgratin!"

Das war Rosis Spezialität, niemand konnte dieses Gericht besser zubereiten.

„Super, Rosi, du bist einfach ein Schatz!"

„Übertreibe es mal nicht", erwiderte sie.

„Dazu gibt es gemischten Salat und zum Dessert eine Wähe", ergänzte Anna.

„Wahnsinnig, einfach wahnsinnig, wie du uns verwöhnst!"

„Am besten du nimmst jetzt Geschirr und Besteck, deckst den Tisch und ersparst mir weitere Komplimente", erwiderte Rosi verschmitzt, „sonst werde ich noch ganz verlegen."

„Bist du vorwärtsgekommen?", nahm Anna den Faden wieder auf.

„Ganz ordentlich. Bei manchen Texten frage ich mich allerdings, ob ich sie wirklich so stehen lassen kann."

„Wie meinst du das?"

„Mit gewissen Leuten gehe ich ziemlich kritisch ins Gericht. Das wird nicht allen passen."

„Das muss es auch nicht, oder täusche ich mich da?"

Am Abend waren Heiri, Reto und ich bei Fritz auf dem Sonnhof zu einem Feierabendbier eingeladen. Fritz war Heiris bester Freund. Mit den beiden konnte ich stundenlang über die neusten Entwicklungen im biologischen Landbau diskutieren. Mein angelerntes Wissen vom Studium wurde dabei streng geprüft. Heiri verfügte als Pionier des biologischen Landbaus über viel theoretisches Wissen und praktische Erfahrung. Zusammen mit Fritz gehörte er auch zu einer grünen Gruppierung, die vor etlichen Jahren beinahe den

Sprung in den Grossen Rat nach Aarau geschafft hätte. Gleich bei der Begrüssung zog mich Fritz auf:

"Wenn ich gewusst hätte, dass du an dieser Technischen Hochschule landen würdest, dann...", bemerkte er mit vielsagender Miene und hielt inne.

Nanu, dachte ich, warum kommt er erst jetzt damit, nachdem ich bereits zwei Jahre in Zürich an der ETH studiere? Ich erwiderte vorerst nichts und machte mich auf weitere Sticheleien gefasst.

Wir setzten uns an den Tisch unter der grossen Linde und Fritz wurde nach dem Anstossen konkreter:

„Da gibt es an deiner ETH tatsächlich einen Professor, der gentechnisch manipulierten Weizen freisetzen möchte!"

Natürlich hatte ich davon gehört und war diesem Versuch gegenüber eher skeptisch eingestellt. „Meine" Hochschule verteidigte ich trotzdem und sagte salopp:

„Er beruft sich auf die Forschungsfreiheit. Die Kontrollmechanismen sind offenbar ziemlich streng, sodass nichts zu befürchten ist."

„So, so, hat man das euch auch eingetrichtert!", erwiderte Fritz, „Die Natur lässt sich doch nicht kontrollieren, die entwickelt sich, wie es ihr gefällt. Wenn man diese manipulierten Pflanzen an einem Ort freisetzt, sind deren Pollen bald überall anzutreffen und ruinieren den Rest der Landwirtschaft!"

„Jetzt übertreibst du aber ziemlich", war ich immer noch in der Rolle des Verteidigers befangen.

„Mitnichten! Dann fehlt nur noch irgendein Multi, der den Patentschutz auf seine Erfindung einklagt. Der dir deine Ernte wegnehmen will, weil deine Pflanzen von seiner Erfindung bestäubt wurden."

„Das ist doch nicht möglich", versuchte ich es ein letztes Mal.

„Aber so weit wird es kommen!", entgegnete Fritz felsenfest von seiner Meinung überzeugt.

„Mich würde interessieren, wie die Meinung bezüglich Gentechnologie unter den Studierenden und Dozierenden aussieht. Beim Bauernverband gewinnt zum Glück eine kritische Haltung an Boden", schaltete sich Reto in die Diskussion ein.

„Natürlich gibt es beide Lager, die Naturverbundenen und die Technik-Gläubigen. Viele halten sich auch bedeckt", erwiderte ich.

„Auf die kritische Haltung des Bauernverbandes möchte ich gar nichts wetten", ereiferte sich Fritz weiter, „der hält seine Fahne auch nur in den Wind und produziert das, was er verkaufen kann.

Zum Glück sind die Konsumenten allmählich vorsichtiger, die können ihre Meinung aber wieder ändern."

„Die grosse Masse ist leider sehr leicht beeinflussbar. Da muss nur ein Agromulti in einer Kampagne die Werbetrommel drehen: Wer weiss, wie es dann aussehen wird", liess Heiri verlauten, „momentan sind sie zum Glück ziemlich in der Defensive", und leitete zu grundsätzlichen Überlegungen über: „Mich würde interessieren, mit welchem Recht wir ein hochkomplexes System, wie es die Natur nun einmal ist, durch technische Eingriffe auf simple Ursache-Wirkungs-Beziehungen reduzieren dürfen. Das gibt nie und nimmer ein realistisches Bild und birgt grosse Gefahren von Nebenwirkungen in sich."

Es trat eine kurze Pause ein, dann richtete Fritz das Wort wieder an mich:

„Selbstverständlich können und wollen wir dich nicht für alle diese unschönen Entwicklungen verantwortlich machen und bestimmt lernt man an der ETH auch ganz nützliche Dinge."

Endlich war ich aus meiner Verteidiger-Rolle entlassen und konnte etwas zum kritischen Grundton dieser Diskussionsrunde beitragen:

„Das Studium ist ziemlich naturwissenschaftlich-technisch orientiert, da gebe ich dir recht, und von der Realität der Landwirtschaft weit entfernt", meinte ich und war gleichzeitig froh, mit einem blauen Auge davon gekommen zu sein, aber auch etwas beschämt: Die Diskussion zeigte mir nämlich, dass ich offenbar nicht auf dem aktuellen Stand der Dinge war. Als kritischer Zeitgeist, für den ich mich hielt, hatte ich nicht bestanden.

Dies ist eigentlich kein Wunder, sagte ich mir, nur selten komme ich dazu, eine Zeitung zu lesen. Mein Alltag ist ausgefüllt mit Studium, Kinderbetreuung, Haushalt und Nebenjob. Mehr lag nicht drin, musste aber, sonst würde ich meinen Roman nie fertigstellen.

Noch etwas zeigte mir die Diskussion: Sie legte den Fokus auf den ökologischen Aspekt der Landwirtschaft, welcher durch die Gentechnologie missachtet wurde. In meinem Buch wollte ich eher auf soziale Aspekte der Landwirtschaft eingehen. Wobei mir sehr wohl bewusst war, dass in beiden Fällen handfeste wirtschaftliche Interessen mitspielten. Nicht umsonst hiess es schliesslich Landwirtschaft. Möglicherweise wollte der biologische Landbau mit seiner anderslautenden Wortwahl hier einen Kontrapunkt setzen?

Nach dem ersten Bier wechselten wir das Thema. Fritz erkundigte sich nach dem Befinden von Anna und Michael:

„Seid ihr immer noch verliebt wie am ersten Tag?"

Ich musste lächeln: „In dieser Beziehung bin ich wohl ein Glückspilz."

„Und wie geht es Michael?"

„Michael geht bereits in den Kindergarten."

„Ich darf wohl annehmen, dass sie mich bald auf dem Hof besuchen werden."

Auch dieser Besuch gehörte zum Ritual unseres allsommerlichen Aufenthalts.

„Du wirst sie spätestens am kommenden Sonntag sehen", erwiderte Heiri, „dann bist du bei uns zum Mittagessen eingeladen."

Michael würde Fritz bestimmt früher besuchen wollen, auch Anna ging gerne bei ihm vorbei.

„Und wie geht es bei dir auf dem Hof? Ich habe gehört, du willst kürzertreten."

„Das stimmt nur bedingt", meinte Fritz, „in der Landwirtschaft werde ich das tun, da habe ich bereits Reto einiges von meinem Land verpachtet. Grössere Schritte werde ich dafür bei meinen Reisen unternehmen. Das kann ich mir in meinem Alter leisten", meinte er.

„Allzu oft darfst du gleichwohl nicht verreisen", nahm Reto diesen Faden auf, „das Land hast du zwar verpachtet, aber ohne deine regelmässige Mithilfe schaffen wir das nicht."

„Siehst du, so sieht moderne Sklaverei aus: Du gibst das Land für ein Zuckerbrot und musst dafür noch arbeiten."

Alle mussten lachen, denn es war klar, dass es sein eigener Wunsch war, auf dem Hof weiterhin mitzuwirken. Er wollte, wie er stets betonte, von der Arbeit und nicht von der Rendite leben. Diese Aussage widerspiegelte die Gesinnung von Fritz sehr gut, die er auch mit Heiri teilte. Beide waren überzeugt, dass nur echte Arbeit einen wirklichen Mehrwert im Leben zu schaffen vermag.

„Ich weiss, ich weiss, ich bin ein Sklaventreiber, aber ein ziemlich humaner", spann Reto den Gedanken weiter, „Grund zum Klagen hast du sicher keinen. Du darfst sogar deinen eigenen Schnaps brennen."

Dieser Wink mit dem Zaunpfahl leitete den zweiten Teil des Abends ein. Fritz ging ins Haus und kam mit einer Flasche Gebranntem und der nötigen Anzahl Gläser zurück.

„Den müsst ihr unbedingt probieren. 2004 war ein ausgezeichnetes Jahr."

Er öffnete die Flasche und testete zunächst mit der Nase.

„Der Fruchtgeschmack der Kirschen ist in diesem edlen Wässerchen noch voll erhalten."

Dann goss er ein und hielt uns die Gläser hin. Tatsächlich, welch ein Bouquet! Das musste man Fritz lassen, sein Kirsch war einmalig. Schnell waren die für die erste Runde lediglich halbvollen Gläser ausgetrunken und es folgte eine zweite Runde mit vollen Gläsern.

„Das ist genau das richtige Quantum für einen Geniesser", hatte Fritz früher einmal erklärt.

Der Abend neigte sich dem Ende zu. Wir verabschiedeten uns von Fritz, stiegen auf unsere Fahrräder und rollten dem Dorf zu. In der Ferne war das leise Rauschen der Autobahn zu hören, ansonsten war es still. Auf dem Hof waren bereits alle Lichter gelöscht: Zeit sich hinzulegen. Reto und ich wünschten einander gute Nacht, dann stieg ich in den ersten Stock, machte meine Toilette und schlich auf leisen Sohlen in unsere Kammer. Anna und Michael schliefen bereits tief. Michael bekam den obligaten Gutenachtkuss, dann kuschelte ich mich zu Anna ins Bett.

In den vergangenen Tagen hatte ich viele Zeitungsbeiträge über Gabun bearbeitet. Heute nahm ich mir vor, beim Lesen neue Ideen zu generieren, die ich für den Roman verwenden konnte. Gleichzeitig hoffte ich auf interessante Fakten: Sie sollten das Verhalten meiner künftigen Figuren, ihre Haltung und Argumentation unterstützen. Vor mir hatte ich einen Stapel ungelesener Bücher, die sich im Laufe meiner Recherchen angesammelt hatten.

Nach dem Buch des italienischen Journalisten zog ich den mitteldicken Wälzer eines streitbaren Genfer Professors heraus. Von ihm hatte ich bereits viel gehört und bewunderte insgeheim sein Engagement. Aus dem Titel ging hervor, dass das Buch die Ursachen des Hungers in der Welt klären wollte. Hier fand ich bestimmt Antworten auf meine Fragen. Ehrfürchtig blätterte ich im Buch. Man konnte es auch partiell lesen. Trotzdem begann ich mit der ersten Seite und hörte so schnell nicht auf.

Das Buch war gutgeschrieben, süffig zu lesen und prall gefüllt mit Fakten. Was für einen Kontrast zum Thema seines Inhalts. Interessante Stellen strich ich an und markierte die Seite oben mit einem Post-it-Streifen. Er ragte als farbiges Fähnchen über den Seitenrand hinaus und führte mich bei Bedarf einfach zur betreffenden Stelle zurück. Normalerweise bin ich kein ausdauernder Leser und lege auch spannende Bücher immer wieder zur Seite. Nicht in diesem Falle. Als es Mittag war, hatte ich bereits ein Drittel des Inhalts verschlungen.

Beim Mittagessen diskutierte ich die eine oder andere These mit Anna und stellte fest, dass wir ähnlicher Meinung waren.

Am Nachmittag entspannte ich meine Hirnzellen bei der Arbeit auf dem Feld und freute mich bereits auf die Fortsetzung der Lektüre am kommenden Morgen. Anna zupfte mich am Ärmel:

„Hallo, wie geht es dir?"

„Gut, und dir?"

„Ausgezeichnet! Würde es dir etwas ausmachen, wenn ich morgen Nachmittag mit Rosi nach Rheinfelden auf den Markt fahre?"

„Wenn du Lust hast, warum nicht, mach nur. Michael fällt uns ja überhaupt nicht zur Last, sodass ich gut zurechtkommen sollte."

Tatsächlich hatte Michael ein hohes Mass an Selbständigkeit entwickelt. Er zog mit den grösseren Nachbarskindern herum, zeigte sich von Zeit zu Zeit bei uns oder schlich sich zu Rosi in die Küche. Innert kürzester Zeit war er im ganzen Dorf bekannt und konnte nicht mehr verloren gehen.

„Hast du etwas von R. gehört?"

„Sie hat mir ein SMS gesendet und ist irgendwo in der arabischen Welt unterwegs.", erwiderte Anna, „Es geht ihr gut und sie will spätestens bis Ende Monat ihre Schwester in Paris besuchen.

Ausserdem wollte sie wissen, ob du vorwärts kommst mit deinem Buch über Gabun."

„Komisch, von wo weiss sie das? Ausser uns weiss nur Baldur dass ich über Gabun schreibe."

„Vielleicht habe ich ihr gegenüber mal etwas erwähnt", überlegte Anna.

„Ich werde sie für meine Geschichte kontaktieren."

„Dann konkretisiert sich dein Roman also."

„Über Gabun habe ich ziemlich interessante Informationen gefunden, die ich gut verwenden kann. Vielleicht können wir einen Ausflug nach Paris machen?"

„Das wäre eine tolle Idee." Sie gab mir einen Kuss und machte sich wieder an die Arbeit.

Ich schaute ihr einen Moment lang nach und entschwand bereits in Gedanken nach Paris: Ich schaute vom Eiffelturm auf die Stadt herunter, flanierte auf den Champs-Élysées und durchstreifte das Quartier Latin. Parallel dazu verrichtete ich meine Arbeit und merkte gar nicht wie die Zeit verging.

„Peter, willst du auf dem Feld übernachten?", rief mir Reto vom Traktor aus zu, „Es ist Zeit für das Abendbrot."

„Ich komme, habe einen Mordshunger."

Ich lief zu ihm hinüber, stieg hoch und wir tuckerten heimwärts. Reto hatte nichts von meiner gedanklichen Abwesenheit bemerkt, mich begannen diese Ausfälle aber etwas zu beunruhigen. Zum dritten Mal innert kurzer Zeit bin ich einfach weggetreten, was früher bei mir nie vorgekommen war. Ich fragte mich bereits, ob ich mich zur Abklärung in ärztliche Behandlung begeben sollte. Aber was würde ich dem Arzt sagen: Meine gedankliche Abwesenheit hätte an meinem Roman weitergeschrieben. Sicher nicht, aber genau so war es. Und die Texte, die dabei entstanden, waren gar nicht übel. Beruhigt schob ich meine Ängste zur Seite.

An diesem Morgen half ich Rosi bei den Vorbereitungen für den Markt am Nachmittag. Wir fuhren aufs Feld hinaus und pflückten von den reifen Gemüsesorten jene Menge, welche sich erfahrungsgemäss verkaufen liess. Michael interessierte sich für die Pflanzen und ich erklärte ihm, wie sich die Gemüse unterscheiden:

„Das Gemüse mit den grünen Blättern ist Spinat."

„Beim Mangold kann man sowohl das Blatt wie auch den weissen Blattstiel essen."

„Dieses ganz feine Laub gehört einem Rübchen, das unter der Erde wohnt."

„Das sind Zucchetti. Sie haben schöne Gelbe Blüten und lange grüne oder gelbe Früchte, die man essen kann."

„Kürbisse gehören zur gleichen Familie wie die Zucchetti."

„Gibt es bei den Pflanzen auch Mutter und Vater?", unterbrach Michael.

„Bei den Zucchetti gibt es auf der gleichen Pflanze Mutter- und Vaterblüten."

„Und wo sind die Kinder?"

„Die Bienchen transportieren den Blütenstaub von der Vater- auf die Mutterblüte, daraus entstehen in der Frucht ganz viele Kinder."

Rosi schnitt eine reife Zucchetti auf und zeigte ihm die Samen.

„So viele Kinder!", rief Michael erstaunt und irritiert zugleich.

„Jeder Samen gibt ein einzelnes Pflänzchen."

„Das sind aber viele Pflänzchen!"

„So ist es", erwiderte Rosi.

Wir gingen von einer Kultur zur nächsten: Michael entpuppte sich als eifriger Schüler, bis er den Kopf voll hatte. Plötzlich zupfte er einige Salatsetzlinge aus. Rosi sah mich kurz an, dann meinte sie:

„Ich glaube, wir haben genug Gemüse geerntet.“

Zurück auf dem Bauernhof gönnten wir uns eine Pause bei einem Glas Süssmost. Michael spielte mit den Katzen. Anschliessend stellten wir in der Vorratskammer die Einmachgläser in Kisten zusammen. Es gab neben Ratatouille in Essig eingelegte Zucchetti, Gurken und Zwiebeln sowie Tomatensauce und Pesto. Eines der Pesto-Gläser öffnete Rosi und verwendete den Inhalt gleich beim Mittagessen als Sauce zu den Teigwaren.

Am Nachmittag kümmerte sich Peter um Michael. Sie gingen im Wald mit dem Pfeilbogen zur Jagd.

Ich fuhr mit Rosi nach Rheinfelden zum Markt. Endlich Ruhe und Abstand von der Familie, dachte ich unterwegs. Bis jetzt hatte ich auf dem Bauernhof noch fast keine freie Minute. Als wir den Stand aufgebaut hatten, fragte ich Rosi, ob sie etwas dagegen hätte, wenn ich mir das Städtchen anschauen würde.

„Kein Problem“, meinte Rosi, „lass dir nur Zeit. Normalerweise komm' ich auch allein zurecht.“

Ich schlenderte die Hauptgasse des gut erhaltenen und herausgeputzten Zähringerstädtchens hoch und runter. Neben einigen Galerien gab es eine alternative Boutique: Diese interessierte mich besonders. Schliesslich landete ich vor einer Confiserie und erlag den leckeren Süssigkeiten in der Auslage. Mit zwei Kaffees in Pappbechern und zwei Nussgipfeln bepackt, verliess ich den Laden und ging zurück zu Rosi:

„Hallo, ich bring dir was!"

„Das ist aber lieb, das kann ich sehr gut gebrauchen."

Während Rosi ihren Kaffee trank, übernahm ich die nächste Kundschaft und war als Marktfahrende schnell im Element. Nach bestandener Probe hatte Rosi noch andere Dinge zu erledigen:

„Kann ich dich einen Moment alleine lassen? Ich muss im Reformhaus einige Dinge kaufen."

„Kein Problem, lass dir nur Zeit."

Der Nachmittag verging wie im Flug. Gegen Abend war ein Grossteil des Gemüses verkauft und die Kasse voll. Zufrieden machten wir uns auf den Heimweg. Auf dem Hof fanden wir zu unserer Überraschung Peter bereits in der Küche bei der Zubereitung des Nachtessens. Michael assistierte kräftig und rührte in einem grossen Topf:

„Mama, sieh her, wir haben Steinpilze gefunden!", rief er begeistert.

„Habt ihr die mit Pfeil und Bogen erlegt?", fragte ich spasseshalber.

„Mama, die springen nicht davon, die wachsen wie Pflanzen an Ort und Stelle."

„Den Pfeilbogen habt ihr trotzdem gebastelt?"

„Der ging bereits beim zweiten Pfeil in die Brüche."

„Risotto ai funghi con insalata verde", präsentierte Peter das Menu, „und zur Nachspeise Waldbeeren mit Rahm."

„Super, das ist wohl eine Überraschung, da bin ich echt froh, dass ich nicht mehr kochen muss", bedankte sich Rosi.

Am Tag zuvor hatte ich das zweite Drittel des Buches vom Genfer Professor gelesen. Heute setzte ich die Lektüre fort. Ich nahm dazu meinen Platz in der Gartenlaube ein. Er eignete sich vorzüglich zum Lesen und Nachdenken. Hier hatte ich die nötige Ruhe, konnte meine Gedanken ebenso gut schweifen lassen wie fokussieren. Bei Bedarf und zur Lockerung meiner Hirnwindungen tat ich einige Schritte und erfreute mich an der üppigen Pflanzenpracht.

Es war nicht der typische Bauernhausgarten, der durch eine klare Ordnung und ganz bestimmte Pflanzen bestach. Die Ordnung hier ergab sich durch ihre Unordnung: Sie war ökologischer

Natur und unterschied sich vom Wildwuchs durch Rosis geschickte und gekonnte Eingriffe als gestaltende Gärtnerin. Auf kleinem Raum entfaltete sich eine grosse Vielfalt von vorwiegend wildwachsenden Pflanzen und Kräutern. Im hinteren Teil war ein Feuchtbiotop angelegt und an den besonders sonnigen Standorten wuchsen Küchenkräuter. Sie machten einen wichtigen Teil von Rosis Kochkunst aus. Rosi, die meine Arbeitsgewohnheiten bald gut kannte, stellte mir jeweils am Morgen eine Karaffe Wasser und Früchte auf den Tisch in der Gartenlaube.

Nachdem ich die letzte Seite umgeblättert hatte, nahm ich etwas von den Früchten und begann die wesentlichen Aussagen des Buches zusammenzufassen. Beim Gedanken an dieses Unterfangen erschreckte mich der Wald von Post-it-Streifen. Das Buch glänzte durch Faktenreichtum, ergänzt mit Anekdoten und Geschichten über Persönlichkeiten, denen der Professor bei seiner Arbeit begegnet war. Insgesamt zeigte sich deutlich, dass Armut und Hunger in der Welt nicht naturgegeben, sondern Resultat von sozialer Ordnung und wirtschaftlichen Machenschaften waren. Das hatte ich eigentlich nicht anders erwartet. Trotzdem staunte ich, dies auf solch eindrückliche Weise belegt zu bekommen. Ebenso entlarvte der Autor die wesentlichen Mechanismen und Akteure.

Das Wesentliche auf den Punkt gebracht habe ich in meiner Geschichte bereits von verschiedenen Dingen. Mit dem Inhalt dieses Buches wollte ich gleich verfahren. Dieses Mal versuchte ich, locker zu bleiben und meine Schrift verengte sich nur unwesentlich. Möglicherweise ein Zeichen zunehmender Routine: Denn ich betrachtete es als Aufgabe eines Schriftstellers, komplexe Dinge möglichst so zu vereinfachen, dass sie verständlich wurden, aber nicht banal und langweilig daherkamen.

Das Unterfangen war aber nicht einfach und mein Punkt bestand eher aus Pünktchen. Und diese Pünktchen sahen aus wie Münzen und erinnerten mich an Geld. Der schnöde Mammon hatte seine Pfoten im Spiel und füllte die Taschen der am Tisch sitzenden und zockenden Eliten der Länder des Südens, der Weltbank, des Internationalen Währungsfonds (IWF), der Agrarindustrie und von Spekulanten.

Doch Eins nach dem Anderen: Weltbank gewährt Kredite für Projekte, die nicht rentieren; korrupte Eliten bedienen sich am Staat und schwächen ihn zusätzlich; resultierende Schulden verlangen nach Tilgung und Zinsen; IWF verordnet Sanierungsprogramm: Devisen müssen her! Aber von wo, wenn nicht stehlen? Also Rohstoffe verschleudern, Kolonialprodukte für den Weltmarkt anbauen, Landnutzungsrechte an die Agrarindustrie abtreten, Pflanzen für die Herstellung von Biodiesel anbauen usw. Den einfachen Bauern, die diesen Sanierungsmassnahmen im Wege stehen, Knüppel zwischen die Beine werfen, damit sie verschwinden: Subventionen und Schutzzölle abbauen; Saatgut patentieren oder Land gleich wegnehmen. Zwangsläufig geht Eigenversorgung zurück und Abhängigkeit von Lebensmittelimporten nimmt zu; Spekulanten treten auf den Plan, entdecken das Geschäft mit Land und Lebensmitteln, streichen satte Gewinne ein. Die Münzen rollen, aber in die falsche Richtung. Insgesamt wird so Hunger nicht verhindert, sondern gefördert. Nun war mir klar, warum der Autor als streitbar galt. Doch die Sachlage war eindeutig und sprach für den Professor.

Nun hatte ich neben dem französischen Geheimdienst auch noch die Zocker am Hals. Von diesem Gedanken selber belustigt sann ich nach etwas, was letztere zu besänftigen vermochte. Die Zocker würden natürlich auf die Rendite verweisen, die von ihren Auftraggebern erwartet wurde. Geschickt versteckten sie sich hinter dem System und das System waren wir alle: Sicher aber jene, die nach hohen Gelderträgen – auch die Pensionskassen – und günstigen Produkten aus aller Welt aus waren.

Noch etwas kam mir in den Sinn: Das Gespräch über Gentechnologie vom Vorabend. Das wichtigste Argument, das die Befürworter dieser Technologie ins Feld führen, war der Kampf gegen den Hunger. Wenn man aber die Ausführungen des Professors gelesen hatte, wurde einem schnell klar, dass ein so geführter Kampf nie und nimmer gewonnen werden konnte. Denn die Gentechnologie war Bestandteil der Agrarindustrie und musste Rendite machen. Beim oben beschriebenen Wirkungszusammenhang zockte sie fleissig mit.

Was hat das alles mit meinem Roman zu tun? fragte ich mich skeptisch beim Durchblättern meiner Notizen am folgenden Tag. Ist das nicht konzeptlos, was ich mir bis jetzt notiert habe? Wie bekomme ich die Dinge unter einen Hut? Der Wunsch nach dem alles erlösenden Konzept, das auf einer Seite Platz fand und Herrn Baldur präsentiert werden konnte, drängte wieder in den Vordergrund. Ich rekapitulierte mit Hilfe der Notizen meine Motive für den Roman. In meinem Buch, stand da schwarz auf weiss geschrieben, sollen unter anderem die Beweggründe der Emigranten literarisch verarbeitet werden. Bei meinen Recherchen hatte ich dazu bis jetzt einiges erfahren. Am meisten vom Genfer Professor, auch z.T. vom italienischen Journalisten. Die Antworten des Professors, konstatierte ich, tönen ziemlich plausibel: Hunger, Armut, Ausweglosigkeit sind wichtige Motoren für die Emigration. Ebenfalls leuchten die von ihm angeführten Mechanismen ein. Diese Notizen, die ich zum Teil bereits zu einzelnen Texten verarbeitet hatte, konnte ich für meinen Roman gebrauchen.

Nun muss ich noch den Zusammenhang mit Gabun herstellen, dachte ich. Über Gabun hatte ich vor allem viel aus Zeitungsberichten erfahren. Ein Bericht wies darauf hin, dass sich auch Leute aus Gabun emigrierten. Über Hunger in Gabun als mögliche Ursache dafür brachte ich nichts in Erfahrung. Hingegen war die Armut breiter Bevölkerungskreise gut dokumentiert. Nur wenige profitierten vom Erlös des Ausverkaufs der Bodenschätze. Neben Erdöl, Uran und Mangan wurde auch der Wald als Ressource für Holz häufig erwähnt.

Das Thema Wald stand ganz am Anfang Pate zu dieser Geschichte. R. hatte mich darauf hingewiesen, dass die Wälder ihres Landes von Gesetzes wegen nachhaltig genutzt werden mussten. In diese Richtung hatte ich noch wenig geforscht. Ich ging nochmals meine Sammlung der kopierten Zeitungsbeiträge durch und wurde verschiedentlich fündig.

In einem Bericht hiess es zum Beispiel, dass in einem Waldreservat in Gabun ganz per Zufall der Bau einer illegalen Erz-Mine entdeckt wurde. Eine Umweltschutzorganisation wehrte sich erfolgreich dagegen.

Ein weiterer Beitrag berichtete vom Besuch von Ali Bongo, dem Sohn und Nachfolger des langjährigen Präsidenten Omar Bongo, in der Schweiz. Ali Bongo wurde in Burgdorf vom Bildungsdirektor des Kantons Bern empfangen. Gemeinsam regelten sie die Zusammenarbeit zwischen der Berner Fachhochschule und Gabun. Das Land wollte künftig seine wertvolle Ressource Holz im Lande selber verarbeiten und benötigte Knowhow aus der Schweiz. „Grundsätzlich will die BFH nicht Jugendliche, sondern Lehrer und Dozenten ausbilden, welche später ihr Wissen in Gabun weitergeben können", hiess es im Bericht. Das ist ein interessanter Ansatz und deutet auf Nachhaltigkeit hin, dachte ich, so bleiben Ressourcen und Devisen im Land. Vorausgesetzt, dass der Wald wirklich nachhaltig bewirtschaftet wird. Der Sohn war offenbar noch geschickter als sein Vater.

Einem späteren Bericht entnahm ich, dass die ersten Studenten aus Gabun die Prüfung an der Fachhochschule abgelegt hatten.

Kaum war dies notiert, meldete sich mein Mail-Briefkasten. Die Dokumentationsstelle der Entwicklungszusammenarbeit sandte

mir einen weiteren Artikel: Er beschrieb die prunkvollen Festlich-
keiten zur Feier des 100-jährigen Jubiläums des Urwaldspitals von
Albert Schweitzer in Lambarene, Gabun. Der erlesenen Gästeschar
aus aller Welt wurden offenbar topmoderne Operationssäle vorge-
führt, die noch keinen Patienten gesehen hatten. Ebenso eine holz-
lose Sägerei mit Phantomangestellten. Ich schloss daraus, dass das
Zusammenarbeitsprogramm mit der Berner Fachhochschule noch
nicht wirklich Früchte getragen hatte.

Obwohl im Bericht dem jetzigen Präsidenten guter Wille attestiert wurde, sank das Ansehen des gesamten Bongo-Clans in meiner Wahrnehmung deutlich. Was ist nun Schein und was ist Wirklichkeit? Möglicherweise wusste das nicht einmal Ali Bongo selber,
im selben Bericht wurden nämlich auch Verdachtsmomente geäus-
sert, wonach ihn seine Entourage bewusst von der kärglichen Realität in seinem Lande fernhalten würde.

Die Frage nach „Schein und Wirklichkeit", wurde mir jetzt bewusst, konnte nur vor Ort befriedigend geklärt werden. Ebenfalls
konnte nur dort etwas gegen einen allfälligen Schwindel unternom-
men werden. In Gedanken bereitete ich mich auf eine Reise nach
Gabun vor. Nach den anfänglichen Schwierigkeiten am heutigen
Tag war ich nun ganz zufrieden mit meiner Ausbeute. Das Konzept

hatte ich zwar noch nicht gefunden, mir war aber bewusst, dass ich mich nicht mehr lange darum herum mogeln konnte.

In der vergangenen Nacht träumte ich viel und schlief ziemlich schlecht. Im Traum sah ich mich wieder in der Rolle des Emigranten aus Gabun auf seiner Reise durch die Sahara. Dank meiner psychischen Stärke hatte ich die Militärkontrolle erfolgreich und ohne Devisenverlust überstanden. Ali, mein Begleiter, erwies sich als zuverlässig: Der versteckte Betrag war noch vollständig am selben Ort, als wir den Lastwagen wieder bestiegen. Wir liessen das Geld im Hinblick auf weitere Kontrollen gleich dort.

„Ich habe einen Moment Angst um dich gehabt", meinte Ali, „aber als ich deinen stechenden Blick bemerkt habe, der den Offizier zu durchdringen schien, ist mir klargeworden, dass dir nichts passieren kann."

Ali kannte nicht nur alle Tricks, sondern war auch ein guter Beobachter und Psycholog. Dank seiner Besonnenheit überstanden wir alle weiteren kritischen Situationen ohne Schaden. Die Reise war auch so genügend anstrengend und zermürbend.

Die Stimmung auf der Ladefläche nahm zusehends ab. Kleine Streitereien machten sich da und dort bemerkbar: eine falsche Bewegung, ein falsches Wort genügten. Die gegenseitige Toleranz der Schicksalsgemeinschaft sank gegen Null.

Ich befolgte weiterhin meine Strategie und hielt mich aus allem heraus. Die zunehmende nervliche Belastung spürte auch ich. Vier Tage waren wir unterwegs und richtig weichgekocht von der sengenden Hitze.

„Wir haben es bald geschafft", murmelte Ali plötzlich und blickte gleichmütig zu mir.

Diese wenigen Worte kamen mir wie eine gesprochene Fata Morgana vor. Ich hatte sie zwar akustisch mitbekommen, konnte sie aber nicht begreifen.

„Hast du etwas gesagt?"

„Wir sind bald am Meer", wiederholte Ali.

Doch die Fata Morgana hielt sich hartnäckig:

„Was!?"

Nun schüttelte mich Ali plötzlich an den Schultern:

„Ist dir nicht gut?"

„Doch, doch."

„Wir kommen bald ans Meer."

Nun hatte ich endlich verstanden, war aber noch skeptisch:

„Wie willst du das wissen?"

„Ich spüre das einfach und getäuscht habe ich mich noch nie."

Tatsächlich, jetzt dämmerte es auch mir. Aber nur für einen kurzen Moment. Dann fiel ich erschöpft in einen tiefen Schlaf. Als ich wieder aufwachte, befand ich mich bereits nicht mehr auf der Ladefläche des Lastwagens, sondern in einem gut getarnten Versteck in einem Wald nahe der Küste.

Ali tippte mir leicht an die rechte Schulter:

„Ich habe dir einen Platz für die Überfahrt auf einem Fischkutter besorgt."

„Wo bin ich?"

„Wir sind nahe der Küste."

„Was ist passiert?"

„Du hast einen Schwächeanfall erlitten, wir mussten dich vom Lastwagen hinuntertragen."

„Vielen Dank", stammelte ich schwach und fiel für weitere Stunden in tiefen Schlaf. Als ich wieder aufwachte, fühlte ich mich wesentlich besser. Ali schien während der ganzen Zeit nicht von meiner Seite gewichen zu sein. Er gab mir aus einer Pet-Flasche etwas lauwarmes Wasser zu trinken. Ich trank vorsichtig und es gelang mir, mich aufzusetzen. Mein Blick wanderte meinen Beinen entlang zu den Füssen, wieder hoch zu den Armen, als müsste ich kontrollieren, ob sämtliche meiner Körperteile mitgekommen waren. Im Kopf war ich noch ziemlich belämmert. Es war bereits dunkel. Das Lager wurde lediglich von der Glut eines ausgehenden Feuers schwach beleuchtet.

„Geht es besser?"

Ich nickte.

„Magst du etwas essen?"

Ich nickte ein weiteres Mal und Ali gab mir von den Früchten, die er diesen Morgen von einem Händler ergattert hatte. Die Orangen schmeckten köstlich und gaben mir frischen Mut.

„Du hast mir das Leben gerettet."

„Ach was", erwiderte Ali mit einer abweisenden Handbewegung, „ich habe nur das gemacht, was ich für jeden anderen Freund auch tun würde."

„Trotzdem vielen Dank! Kann ich noch etwas von den Orangen haben?"

„Nimm nur, ich habe genug davon und eine Mango habe ich ebenfalls."

Ali gab mir eine weitere Orange, die ich bedächtig schälte. Einen Schnitz nach dem anderen steckte ich in den Mund und kaute ihn, bis ich den letzten Safttropfen ausgekostet hatte.

„Wo sind die anderen?"

„Sie sind bereits am Strand und warten auf das Boot."

„Aha."

„Das Boot wird in den frühen Morgenstunden loslegen und euch nach Italien bringen."

„Du kommst nicht mit?"

„Ich schlage mich der Küste entlang über Tunesien und Algerien nach Marokko durch und setze dort nach Spanien über. Das hat mein Cousin bereits so gemacht."

Ich musste einen Moment leer schlucken, denn ich hätte meine Reise gerne mit Ali fortgesetzt. Aber unsere Reiseziele waren verschieden; früher oder später hätten wir uns ohnehin getrennt und für Sentimentalitäten war dieses Leben nicht geeignet.

„Wirst du in Italien bleiben, falls du kannst?"

„Nein, ich werde in die Schweiz weiterreisen, dort hat es viel Wald wie in Gabun und das Land soll schön sein."

Erst jetzt, wo sich unsere gemeinsame Reise ihrem Ende zuneigte, kamen wir in ein echtes Gespräch.

„Warum hast du dein Land verlassen? Gabun ist doch ein reiches Land."

„Der Reichtum meines Landes kommt nur einer kleinen Oberschicht zugute. Wenn du nicht zu diesen Leuten gehörst, hast du keine Chance. Dagegen habe ich mich als Student gewehrt."

„Dann bist du auch ein Verfolgter?"

„Nein, das war nicht der Punkt. Als mein Vater krank wurde, habe ich das Studium abgebrochen. Er arbeitete in einer Uranmine, die kurz danach geschlossen wurde, da sie nicht mehr rentierte. Seither ist fast die ganze Stadt arbeitslos und die meisten der ehemaligen Minenarbeiter sind krank. Von den versprochenen Abfindungen haben wir bis jetzt noch keinen rostigen Centime gesehen. Als mein Vater vor drei Monaten starb, war es für mich Zeit wegzugehen. Mit oder ohne Ausbildung findest du in meinem Land keine vernünftige Arbeit und von irgendwas muss meine Familie ja leben."

Ich war froh, Ali meine Geschichte anvertraut zu haben. Wenigstens er kannte nun mein Schicksal.

„Was willst du in der Schweiz machen?"

„Ich suche eine Arbeit im Wald. Dort kann ich einige Erfahrungen aus meiner Heimat und meinem Studium einbringen. Sobald ich genügend verdient habe, kehre ich zurück."

„Ich würde auch gerne zurückkehren", meinte Ali, „da müssen sich aber zuerst die politischen Verhältnisse in meinem Land ändern."

„Du wirst verfolgt?"

„In meinem Land gehöre ich einer Minderheit an und habe die Stimme gegen das korrupte Regime erhoben. Wäre ich nicht im letzten Moment geflohen, würde ich jetzt im Gefängnis sitzen. Dort kommst du als politisch Verfolgter nur selten lebend heraus." Ali verstummte für einen kurzen Moment nachdenklich: „Aber so ist das Leben", meinte er, „du kannst es annehmen und das Beste daraus machen oder dich aufreiben und untergehen", schloss er seine Gedanken.

Beide sassen wir in unsere Gedankenwelt versunken da. Nach einigen Minuten nahm Ali das Gespräch wieder auf und mahnte zur Eile:

„Du musst dich jetzt auf den Weg machen, sonst wirst du das Fischerboot verpassen. Hier ist der Rest deines Geldes. Das was fehlt blätterte ich für die Überfahrt hin."

Ali gab mir meinen Beutel zurück und ich kontrollierte, was noch übrig war. Die bisherige Reise hatte das kleine Vermögen bis auf einen bescheidenen Rest zusammenschmelzen lassen. In Italien würde ich zunächst Arbeit finden müssen, bevor ich in die Schweiz weiterreisen konnte. Ali reichte mir die Hand und half mir beim Aufstehen, dann gab er mir das Bündel mit meinen wenigen Habseligkeiten. Den Kanister hatte er bereits mit Wasser gefüllt. Er trug ihn für mich auf dem kurzen Weg zum Strand in einer kleinen Bucht, was ich als Geste seiner Freundschaft empfand. Dort angekommen bemerkte ich die vielen Gestalten, welche auf dem Boden kauernd warteten. Die Stimmung war gespenstisch. Weit draussen vor der Bucht leuchtete ein einzelnes Licht, das sich langsam näherte und zweifellos zum erwarteten Fischkutter gehörte. Wir tauschten unsere E-Mail- und sonstigen Adressen aus und versprachen einander zu schreiben. Dann umarmten wir uns kurz und Ali verschwand in der Dunkelheit.

Als wir endlich an Bord gingen, setzte bereits die Dämmerung ein. Es war höchste Zeit, noch im fahlen Morgenlicht das offene Meer zu erreichen. Der Fischkutter, ein alter, klappriger Kahn, war notdürftig frisch getüncht. Sehr wahrscheinlich, um etwas Vertrauen in die Überfahrt zu wecken. In seinen besseren Jahren gehörte er einem mauretanischen Fischer, der lange Zeit von seinem Fischfang gut leben konnte. Erst als die Europäische Union mit ihrer Fangflotte die küstennahen Gebiete Mauretaniens leer zu fischen begann, wurde es schwierig für ihn. Aus Not verkaufte er schliesslich sein Boot an einen Schlepper. Auf seiner letzten Fahrt mit dem Boot war der Fischer bereits nur noch Passagier: Er wollte in Europa sein Glück versuchen und betete für eine ruhige Überfahrt.

Gegen Morgen wachte ich ziemlich verschwitzt und zerschlagen auf. Mein Traum war noch ziemlich präsent. Gerne hätte ich Ali vor den Missständen in der spanischen Landwirtschaft gewarnt. Auch jener Gestalt, die ich im Traum verkörperte, hätte ich einige Tipps geben können. Sie hätte sich bestimmt für die zwischen der Berner Fachhochschule und Gabun vertraglich geregelte Zusammenarbeit im Bereich der Holzverarbeitung interessiert. Beide waren leider zusammen mit dem Traum verschwunden.

Als ich das im Schlaf Erlebte niedergeschrieben hatte, war ich froh am Beispiel des mauretanischen Fischers eine weitere Antwort auf die mich leitenden Fragen erhalten zu haben. Wenn mir schon

Teile des Romans im Traum zufielen, dann waren mir Nachtträume wesentlich lieber als Tagträume. Aus naheliegenden Gründen, die ich bereits mit Anna erörtert hatte. Ob und wie ich das steuern konnte, war mir allerdings schleierhaft. Meinen geistigen Mitarbeitenden gab ich mindestens die Losung durch, mir umfassendere Inspirationen nur in der Nacht zukommen zu lassen, während kurz gehaltene jederzeit möglich waren.

Ich hatte nun durch meine Recherchen schon einiges über Afrika im Allgemeinen und Gabun im Speziellen erfahren. Vieles hatte bereits Eingang in Textbausteine gefunden, die noch ziemlich ungeordnet waren. In einem nächsten Schritt versuchte ich mehr Ordnung zu schaffen. Für meinen ersten Roman hatte ich zu diesem Zweck eine Tabelle entwickelt, die für jeden Absatz stichwortartig Auskunft über die darin beschriebenen Handlungen, deren Protagonisten und die behandelten Themen gab. Mit „Copy-paste" übernahm ich die Übersicht des ersten Romans in ein neues Dokument. Ich löschte sämtlich Inhalte der Tabelle und begann die Handlungen, Protagonisten und Themen des zweiten Romans einzufüllen. Dabei galt es, die Textbausteine in sinnvolle Absätze zu unterteilen und am richtigen Ort einzugliedern. Viele der Textbausteine konnte ich mit kleineren Anpassungen als Absätze übernehmen, andere musste ich unterteilen. Manchmal löste ich aus einem Absatz ein Textfragment heraus und baute es in einen anderen Absatz ein, wo es besser passte. Meine Geschichte gewann dadurch an Plastizität und erhielt bereits so etwas wie einen roten Faden. Zufrieden lehnte ich mich zurück und war der Meinung, dass es gar nicht so schlecht lief.

Auch in der folgenden Nacht träumte ich ausführlich und erlebte, wie ich als Tao, so hiess ich nun, am vorläufigen Ende meiner Reise angekommen war. Ich sass auf meinem Bett in der Empfangsstation für Asylbewerber und lebte unter falschem Namen in einem fremden Land unter fremden Menschen.

Nach meiner Überfahrt auf dem Fischerboot von Libyen nach Italien, welche zu unserem grossen Glück erstaunlich undramatisch verlief, was eher selten der Fall ist, strandete ich an der Küste von Lampedusa und wurde in das dortige Auffanglager für Flüchtlinge aufgenommen. Ganz Afrika schien sich dort ein Stelldichein zu geben. Zum ersten Mal in meinem Leben lernte ich die Landkarte meines Kontinents näher kennen. Die Vielfalt der verschiedenen Ethnien erstaunte mich und machte mir Eindruck.

In Lampedusa versuchte ich herauszufinden, wie ich möglichst schnell und unauffällig den Weg vom Süden Italiens den Stiefel hinauf in die Schweiz finden konnte. Bei all meinen Kontakten war

ich wie bis anhin darauf bedacht, möglichst wenig von mir preis-
zugeben. Das Wissen über das Land ausserhalb der Lagermauern
schien relativ gross zu sein. Vieles beruhte auf Hörensagen. Einige
Insassen unternahmen allerdings diese Reise zum wiederholten
Mal und kannten Italien aus eigener Erfahrung. Bei ihnen waren
die verlässlichsten Informationen zu holen. Muhamed war einer
von diesen und schien ein vertrauenswürdiger Typ zu sein.

Von ihm erfuhr ich, wie ich meine Reise einfach und ziemlich
sicher fortsetzen konnte. Ich musste lediglich ein kleines Päckchen
über die grüne Grenze in die Schweiz transportieren. Was in dem
Päckchen sein würde, interessierte mich nicht und die grüne
Grenze musste ich ohnehin passieren. Eine Win-Win-Situation, wie
man sie selten erlebt, dachte ich, als ich mich in einem dunklen Hinterhof in Neapel zum Auftrag bereit erklärte.

Hierher war ich nach fünf Wochen Lageraufenthalt und einer tä-
gigen Reise mit Schiff und Zug angekommen. Nun sollte ich die
Strecke bis zur Schweizer Grenze versteckt auf der Ladenfläche eines Camions zurückzulegen. Der Transport wurde von meinem
Auftraggeber als Gegenleistung organisiert. Wie schon oft auf meiner Reise, gab es nichts zu erwägen und ich folgte dieser Anwei-
sung. Sie bescherte mir für die kommenden Stunden ein stickiges
Verlies unter einer Lastwagenplane, versehen mit etwas Proviant.

Dass ich mit dem Transport dieses Päckchens mit Sicherheit eine kriminelle Handlung beging, wurde mir erst bewusst, als ich es im Morgengrauen des folgenden Tages zusammen mit einer detaillierten Wegbeschreibung auf einer Autobahnraststätte in der Nähe der Schweizer Grenze entgegennahm.

Meine aus Not entstandene Reise, war nun bereits in der doppelten Illegalität angekommen. Für einen kurzen Moment war ich ziemlich schockiert. Mein Realitätssinn kehrte jedoch schnell zurück und sagte mir: Wenn du den Auftrag nicht ordnungsgemäss beendest, hast du neben der Fremdenpolizei auch noch die Mafia im Genick. Dein Leben wäre keinen rostigen Rappen mehr wert. So gesehen war der Entschluss, die Autobahnraststätte durch das Loch im Maschenzaun zusammen mit dem Päckchen zu verlassen nur folgerichtig.

Die Wegbeschreibung bestand aus einem in fremder Sprache beschrifteten Kroki und nutzte mir nur wenig. Mir genügte mein Instinkt, der mich zielstrebig und sicher über die unbewachte grüne Grenze brachte.

Unterwegs hatte ich reichlich Zeit mein Vergehen zu reflektieren: Meine Illegalität bestand eigentlich nur deshalb, weil es Grenzen überhaupt gab. Grenzen waren besonders in Afrika ziemlich willkürlich gesetzt. Grenzen waren auch ein Grund für meine Not und jene vieler anderer Leidensgenossen. Während sie den Reichtum unserer Länder ungehindert ins Ausland und speziell nach Europa passieren liessen, hielten sie die dabei verarmende Bevölkerung in ihrem Land, in Afrika zurück. So gesehen besassen Grenzen für mich keine besonders grosse Legitimität. Ein Teil meiner Illegalität war somit mehr als gerechtfertigt.

Der andere Teil war ein wenig meiner Naivität geschuldet. Einerseits dieser und andererseits wurde meine Not von dieser dubiosen Bande, in deren Fänge ich geraten war, eiskalt ausgenutzt. Ich betete zu Gott, dass der Inhalt des Päckchens niemandem Schaden zufügen würde. Mein nächstes Ziel war der Bahnhof von Chiasso. Hier deponierte ich das Päckchen wie abgemacht in einem Schliessfach und steckte den Schlüssel in den mir ausgehändigten adressierten und frankierten Umschlag. Als das Couvert durch den Schlitz in den gelben Kasten hineingeglitten war, fühlte ich mich von einem grossen Brocken befreit. Gleichzeitig realisierte ich, dass ich im Land meiner Träume angekommen war und dass ich mir nicht zu viel versprochen hatte: In Chiasso begann die Landschaft bereits ziemlich gebirgig zu werden und die Hänge waren bewaldet.

Von Mohamed wusste ich, dass es in dieser Grenzstadt ein Empfangszentrum für Asylsuchende gab. Er hatte mir auch erklärt, dass ein Asylgesuch für mich die einzige Möglichkeit war, mich in der Schweiz festzusetzen. Unterwegs hatte ich mir bereits eine Geschichte zurechtgelegt, die mich als politischen Flüchtling ausweisen würde. Ein unheimliches Glücksgefühl erfasste mich. Vor lauter Freude tanzte ich durch das Bahnhofsgebäude und fand mich auf einer Bank in einem kleinen Park wieder. Zufrieden genoss ich das bisher Erreichte. Meine Zukunft war zwar ungewiss, doch bis anhin war alles so gut gelaufen. Zuversicht kam in mir hoch. Nicht einmal meine Einsamkeit, die ich seit meinem Weggang von Zuhause häufig spürte, beeinträchtigte das momentane Glücksgefühl. Meine Euphorie endete erst beim Betreten der kahlen, wenig einladenden Räumlichkeit der Empfangsstation.

Und hier sitze ich nun, ziemlich ernüchtert, doch um einige Erfahrungen reicher, und warte mein Asylverfahren ab.

Hier endete der Traum. Ich lag neben Anna in unserem Bett in der Kammer auf dem Bauernhof und war hellwach. Alles rund um mich herum war friedlich. Der Hahn kündigte krächzend den neuen Tag an.

Nicht nur mein Traum war ausgeträumt, sondern bestimmt auch jener von Tao oder wie immer er auch hiess. Die Schweiz hatte er zwar erreicht und einen Asylantrag gestellt. Er würde allerdings nie und nimmer als politischer Flüchtling durchgehen: Gabun, seine Heimat, stand bestimmt nicht auf der entsprechenden Liste.

Tief betroffen von den nächtlichen Erlebnissen und auf dem Boden der Schweizer Realität angekommen, stand ich mühsam auf, zog mich an und begann noch vor dem Morgenessen die als Tao durchlebte Geschichte zu notieren. Als sich Anna noch ziemlich verschlafen und gähnend zu mir gesellte, hatte ich diese Arbeit bereits zu einem guten Teil erledigt.

„Hallo Peter", sie gab mir zärtlich einen Kuss, „du entwickelst dich zum Nachtarbeiter."

„Ich hatte wieder einen ziemlich ergiebigen Traum, den ich dabei bin zu notieren."

„Dann kommst du also vorwärts?"

„Ich bin ganz zufrieden."

„Schön!"

Gemeinsam gingen wir in die Küche hinunter, wo Reto und Heiri sich bereits für ihr Tageswerk bereitmachten.

„Heute sind wir etwas spät dran, ich hoffe das ist kein Problem für euch", entschuldigte sich Anna.

„Kein Problem", meinte Reto, „ihr müsst nicht dauernd mithelfen, sondern könnt auch einmal einen Ruhetag einschalten."

„Das ist sehr nett von euch. Peter, was meinst du?"

Dieser Vorschlag kam mir gerade gelegen, denn ich musste unbedingt etwas Distanz zu dieser Geschichte schaffen, welche mich unerwartet tief getroffen hatte. Ich schlug deshalb vor:

„Wie wäre es mit einem Badeausflug? Das nötige Wetter hätten wir."

„Wo wäre überhaupt das nächste Gartenbad?", wollte Anna wissen.

„Ihr könnt mit den Velos durch den Forst nach Möhlin fahren und dort ins Schwimmbad gehen. Die Fahrt dauert etwa eine Stunde. Wenn ihr wollt, könnt ihr auf dem Rückweg das Velo in den Zug verladen", gab Heiri Auskunft, „das haben wir oft gemacht, als Reto noch klein war."

„Wieso nicht gleich in den Rhein springen?"

„Ich weiss nicht, ob das mit Michael eine gute Idee wäre", meinte Anna, „es könnte immer nur einer von uns beiden schwimmen und der andere müsste zu Michael schauen."

Schliesslich beschied sie:

„Ich finde die Velofahrt in Verbindung mit dem Gartenbad eine prima Idee."

„Wir können nach der Arbeit einmal zusammen im Rhein schwimmen gehen", meinte Reto, „da komme ich gerne mit."

„Abgemacht! Das werden wir machen", war ich nun auch zufrieden.

Heiri und Reto machten sich an die Arbeit und wir nahmen das Frühstück ein. Zu Rosi meinte Anna:

„Bis zum Mittagessen sind wir kaum zurück."

„Wenn ihr wollt, kann ich euch etwas warmhalten", schlug Rosi vor und ich erwiderte:

„Wir werden etwas im Gartenbad essen, das gehört für mich irgendwie dazu."

„Dann kommst du heute Morgen gar nicht zum Schreiben", konstatierte Anna.

„Erstens habe ich bereits geschrieben, zweitens brauche ich von Zeit zu Zeit eine kreative Pause und drittens freue ich mich riesig auf diesen Ausflug."

In der Zwischenzeit war ich beim zweiten Kaffee angelangt. Das Morgenessen schmeckte mir heute besonders gut. Wir liessen uns viel Zeit, denn der erste richtige Ferientag lag vor uns.

„Wenn ihr wollt, kann ich euch etwas Früchte, Brot oder was immer ihr wollt für unterwegs bereit machen", schlug Rosi vor.

„Das ist eine gute Idee", bedankte sich Anna. „Etwas zu trinken wäre auch gut."

Rosi gab mir eine Pet-Flasche, die ich mit Wasser füllte.

„Jetzt müssen wir nur noch Michael wecken."

Kaum hatte Anna dies gesagt, ging die Küchentüre auf und der junge Mann begrüsste uns unternehmungslustig:

„Wann bekomme ich meinen Kakao?"

„Weisst du, was wir heute machen? Wir fahren mit dem Velo zum nächsten Schwimmbad und hüpfen dort ins Wasser."

„Bekomme ich im Schwimmbad ein Eis?"

„Wenn du brav bist", erwiderte ich, „können wir darüber sprechen."

„Michael ist doch ein so lieber Bursch", schaute mich Rosi schräg an.

„Ja, ja, die Chancen stehen gut, dass du ein Eis bekommst."

„Super, super!", klatschte Michael in die Hände und Anna goss die erhitzte Milch zum Kakao in seine Tasse.

„Ich werde jetzt noch mein Kapitel beenden und dann die Velos bereitstellen. Wenn wir gegen halb Zehn losfahren, reicht es allemal. Dann sind wir gegen halb Elf im Bad und haben genügend Zeit zum Verweilen dort."

Punkt halb Zehn hob ich Michael in den Kindersitz auf meinem Velogepäckträger. In flotter Fahrt ging es dem Rhein entlang Möhlin zu. Der markierte Veloweg führte stets leicht abwärts durch ein ausgedehntes Waldgebiet, das von den Einheimischen mit „Forst" bezeichnet wurde. Die Wege waren genügend breit, sodass Anna und ich gut nebeneinander fahren konnten.

„Auf dem Land zu leben fände ich gar nicht so übel", meinte ich. Nach einer Weile erwiderte sie:

„Wir können uns das durchaus überlegen."

„Sobald ich das Studium abgeschlossen habe, wäre das bestimmt eine Option."

„Für Michael wäre das ein guter Zeitpunkt, dann käme er etwa in die Schule."

„Was macht man in der Schule?", wollte Michael wissen.

„Dort lernt man Lesen und Schreiben."

„Wie geht das?" „Du wirst alle Buchstaben von A bis Z kennenlernen und mit ihnen Worte bilden. Und auch mit den Zahlen kann man ganz lustige Sachen machen: Siehst du, das ist ein Finger, das sind zwei, drei, vier und fünf Finger. Und so viele Finger hat die Hand. Nochmals so viele Finger sind zwei Hände."

Anna war in Michaels erster Rechenstunde in ihrem Element als Lehrerin. Ein Thema ergab sich nach dem anderen und zeichnete mögliche Perspektiven für die Zukunft auf. Die Fahrt verging wie im Flug und kaum gestartet landeten wir im Gartenbad. Es war zu diesem Zeitpunkt noch wenig besucht. Wir zahlten den Eintritt und begaben uns zum Umkleideraum. Michael zog sich mit mir bei den Männern um. Er war richtig quirlig vor Aufregung und musste zwei, dreimal eingefangen werden, bis er in der Badehose steckte. Beim Verlassen des Umkleideraums kam uns Anna in ihrem schicken, neuen Bikini entgegen.

„He Michael, da kommt eine schöne Frau", sagte ich spasseshalber, „die müssen wir kennen lernen."

Michael liess sich das nicht zweimal sagen, stürmte auf Anna zu und sprang an ihr hoch.

„He, du stürmischer Liebhaber, du darfst mir Anna nicht ausspannen!"

Arm in Arm mit Michael zwischen uns suchten wir uns ein schönes Plätzchen in der Nähe des Kinderbeckens. Wir legten unser grosses Badetuch aus und machten es uns bequem. Jetzt hätte es eigentlich gemütlich werden können, doch Michael zeigte noch wenig Interesse am Nass direkt vor seiner Nase. Er wollte mit mir das ganze Gartenbad erkunden. Hinter uns hatte er nämlich einen Spielplatz entdeckt, der attraktiver als alles andere war. Jedes Gerät wurde ausprobiert. Bei der Schaukel blieb er längere Zeit hängen und spannte mich zu seiner Unterstützung ein.

„Du Papa, wann bekomme ich meine Glacé?"

„Jetzt ist es noch viel zu früh dafür, nach dem Mittagessen ist der Zeitpunkt günstiger."

„Wann ist das Mittagessen?"

„Das dauert noch ein bisschen."

„Ich will aber mein Eis jetzt haben!"

Michael zerrte an meinem Arm. Nun war der Spielplatz plötzlich nicht mehr interessant. Vom Spielplatz ging es direkt zum Restaurant, das hier ein grösserer Kiosk war.

„Ich möchte eine Raketen-Glacé."

„Michael, was habe ich gesagt?!"

Nun war er verschnupft und ich gestresst. Nur ruhig Blut bewahren, jetzt darfst du nicht nachgeben, dachte ich. Michael zerrte an meinem Arm von links nach rechts und wieder zurück und tat seinen Unmut kund.

„Weisst du was? Wir gehen jetzt ins Wasser, danach gibt es Mittagessen und dann bekommst du deine Glacé."

„Bekomme ich eine Rakete?"

„Wie du willst."

„Yuppi, toll!"

Michael war wieder ganz zufrieden und ich froh über mein Fingerspitzengefühl in der Erziehung. Wir gingen zurück zu Anna und informierten sie über unsere Pläne.

„Wow, das tönt gut, dann werde ich jetzt etwas lesen."

„Geniesse es!"

Ich gab ihr einen Kuss: „Später würde ich gerne ein paar Längen schwimmen."

Im Kinderbecken fand Michael schnell Anschluss zu anderen Kindern und ich zog mich zu Anna an unseren Platz zurück.

„Wenn du ab und zu einen Kontrollblick auf das Kinderbecken werfen könntest, würde ich jetzt noch meine Längen schwimmen."

Anna war einverstanden.

Diese Ruhe im Gartenbad, einfach herrlich. In solchen Momenten tanke ich viel Energie. Leider gab es sie nicht allzu oft. Michael war zwar das liebste Kind der Welt und Peter ein ganz toller Partner. Wenn sie gar nicht da waren, fühlte ich mich schnell leer und brauchte eine gewisse Zeit, um mich in dieser Situation zurecht zu finden. Heute waren sie nicht ganz weg, sondern nur auf Distanz. Ich wusste sie zufrieden in meiner Nähe und dies machte mich glücklich.

Die Zeit wollte ich zum Lesen nutzen und suchte in meinem Buch nach der Stelle, wo ich mit Lesen aufgehört hatte. Wo war das bloss? Das Buchzeichen war herausgefallen. Das ging mir oft so. Schwach meinte ich mich daran zu erinnern, Kapitel 7 beendet zu haben. Folgerichtig setzte ich bei Kapitel 8 ein und stellte bald fest, dass mir dieses ziemlich bekannt vorkam. War das nun ein Déjà-vu-Erlebnis oder hatte ich diese Passagen wirklich bereits gelesen? Bei Kapitel 9 schien ich am richtigen Ort zu sein. Nur war dieses Kapitel nicht besonders interessant geschrieben. Ich versuchte es noch mit Kapitel 10, dann lege ich das Buch zur Seite.

Ich schreibe wohl besser etwas. Bereits bei Peters erstem Roman hatte ich einige kurze Texte verfasst. Dies geschah auf subtile Weise durch einen fliessenden Übergang in der Erzählung von Peters Warte zu meiner und wieder zurück. Dieses Mal wäre er vielleicht auch froh darum. Nun war ich beinahe gleich weit wie vorhin beim Suchen der richtigen Stelle im Buch. Allerdings musste ich jetzt die richtigen Worte nicht nur finden, sondern gleich erfinden. Peter war da echt gut! Er konnte sich hinsetzen und schreiben, ihm fiel stets etwas ein. Bei mir lief das nicht so rund. Am besten ging es, wenn ich widersprach. Dann war der Gegenstand bereits vorgegeben und die nötige Spannung beflügelte meine Gedankenwelt. Davon war ich im Moment weit entfernt.

Ich versuchte es mit einem Rückblick auf die bisher verlebten Tage auf dem Bauernhof. Lauter artige Worte kamen zum Vorschein, die schneller geschrieben als gelesen waren.

Was war nur mit mir los? Eben war ich noch ganz glücklich, nun bereits etwas betrübt. Ich lasse es vielleicht besser. Ein Blick auf Michael genügte mir, um diesen Gedanken beiseite zu schieben. Er war immer noch ins Spiel mit seinen neu gewonnenen Freunden vertieft und zeigte wesentlich mehr Ausdauer als ich, seine Mutter. Nein Anna, so leicht wirst du es dir nicht machen.

Jetzt war die Idee da: Der Abend bei Rosi in der Küche, als wir gemeinsam das Ratatouille zubereiteten, war mir in lebhafter Erinnerung. Diese will ich festhalten. Das würde bestimmt auch Peters Leserinnen und Leser interessieren, dachte ich.

Für etwas mehr Gender-Gerechtigkeit in Peters Roman muss ohnehin noch gesorgt werden, ging es mir durch den Kopf, als ich die ersten Zeilen aufs Papier brachte. Peter war in dieser Beziehung zwar völlig unverdächtig. Gleichwohl hatte ich, von dem was ich bereits gelesen hatte, den Eindruck, dass die Männer im neuen Roman wesentlich öfters zu Wort kamen: angefangen bei Michael bis hin zu Herrn Baldur. Das war allerdings nicht Peters Schuld. Die Geschichte wollte es so. Das Gleichgewicht etwas zugunsten der Frauen zu verschieben konnte trotzdem nicht schaden.

Im Sportbecken zogen angenehm wenig Schwimmer ihre Längen. Als mittelmässiger Schwimmer begnügte ich mich jeweils mit sechs bis acht Längen à 50 Meter in gemächlichem Tempo. Mir ging es nicht um eine sportliche Leistung, nein, im Wasser konnte ich ganz gut abschalten und mich entspannen. Manchmal kamen mir beim Schwimmen ganz gute Ideen. Offen gesagt, war ich für einmal gar nicht so erpicht darauf. Denn ich fürchtete mich davor, dass aus Ideen Tagträume wurden, ein womöglich gefährliches Unterfangen im Wasser.

Nach acht Längen war ich nicht sonderlich entspannt, dafür ziemlich geschafft und hatte einen Riesenhunger. Ich stieg aus dem Becken, legte mich auf den heissen Stein am Beckenrand und liess mich von der Sonne trocknen. Danach ging ich zurück an unseren Platz, wo mich Anna freudig erwartete. Wir küssten uns eng umschlungen. Gerne wäre ich noch intimer geworden, doch das Gartenbad war nicht der richtige Ort dazu. Dafür spürte ich eine dritte Hand an meiner Schulter. Michael wollte unser Glück teilen.

„Na kleiner Mann", sagte ich zu ihm.

Wir nahmen ihn zwischen uns und verharrten einen langen Moment in trauter Dreisamkeit. Nun meldete sich mein Magen:

„Jetzt muss ich definitiv etwas essen, lasst uns zum Restaurant gehen."

Dort gab es Pommes und Salat und für Michael zur Nachspeise die versprochene Raketen-Glacé. Anna und ich begnügten uns mit einem Kaffee.

Der Nachmittag verging im Flug. Mit Michael spielen, einige Ideen zum Roman notieren, Anna küssen, schwimmen etc. Gegen vier Uhr packten wir unsere Siebensachen und kleideten uns an. Für den Rückweg benutzten wir, wie von Heiri empfohlen, den Regionalzug.

Zurück auf dem Hof sorgte Rosi bereits in der Küche für das leibliche Wohl. Wir halfen ihr, das Nachtessen vorzubereiten und assen es anschliessend mit viel Appetit. Nach dem Nachtessen holten

Anna und ich nach, was uns im Gartenbad noch verwehrt geblieben war. Michael leistete Rosi Gesellschaft in der Küche und wir genossen unsere Zweisamkeit ungestört in vollen Zügen.

Heute spürte ich gleich beim Aufstehen, dass der Tag günstig war. Endlich konnte ich es wagen, den Inhalt des Romans auf der von Baldur erwarteten Seite zu skizzieren. Über die Frage nach dem richtigen Konzept hatte ich genügend lang nachgedacht. Der Inhalt war ebenfalls weit gediehen. Es war auch höchste Zeit, denn morgen stand die Besprechung mit dem Verlagsleiter auf dem Programm. Das Gespräch hatte ich so arrangiert, dass ich Reto bei der Auslieferung der Gemüsepakete nach Basel begleiten konnte. Dort beabsichtigte ich, mich für die Zeit des Treffens auszuklinken.

Nun sass ich vor meiner A4-Seite und versuchte den Inhalt auf den Punkt zu bringen. Was war wesentlich? Was war Nebensache? Was vom bereits Geschriebenen hatte Bestand? Was kam noch dazu? Ich beschloss, bei mir als Jungautor Peter zu beginnen: Eingeklemmt zwischen familiären und beruflichen Pflichten sowie dem Bedürfnis zu schreiben, lernt er auf der Suche nach einem geeigneten Thema R. kennen. Durch diese rätselhafte, attraktive Afrikanerin entdeckt er sein Interesse am schwarzen Kontinent. Tönt nach Lovestory, soll es aber nicht.

Die Rolle von R. musste allerdings noch präzisiert werden. Dies notierte ich auf einem zweiten Blatt mit den To-Dos und kehrte zum ersten Blatt zurück.

An Afrika interessiert ihn bereits seit langem die Frage nach der Emigration. Weshalb verlassen so viele junge Afrikaner ihre Heimat und nehmen diesen beschwerlichen, gefährlichen Weg nach Europa auf sich? Intensive Recherchen im Internet, in Zeitungen und in der Literatur sowie Tag- und Nachtträume liefern ihm den nötigen Stoff zum Roman. Seine Partnerin Anna ist ihm eine grosse Stütze und Sohn Michael sorgt für die nötigen Unterbrüche beim Schreiben. Geschrieben wird zu einem guten Teil während eines Aufenthalts auf dem Bauernhof seines Onkels. Es verweben sich die Geschichte, deren Entstehung, Annas und Peters Werdegang sowie deren momentaner Aufenthaltsort zu einem spannenden Plot. In Afrika konzentriert sich Peter auf Gabun, dem Herkunftsland von R. Er nimmt dessen Präsidenten ebenso unter die Lupe wie Emigranten auf ihrem steinigen Weg nach Europa. Die wirtschaftlichen und sozialen Hintergründe werden schonungslos aufgedeckt und Machenschaften kommen ans Licht. Peter, bestürzt über das grosse Leid der Emigranten, macht sich auf den Weg, um an dieser unhaltbaren Situation etwas zu ändern...

Die A4-Seite war beinahe vollgeschrieben. Vieles war erwähnt. Fehlte da noch was? Ich schaute sicherheitshalber in der To-Do-Liste nach und rekapitulierte den einzigen Eintrag: Die Rolle von R. muss noch präzisiert werden. Genau, das war es: Gewisse Angaben zu Afrika im Allgemeinen und Gabun im Speziellen musste Peter verifiziert haben. Auch brauchte er Kontakte im Land selber, wenn er etwas ändern wollte. Wer konnte da besser helfen als R.? Dafür musste er sie treffen. R. war also seine Gewährsfrau.

Ich nahm meine A4-Seite wieder zur Hand. Es hatte gerade noch Platz für den folgenden Satz: Zur Verifizierung wichtiger Angaben über Gabun und zur Abklärung weiterer Kontaktpersonen trifft Peter sich mit R. an einem unbekannten Ort. That's it. Eigentlich hätte ich zufrieden sein können, aber es quälte mich ein schlechtes Gewissen. R. hatte grosszügig ihre Hilfe mit Informationen über Afrika angeboten. Davon hatte ich bis jetzt keinen Gebrauch gemacht. Seit ihrem Besuch bei uns zu Hause hatte ich es nicht geschafft, Kontakt mit ihr aufzunehmen. Nun integriere ich, ohne R. gefragt zu haben, einen Teil ihrer Geschichte in meine. Würde sie damit überhaupt einverstanden sein? Zu Recht könnte sie mein Vorgehen als Instrumentalisierung ihrer Person für meine Zwecke betrachten. Das hat niemand gern. Wieder kamen mir ihre Augen in den Sinn, dieser rätselhafte Blick beim Abschied am ersten Abend. Und mein damaliger Gedanke:

„Sie weiss ebenso gut wie du, was sie will.", den ich bis jetzt nicht zu deuten wusste: Was wollte sie mir damit sagen? Spürt sie bereits damals, dass ich sie hintergehen würde? Oder wollte sie Loyalität einfordern?

Mit meiner A4-Seite ausgerüstet traf ich am folgenden Tag von Reto chauffiert beim Verlagshaus ein. Er setzte mich vorne an der Strasse ab und meinte:

„Good luck, ruf mich an, sobald du soweit bist."

Ich ging durch die Hofeinfahrt und meldete mich beim Empfang. Frau Mangold wies mir gleich den Weg ins Büro ihres Chefs. Herr Baldur war bei bester Laune und begrüsste mich freundlich:

„Na, mein Lieber, haben Sie etwas zu berichten?" Ich setzte mich, nahm das Blatt aus der Mappe und hielt es ihm hin:

„Es hat etwas länger gedauert, als ich gedacht habe. Nun bin ich mir aber im Klaren über den Inhalt meines zweiten Romans."

„Ausgezeichnet!", er überflog meine Seite, „tönt interessant", setzte die Brille auf und las die Seite ein zweites Mal genauer durch und ging zum Formalen über: „Bis wann können Sie das Skript liefern?"

„Sie haben bei unserem letzten Treffen von einer nützlichen Frist von acht Monaten gesprochen, das sollte ich eigentlich gut einhalten können", erwiderte ich.

„Habe ich das wirklich? Gut, junger Mann, das Verlagswesen ist voller Überraschungen: Wir haben gewisse Änderungen am Verlagsprogramm vornehmen müssen und möchten ihr Buch bereits in vier Monaten drucken. Das heisst das Skript muss spätestens in drei Monaten bei uns sein. Ich hoffe, dass macht Ihnen keine Probleme."

Uff, dachte ich und schluckte leer:

„Drei Monate sind ziemlich knapp", wagte ich zu entgegnen.

„Machen Sie sich keine Sorgen. Notfalls hat der Tag 24 Stunden und die Woche sieben Tage. Das wird bestimmt gehen", lächelte Baldur charmant und bestimmt zugleich.

„Eigentlich wollte ich das über Gabun Geschriebene noch vor Ort verifizieren."

„Machen Sie das oder lassen Sie es sich von Ihrer Gewährsfrau bestätigen. Das sollte bei einem fiktiven Text genügen."

Nun war mein Pulver verschossen. Ich musste mich der Geschichte fügen.

„Senden Sie mir das Skript sobald als möglich", Baldur stand auf und begleitete mich zum Ausgang, „ich avisiere das Lektorat, damit sie Ihren Roman einplanen können."

Nun stand ich bereits wieder auf der Strasse. Drei Monate waren äusserst knapp bemessen. Eigentlich bräuchte es die doppelte Zeit.

Ich musste mich zunächst erholen, bevor ich das Handy hervorkramte und Reto anrief. Zehn Minuten später sass ich wieder neben ihm im Lieferwagen. Reto sah mir gleich an, dass nicht alles so gelaufen war, wie ich es erwartet hatte:

„Alles in Ordnung?"

„Im Prinzip schon, nur dass ich mir einen riesigen Stress eingehandelt habe."

Reto schaute mich fragend an.

„Ich muss den Roman in drei Monaten geschrieben haben, statt wie geplant in sechs", runzelte ich ausdrucksvoll die Stirn und verlieh dem Gesagten zusätzliche Dramatik, „hättest du etwas dagegen, einen Kaffee zu trinken?"

„Kein Problem, wir gehen in den Schrägen Vogel, das ist eine alternative Beiz, wo ich ohnehin Gemüse abliefern muss."

Im Schrägen Vogel trugen wir die beiden Kisten direkt in die Küche und setzten uns dann im Schankraum an einen länglichen Tisch. Die Kellnerin, eine Brünette mit kurzgeschnittenem Haar, trug eine lange schwarze Schürze und begrüsste Reto freundlich:

„Dich hat man aber lange nicht mehr gesehen."

„Zum Kaffee reicht es leider nicht immer", erwiderte Reto beiläufig.

„Geht es gut auf dem Hof?"

„Wir leben ganz ordentlich, und selber?"

„Weiss auch nichts Anderes."

„Das ist Peter, ein Freund von mir."

„Freut mich, Nadja."

„Er ist Schriftsteller und braucht einen doppelten Espresso. Mir kannst du einen Cappuccino bringen."

„Was schreibst du so?"

„Ich schreibe an meinem zweiten Roman."

„Über welches Thema?"

„Es geht um Afrika, um Emigration und ihre Ursachen und wie eine Geschichte überhaupt entsteht."

„Interessant!", Nadja überlegte einen kurzen Moment und erkundigte sich: „Hast du bereits einen Verlag?"

„Derselbe wie beim ersten Buch."

„Wenn du fertig bist, kannst du bei uns eine Lesung halten."

Diese Eile, alle wollen das Buch am besten gleich jetzt vor sich haben. Nun war ich plötzlich mehr Schriftsteller als mir lieb war. Normalerweise wäre ich über solche Angebote hoch erfreut, aber heute machte mir alles etwas Angst.

„Wenn ich soweit bin, werde ich mich melden", erwiderte ich eher lustlos.

„Peter ist etwas im Stress", relativierte Reto meine mürrische Laune, „er muss Tag und Nacht schreiben, um die Termine einzuhalten."

„Dann bediene ich euch am besten gleich."

Der Kaffee weckte meine Geister und die Geschichte bekam wieder positivere Züge.

„Müsst ihr jetzt eure Ferien bei uns vorzeitig abbrechen?", war Reto plötzlich besorgt.

„Nein, sicher nicht", erwiderte ich bestimmt, „bei euch komme ich wunderbar zum Schreiben. Zuhause wird das nicht mehr so einfach sein."

„Wenn dem so ist, könnt ihr gerne länger bleiben."

„Vielen Dank für das Angebot, ich werde es mit Anna besprechen."

Nach dem Kaffee verlangte ich noch etwas Wasser, lehnte mich zurück und betrachtete die Wirtshausstube. Die Sonne schien durch die beiden grossen Fenster, die zur Strasse hingingen und durchflutete den Raum in angenehmer Weise. An den freien Wänden hingen zahlreiche Bilder unterschiedlich grosser Formate. Viele davon zeigten skurrile Tuschskizzen, die mich etwas an Picasso erinnerten. Das Mobiliar war einfach, zweckmässig und typisch für solche Lokale: Die Tische aus massiven Holzplatten hatten gusseiserne Füsse, die Stühle waren leicht und trotzdem stabil aus Holz gebaut. Im hinteren Teil des Raumes entdeckte ich eine kleine Bühne, die wohl für Lesungen gebraucht wurde. Der Zeitschriftenständer an der Wand zwischen den beiden Fenstern bot neben den lokalen Blättern, international angesehene Tageszeitungen sowie einige alternative Zeitungen und Zeitschriften an. Er verriet einiges über Status und politische Gesinnung des Kundenstamms in diesem Lokal. Die handgeschriebene Speisekarte offerierte vorwiegend vegetarische Vollwertkost zu moderaten Preisen. In solchen Lokalen fühlte ich mich augenblicklich wohl.

„Das Angebot für die Lesung würde ich mir nicht entgehen lassen", meinte Reto, „der Schräge Vogel ist bekannt und beliebt dafür."

„Scheint mir auch eine gute Adresse zu sein", erwiderte ich und zwinkerte beim Abschied der Serviertochter zu:

„Bis bald, bei der Lesung."

„Wie heisst eigentlich dein erstes Buch?", wollte sie noch wissen und gab mir gleich ein Kärtchen.

„Vater und sein Bruder."

„Nimmt doch beim nächsten Mal ein Exemplar mit, würde mich interessieren."

„Mache ich gerne, bis bald."

„Hast du deine Krise überwunden?", erkundigte sich Reto, als wir wieder nebeneinander im Lieferwagen sassen und zum nächsten Depot fuhren.

„Krisen sind immer auch Chancen und diese will ich nutzen!"

Reto deutete ein Give-me-five an, welches ich mit einem verschmitzten Lachen quittierte. Wir peilten noch zwei Depots an, liessen jeweils rund 20 Gemüsepakete zurück und machten uns dann auf den Heimweg. Kurz vor Wallbach kündigte Reto an, dass Klara, seine Freundin, von ihrem Ferienaufenthalt zurück wäre und heute Abend auf Besuch käme.

Die Zeit wird knapp

Auf dem Hof erwarteten mich ein unternehmungslustiger Michael und eine etwas müde Anna:

„Na wie war es? Hast du Erfolg gehabt?"

„Baldur möchte das Skript bereits in drei Monaten."

Zum ersten Mal schien es Anna die Sprache zu verschlagen, aber nur für kurze Zeit:

„Da musst du dich aber echt sputen", meinte sie und nach kurzer Überlegung,

„wirst es aber bestimmt schaffen."

„Wir werden das genau anschauen, damit das Ganze nicht unter Zeitdruck in Stress ausartet."

„Papa komm, wir gehen zu den Hasen!", unterbrach uns Michael und wollte den Hasen Futter bringen.

„Moment, ich komme gleich", zu Anna gewandt: „Ruh dich etwas aus, du machst mir einen müden Eindruck. Heute Abend kommt Klara, da willst du bestimmt auch mit von der Partie sein."

„Das ist lieb von dir." Sie gab mir einen Kuss und begab sich in Richtung Schlafkammer.

Wir betraten die Küche, wo bereits das Hasenfutter in einem kleinen Kessel bereitstand. Michael nahm den Kessel und ich folgte ihm zu den Ställen. Die Hasen waren jedoch keine Hasen, sondern prächtige Kaninchen. Wir öffneten vorsichtig das Gehege und traten ein. Michael fütterte die Kaninchen und ich füllte die Wassernäpfe mit der bereitstehenden Giesskanne. Michael hätte gerne eines der Kaninchen in die Arme genommen, doch dieses wollte nicht.

„Warum lässt es sich nicht streicheln?"

„Es kennt dich noch nicht gut genug. Sobald sie dich besser kennen, werden sie zutraulicher", versuchte ich ihm zu erklären.

Nach den Kaninchen waren die Hühner an der Reihe, schliesslich wollte er noch Ball spielen. Auch das noch, dachte ich angespannt und erwiderte:

„So mein lieber Michael, dein Papa ist ganz schön müde und muss sich vor dem Abendessen etwas ausruhen. Am besten du kommst mit nach oben und spielst alleine für dich oder gehst zu Rosi in die Küche."

Insgeheim hoffte ich, dass Michael die zweite Variante bevorzugen würde und wurde nicht enttäuscht.

Oben setzte ich mich zu Anna ans Bett und berichtete ihr im Detail von meiner Unterredung mit Baldur.

„Das Konzept, das ich ihm heute präsentiert habe, kann ich gleich wieder über den Haufen werfen."

„Hat es ihm denn nicht gefallen?"

„Ich glaube schon, aber das sind nur noch Buchstaben von gestern. Eigentlich wollte ich mehr über Gabun berichten und zwar aus erster Hand. Ich erwog sogar eine Reise dorthin. Aus dem wird nun alles nichts."

„Eine Reise nach Gabun, nicht schlecht. Davon erfahre ich erst jetzt", schaute mich Anna erstaunt an.

„Das war erst eine Idee, noch zu wenig konkret, um mit dir darüber zu sprechen."

„Aber die Reise nach Paris, die machen wir?!"

„Für die wird es hoffentlich reichen."

„Das will ich meinen!"

„Anstelle von Gabun bin ich nun gezwungen, das Umfeld und den Vorgang des Schreibens vermehrt zu thematisieren, da habe ich bereits massenhaft Material, das ich verarbeiten kann."

„Super, du machst aus der Not eine Tugend!", meinte Anna und hatte ihre Zuversicht zurückerlangt. „Ausserdem könnte ich dich beim Schreiben unterstützen und zum Beispiel 10% des Inhalts zum Roman beisteuern."

„Ist das nicht etwas viel?", wunderte ich mich.

„Ich habe doch bereits bei deinem ersten Buch mitgeschrieben oder hast du das wieder vergessen?"

„Das waren ja nur ganz wenige Stellen. Ich weiss nicht, ob das bei einem so grossen Umfang gut gehen kann. Und was wird der Verlag dazu sagen?"

„Wieso sollte der Verlag etwas dagegen haben, wenn die Qualität stimmt? Herrn Baldur kenne ich ja besser als du, er wird bestimmt nichts dagegen einzuwenden haben."

„Anna, meinst du wirklich...?"

„Und überhaupt", nun kam ihr grösster Trumpf, „wäre dein erster Roman ohne mein Zutun gar nicht erschienen."

Tatsächlich hatte sie die Geschichte mit dem Verlag eingefädelt.

„Das tönt jetzt ein ganz klein wenig nach Erpressung", erwiderte ich mit leicht gequältem Blick und trommelte mit den Fingern nervös auf dem Tisch.

„Dann halt nicht", liess Anna bereits die Schultern etwas hängen, versuchte es aber doch noch einmal:

„Es hätte ja sein können, dass meine kleinen Beiträge eine Bereicherung für deinen grossen Text darstellten, sozusagen das Mosaik vollendeten. Selbstverständlich verlange ich in keiner Weise als Mitautorin genannt zu werden", liess sie leicht gekränkt verlauten.

„Bist du jetzt beleidigt?"

„Ein bisschen schon."

„Das möchte ich aber nicht."

Ich nahm meinen treuherzigen Blick an, den sie an mir so liebte, legte meine Hand um ihren Nacken und zog sie nahe an mich heran, sodass wir uns lange in die Augen schauten.

„Na gut, wenn du so gerne mithilfst, will ich dein Angebot auch annehmen."

„Toll!", meinte sie und relativierte ihr Anliegen auf ein versöhnliches Mass: „Wir können ja meine Texte kursiv setzten, damit es keine Verwirrung gibt, und falls ich etwas schreiben sollte, das dir nicht gefällt, dann darfst du es problemlos streichen, schliesslich bist du der Autor. Ausserdem habe ich sowieso bereits damit begonnen."

Das war typisch Anna. Sie holte drei Texte hervor. Ich wunderte mich, wann sie die geschrieben haben mochte.

„Den ersten Text kannst du deinem Text zum Ausflug ins Schwimmbad einfügen. Der zweite Text, gibt ein Gespräch mit Rosi wieder, der kann irgendwo stehen. Der dritte am besten dort, wo du mit vielen Worten wenig aussagst."

„Na hör mal, das kommt doch fast nicht vor", mimte ich wider besseres Wissen den Empörten.

„Aber es kommt vor", erwiderte Anna trocken.

„Genial! Ich schaue mir die Texte gerne an, vorerst vielen Dank!"

„Trotzdem müssen wir uns die Arbeit ziemlich gut einteilen", meinte Anna, „ich habe noch keinen Strich für das kommende Schuljahr vorbereitet und möchte das seriös angehen."

„Notfalls hat der Tag 24 Stunden und die Woche sieben Tage", wiederholte ich den Kommentar von Baldur.

„So kenne ich den gar nicht. Bis jetzt war er stets zuvorkommend. Dieser fiese Hund!"

Wir waren beide einigermassen ratlos.

„Und überhaupt, so können nur Männer reden, welche die Aufsichtspflicht über ihre Kinder an ihre Frauen delegieren", ergänzte

Anna und meinte trotzig, „aber wir stecken den Kopf nicht in den Sand!"

„Wie viel Zeit benötigst du für deine Vorbereitungen?"

„Wenn ich jeweils am Morgen arbeiten kann, so wie wir es vor den Ferien abgesprochen haben, sollte das gut gehen. Nach den Ferien, wenn die Schule wieder losgeht, brauche ich mindestens eben so viel Zeit."

„Ich frage meine Mutter, ob sie uns vermehrt unterstützen kann."

„Mach das, es wird schon klappen."

Sie gab mir einen Kuss als Zeichen, dass für sie die Unterredung abgeschlossen und die Dinge klar waren. Dann gingen wir zum Abendessen in die Küche.

Dort trafen wir auf Klara, die von Michael unterstützt den Tisch deckte.

„Hallo ihr beiden, schön euch zu sehen. Dieser junge Mann ist eine tolle Hilfe."

Wir begrüssten uns mit den üblichen drei Küsschen auf die Wange und setzten uns an den Tisch.

„Das ist ein super Service", meinte ich und Anna ergänzte:

„Du kannst Michael gerne einmal ausleihen."

„Den kleinen Knirps nehme ich sofort", erwiderte Klara begeistert.

Rosi verwöhnte uns auch heute mit einem guten, einfachen und währschaften Essen. Es gab Bratkartoffeln mit Spiegelei, verschiedene Saisongemüse und Salat.

Bei Tisch ging es lebhaft zu und her. Anna und Klara hatten sich viel zu erzählen, derweilen ich mich mit Reto und Heiri über die aktuelle Landwirtschaftspolitik unterhielt. Rosi beschäftigte sich mit Michael.

Nach dem Abendessen holte Reto die Jasskarten hervor, um mit Klara, Anna und mir einen Schieber zu spielen. Heiri verzog sich ins Büro und Rosi kümmerte sich um das Geschirr. Nach zwei Spielrunden, bei denen Klara und Reto uns den Meister zeigten, war es Zeit für Michael. Die beiden Frauen übernahmen diese Aufgabe; Reto und ich blieben zurück.

„Hast du dich von deinem Schrecken erholt?"

„Ich habe mit Anna gesprochen. Wir werden das bestimmt meistern."

Reto brachte eine Flasche selbstgebrannten Kirsch:

„Nimmst du auch ein Gläschen?"

„Gerne."

Reto hatte nur noch wenige Kirschbäume. Diese pflegte er aber mit grossem Aufwand. Der Lohn für diese Arbeit war im klaren Wasser destilliert, das ich im Gläschen vor mir hatte. Ich nippte ein wenig:

„Ausgezeichnet!"

Der Kirsch war von ähnlich guter Qualität wie jener von Fritz.

„Warum spezialisierst du dich nicht auf Kirsch?"

Reto nippte ebenfalls am Glas und schien seine Antwort abzuwägen:

„Der Aufwand wäre zu gross. Kirsch ist eigentlich mein Hobby und er gelingt nur deshalb so gut, weil besonders viel Herzblut im Einsatz ist."

Es klopfte an der Tür und Fritz begehrte Einlass.

„Was machst du zu dieser späten Stunde noch im Dorf? Du gehörst doch längst ins Bett."

„Darf ich jetzt hereinkommen?"

„Wenn's denn sein muss."

„Ich war kurz bei Heiri im Büro und möchte euch gute Nacht wünschen."

„Und jetzt?"

Reto markierte den Ekligen, wie er es spasseshalber gerne gegenüber Fritz tat.

„Jetzt wirst du mich noch zu einem Schlummertrunk einladen."

Fritz sah den Kirsch.

„Wenn es unbedingt sein muss, dann komm halt herein."

„Ist Vater noch bei der Arbeit?"

„Jetzt nicht mehr. Er sah ziemlich müde aus. Ich glaube, er ging gleich schlafen."

Reto holte ein weiteres Gläschen für Fritz und füllte zugleich unsere nach. Ich deutete ihm an, dass ich nur noch wenig vom Kirsch mochte:

„Morgen brauche ich einen klaren Kopf. Der Ernst des Lebens beginnt."

„Ach so?! Das sind ja ganz neue Töne von unserem Studenten", nahm mich Fritz aufs Korn.

„Nur keine Angst, das Studium kann noch warten. Ich schreibe zunächst mein Buch fertig."

„Willst du nicht mehr akademischer Landwirt werden?"

„Das frage ich mich langsam selber", gab ich leichtfertig zurück und wurde mir gleich bewusst, dass in dieser Antwort ein Quäntchen Wahrheit steckte.

„Das würde ich mir sowieso gut überlegen, bei dieser Landwirtschaftspolitik! Habt ihr gehört, der Bundesrat will das Gentech-Moratorium lockern?"

„Das war zu befürchten", meinte Reto nachdenklich.

„Diese Entwicklung ist gar nicht gut", ergänzte ich.

„Nur die dümmsten Kälber wählen ihren Metzger selber", schloss Fritz und wechselte das Thema: "Über was schreibst du denn in deinem neuen Buch?"

„Über Afrika, die Emigranten und ihre Beweggründe", war inzwischen meine Standardantwort auf diese Frage.

„Verbrenne dir nur die Finger nicht dabei. Das ist ein heisses Eisen."

„Ich passe bestimmt auf."

„Hast du bereits etwas zum Lesen? Würde mich interessieren."

Ich überlegte kurz, ob die bisherigen Texte dazu reif genug waren. Besonders die Kapitel über Gabun, die Ansichten des Genfer

Professors sowie die Traumreise durch die Sahara waren weit gediehen.

„Einige Kapitel, die den Kern der Geschichte bilden werden, kannst du sicher lesen, ich hole sie dir gleich."

Als ich mit den Ausdrucken zurückkam, machte sich Fritz bereit zum Gehen:

„So, meine Lieben, die Zeit ist reif, dass ich meine müden Knochen in der Horizontalen ausstrecke."

Ich gab ihm die Seiten und meinte:

„Es freut mich von dir zu hören."

„Vielen Dank für den netten Empfang, du hörst von mir, und gute Nacht."

Wir begleiteten Fritz zur Türe und gingen dann selber zu Bett.

Trotz der späten Nachtruhe, wachte ich frühzeitig auf und war voller Tatendrang. Ich ging hinunter in die Küche und begnügte mich mit einem Kaffee und einer Schnitte.

„Nanu, hast du es eilig?", wunderte sich Heiri, der gemütlich sein Frühstück verzehrte.

„Ich habe unheimlich viel zu tun und muss den Tag gut nutzen."

„Das machen wir auch, trotzdem soll man sich beim Frühstück Zeit lassen."

Er schaute mich mit seinen klugen Augen an. Unaufgefordert setzte ich mich nochmals:

„Mein Verleger hat da eine andere Philosophie, der würde nötigenfalls aufs Frühstück verzichten und gleich durcharbeiten. Und wenn es hart auf hart kommt, würde er auch auf den Schlaf verzichten. Hat er mir gestern glaubhaft versichert und von mir dasselbe gefordert."

„Na ja, als Bauer käme er damit nicht weit", liess sich Heiri nicht beirren.

In der Zwischenzeit hatte ich, ohne es zu merken, mir eine zweite Schnitte gestrichen.

„Siehst du, das geht auch anders", meinte Heiri genüsslich, „Beim Morgenessen sammle ich meine Gedanken und Kräfte, das ist die halbe Zeche für den ganzen Tag. Die andere Hälfte ist Ausdauer sowie Beharrlichkeit und zur richtigen Zeit die nötige Prise Humor."

Ich wurde trotzdem etwas nervös, denn die Arbeit rief mich. Ich wünschte allerseits einen guten Tag und verschwand an meinen

Arbeitsplatz in der Gartenlaube. Der gestrige Gedanke, dem Umfeld der Geschichte und ihrer Entstehung mehr Raum zu gewähren, faszinierte mich unheimlich und verlieh mir Flügel. Ich hatte nun Stoff in Hülle und Fülle, den es zu verarbeiten galt. Von meinem ersten Gedanken an den Roman, über die Suche des Themas, zum Schreiben auf dem Hof, bis hin zum gestrigen Tag mit der Präsentation bei Baldur gab es unzählige Anekdoten, die wunderbar in die Geschichte verpackt werden konnten.

Ich liess die ganze Entstehungsgeschichte nochmals in allen Details Revue passieren und notierte mir die interessantesten stichwortartig auf einer Liste. Nun war ich bei den Portiönchen angelangt, die ich Stück für Stück abarbeiten und an passender Stelle im Roman einbauen wollte. Viele Passagen, die im Roman bereits zu lesen waren, begann ich nun erst zu schreiben. Das tönt etwas seltsam, muss aber nicht irritieren. Denn es ist ganz natürlich: Zunächst kommt das Erleben, bevor man darüber schreiben kann. Die Reihenfolge ist somit völlig logisch. Nur dadurch, dass ich jetzt nicht nur über die Geschichte schreibe, sondern auch über deren Entstehung, wird das sichtbar.

Gegen Mittag, die Zeit verging wie im Flug, hatte ich bereits drei Portiönchen abgearbeitet und an ihren vorgesehenen Stellen im Text platziert. Am liebsten hätte ich gleich weitergearbeitet, doch

Heiri mit seiner Arbeitsphilosophie kam mir in den Sinn: Er würde bestimmt Wert auf regelmässige Pausen legen. Damit hatte er auch Recht, wie ich aus Erfahrung von meinem ersten Roman wusste. Ich ging also in die Küche, wo die anderen bereits zu Tisch sassen.

„Na, du Working Hero", begrüsste mich Anna.

„Jetzt machst auch *du* noch Sprüche", erwiderte ich in Anspielung auf Heiris Ratschläge am Morgen. Doch Anna hatte zweifellos den richtigen Ton getroffen.

„Ich habe den Eindruck, dass ich nicht mehr gross zur Mitarbeit auf dem Feld kommen werde", gab ich für die kommenden Tage den eigenen Tarif durch. Wenn ich meine Liste der Portiönchen mit der möglichen Tagesleistung und den verbleibenden Tagen auf dem Hof verglich, so war ich voll damit beschäftigt.

„Absolut kein Problem", meinte Reto, „wir haben volles Verständnis und freuen uns auf dein zweites Buch."

Am Nachmittag verarbeitete ich weitere zwei Portiönchen und wurde erst gegen vier Uhr von Michael unterbrochen: Er versorgte mich mit einem geschnittenen Apfel und einer Schnitte Holzofenbrot.

„Willst du sehen, was ich bereits geschrieben habe?"

Michael nickte verstohlen.

„Alle diese Blätter sind Teil der Geschichte, und ...", ich nahm eine der Seiten heraus, „hier habe ich erwähnt, was wir zusammen in der Bibliothek gemacht haben."

„Yuppi!", Michael war begeistert und wollte das gleich Anna berichten.

„Nach dem Nachtessen können wir vielleicht noch etwas spielen", rief ich hinter ihm her. Hier täuschte ich mich allerdings gewaltig, denn Fritz rief an.

Er fragte mich, ob ich heute Abend Zeit hätte:

„Ich muss dringend mit dir über deine Texte sprechen."

Ich war ziemlich überrascht. So schnell hatte ich von ihm kein Feedback erwartet. Wir verabredeten uns um 20 Uhr auf dem Sonnhof.

Als ich mich auf den Weg machte, wollte Michael unbedingt mit.

„Michael, ich glaube, das geht jetzt nicht", sagte ich zu ihm: „Ich muss mit Fritz wichtige Dinge besprechen. Da würdest du dich nur langweilen."

„Ich will aber mit!"

„Wir gehen ein anderes Mal auf den Sonnhof, das verspreche ich dir."

„Papa hat nie Zeit zum Spielen", wandte er sich an Anna.

"Papa spielt ganz oft mit dir. Wenn er dich heute Abend nicht dabeihaben kann, hat er bestimmt seine Gründe."

„Dann will ich mit dir spielen!"

„Also gut, wir werden etwas zeichnen."

„Yuppi!" Michael war wieder zufrieden.

Anna brachte Farbstifte und Papier und verabschiedete sich von mir:

„Ich hoffe, es wird nicht allzu spät heute Abend, würde dich gerne noch etwas für mich haben."

„Ich werde mich bemühen.", erwiderte ich, gab ihr einen Kuss, Michael ebenfalls, setzte mich aufs Fahrrad und radelte Richtung Sonnhof davon.

Fritz erwartete mich am grossen Tisch im Hof unter der Linde.

„Du hast es aber eilig", sagte ich zur Begrüssung.

„Ich habe heute Zeit gehabt zum Lesen, mein Feedback wird dir bestimmt helfen."

Auf dem Tisch stand eine Karaffe mit Most und zwei Gläsern.

„Trinkst du kein Bier mehr?"

„Heute brauchen wir einen klaren Kopf, darum gibt es Most."

Wir setzten uns und Fritz kam gleich zur Sache:

„Deine Texte sind flüssig, gut verständlich geschrieben wie bei deinem ersten Buch. Du bringst wiederum interessante Inhalte, aber etwas fehlt mir an dieser Geschichte und davon würde ich gerne noch mehr lesen."

„Das wäre?"

„Du schilderst wichtige gesellschaftspolitische Probleme, beziehst politisch aber nirgends Stellung. Alles plätschert in deinen Texten in grösster Selbstverständlichkeit dahin. Dabei ist es ein absoluter Skandal, dass den Menschen in Afrika durch unfaire Handelsbeziehungen und korrupte Regierungen die Lebensgrundlage entzogen wird. Ebenso, dass wir in den wohlhabenden Ländern davon profitieren, jedoch nichts dagegen unternehmen und gleichzeitig die Luken immer dichter machen. So etwas würde ich gerne in deinem Buch deutlich ausgesprochen lesen, nur so kannst du diesem Thema gerecht werden."

Ich war ziemlich konsterniert: Mit einer solchen Breitseite hatte ich nicht gerechnet und musste mir gut überlegen, was ich Fritz entgegnete. Schliesslich bezog ich mich auf meine Rolle als Autor und erwiderte Fritz:

„Ich bin nicht Politiker, ich bin Autor! Als solcher darf ich meine Figuren nicht für irgendwelche politischen Postulate instrumentalisieren. Als Autor bin ich Anwalt für alle meine Figuren, das hat womöglich eine ausgleichende Wirkung zur Folge."

„Dann musst du eben noch Figuren erfinden, die mit ihrer politischen Meinung dezidierter auf den Tisch klopfen, die fehlen mir entschieden."

„Ich lasse doch den Genfer Professor zu Wort kommen, der sagt klipp und klar, was Sache ist."

„Natürlich macht er das, aber auf eine akademisch distanzierte Weise, die nicht wirklich Empörung aufkommen lässt. Und das willst du doch hoffentlich!"

„Ich möchte meinen Lesern eine spannende, interessante Lektüre bieten, die sie zum Denken anregt. Wenn sie schliesslich noch aktiv werden, umso besser", entgegnete ich Fritz.

„Trotzdem, ich bleibe dabei, da braucht es noch mehr Pfeffer in der Argumentation."

Die Beharrlichkeit von Fritz forderte mich ziemlich heraus und brachte mich auf eine Idee:

„Würdest du dich denn in meinem Buch gerne selber lesen?"

„Wie meinst du das?"

„Dass es sozusagen eine Figur gibt, die genau das vertritt, was du soeben gesagt hast."

„Habe ich mir noch nicht überlegt", antwortete Fritz und dachte einen Moment lang nach: „Wieso eigentlich nicht und wenn du schon dabei bist, kannst du gleich noch meine Ansichten über die Gentechnologie wiedergeben. Da gibt es einen sehr direkten Zusammenhang: Die Gentechfritzen behaupten nämlich immer noch, nur sie könnten das Hungerproblem lösen, dabei sind sie selbst Teil des Problems. Und, wenn wir gerade dabei sind, dann scheue auch eine kritische Betrachtung der Schweiz nicht. Wir tun nämlich immer so, als wären wir die Musterschüler dieser Welt, dabei ist auch bei uns nicht alles Gold, was glänzt."

Nun hatte ich nicht nur tüchtig Prügel, sondern gleich noch mit Fritz eine Inspirationsquelle bekommen. Ich bedankte mich bei ihm für seine guten Anregungen und versprach ihm, nicht nur das heute Gesagte, sondern gleich die gesamte Diskussion um die Gentechnologie in meine Geschichte einfliessen zu lassen.

Nun musste ich allerdings aufbrechen, denn Annas Wunsch war mir Befehl. Fritz hätte sich gerne weiter mit mir unterhalten, begriff allerdings gut, dass ich jetzt andere Prioritäten hatte. Frohen Mutes radelte ich zum Hof zurück. Dort stieg ich erwartungsvoll die

Stiege zu unserer Kammer hoch. Es war noch nicht zehn Uhr. Michael würde bestimmt bereits im Bett friedlich schlafen und Anna mich mit Freuden erwarten. Leise öffnete ich die Tür, das Nachtischlämpchen erleuchtete den Raum nur schwach. Von Michael und Anna fehlte jede Spur, bis auf ein Zettelchen, das besagte, dass sie zu Besuch beim Nachbarbauern im Stall bei der Geburt eines Kälbchens weilten. Eigentlich wäre mir etwas anderes lieber gewesen, doch das war auch schön. Ich eilte zum Nachbarbauern und traf dort kurz nach der Geburt des Kälbchens ein.

Michael war ganz aus dem Häuschen:

„Weisst du, Papa, zuerst kamen die Beine heraus, an denen hat der Bauer ganz festgezogen, bis dann das ganze Kälbchen aus der Mutter schlüpfte."

Er durfte das Frischgeborene bereits einmal kurz streicheln und fand es unendlich lieb. Der Bauer war glücklich über die problemlose Geburt und lud uns zu einem Schlummertrunk zu sich in die geräumige Küche ein.

„Wie war deine Unterredung mit Fritz?", fragte Anna.

„Gut! Er hat zwar gemeint, ich sei etwas zahm in meinen Aussagen, gleichzeitig hat er mir interessante Ideen vermittelt, wie ich dem begegnen kann, ohne meine Neutralität als Autor zu verlieren."

„Und warum musst du neutral bleiben?"

„Weil der Leser nicht den Eindruck erhalten darf, dass der Autor für irgendeine seiner Figuren und deren Aussagen eine Vorliebe hat. Ergreift er Partei, verlieren seine Figuren an Glaubwürdigkeit und mit ihnen der Autor selber auch. Alles klar?"

„Eigentlich nicht, aber macht auch nichts. Für solche theoretischen Überlegungen ist es für heute etwas zu spät."

„Ich finde das gar nicht so schwierig", mischte sich Reto ein, der aufmerksam zugehört hatte: „Wenn der Autor mit seinen Figuren nur seine eigene Gesinnung verbreiten will, nimmt er diesen ihre Autonomie und es sieht sehr schnell nach abgekartetem Spiel aus und das ist langweilig."

„Jetzt habe ich es doch noch verstanden", war Anna ganz verblüfft: „Danke Reto, du hast mich gerettet."

Auch ich war froh, immerhin Reto hatte auf Anhieb verstanden. Müde verabschiedeten wir uns von den anderen und stiegen die Treppe zu unserer Kammer hoch. Mit Michael brachten wir uns gleich selber zu Bett. Aus dem Schäferstündchen wurde nichts.

In dieser Nacht kehrte ich in den Urwald zurück und träumte dort weiter, wo ich beim letzten Mal aufgehört hatte. Ich war auf der

Plattform des Anlegeplatzes und schaute mich vorsichtig um. Zunächst war keine Menschenseele auszumachen. Allmählich lösten sich aus den dunklen Winkeln der Häuser einige Gestalten, die näherkamen. Es waren lauter Frauen und Kinder, die mich schliesslich neugierig umringten. Es wurden immer mehr, als hätte das ganze Dorf nur auf meine Ankunft gewartet. Mir war ziemlich unheimlich zumute, auch wenn die Gestalten keinerlei Aggressivität verbreiteten.

Eine junge Frau löste sich aus der Gruppe und sprach mich auf Französisch an. Ich war froh, dass ich mich wenigstens verständigen konnte und erklärte ihr mein Anliegen: Ich wollte diese Nacht im Dorf verbringen, um dann morgen weiterzusehen. Ich erklärte ihr, dass ich von weit herkomme und todmüde war.

Die junge Frau dachte einen kurzen Moment nach, ging zu einer älteren Frau und besprach sich mit ihr in einer seltsamen Sprache, die ich nicht verstand. Dann richtete sich die ältere Frau an die anderen Frauen und erklärte offenbar die Situation.

Lautlos, wie sie gekommen waren, verschwanden die Frauen wieder in der Dunkelheit. Zurück blieben die junge und ältere Frau.

„Das ist meine Mutter. Sie können bei uns übernachten. Folgen Sie uns bitte."

„Das ist sehr nett von Ihnen", versuchte ich mich zu bedanken, doch die beiden Frauen kehrten mir bereits den Rücken zu und gingen davon.

Ich folgte ihnen in geziemendem Abstand und wir erreichten eines der grösseren Häuser des Dorfes. Wir traten ein und die junge Frau zeigte mir mein Nachtlager. Dann verschwand sie für einen Augenblick. Ich betrachtete den Raum: Er war sauber, einfach eingerichtet und strahlte eine angenehme Behaglichkeit aus, sodass ich mich gleich wohl fühlte. Als die junge Frau zurückkam, bat sie mich, ihr zu folgen:

„Meine Mutter hat uns noch etwas vom Essen aufgewärmt. Sie haben bestimmt grossen Hunger."

Zu dritt sassen wir ums Feuer und schlürften einen Brei aus Maniok, der vorzüglich schmeckte. Danach verabschiedete ich mich und wollte schlafen gehen. Doch der Schlaf stellte sich nicht gleich ein. Bilder des vergangenen Tages gingen mir durch den Kopf.

Plötzlich hörte ich leise Schritte, die sich mir näherten. Was hat das zu bedeuten? fragte ich mich ängstlich. In der Dunkelheit erkannte ich die junge Frau, die sich zu mir ans Lager setzte:

„Du brauchst keine Angst zu haben", flüsterte sie, „ich muss mit dir sprechen."

Mit dem „Du" wechselte die bisherige Distanziertheit augenblicklich in eine leichte Vertrautheit. Meine nächtliche Besucherin hatte eine Kerze mitgebracht, die sie nun anzündete. Jetzt nahm ich ihr schönes, freundliches Gesicht wahr.

„Du hast mir bei der Ankunft nicht alles gesagt. Kein Mensch macht eine so lange Reise durch den Dschungel zu uns ins Dorf, nur um müde eine Unterkunft zu finden."

„Da hast du allerdings recht. Ich wollte in deinem Dorf eine Frau treffen, die offenbar selber noch nicht angekommen ist."

„Ich weiss, ich kenne diese Frau, sie heisst R."

Diese günstige Fügung meiner rätselhaften Reise erstaunte mich ebenso, wie sie mich beruhigte:

„Wie heisst du?"

„Mara, und du bist Peter."

„Und wo ist R.?"

„Sie konnte nicht kommen und hat mich beauftragt, dir den weiteren Weg zu weisen."

„Sie ist aber nicht in Gefahr?"

„Nein, das nicht, aber gezwungen, sehr vorsichtig zu sein."

„Und wer bist du?", Mara begann mich zu interessieren. Ihre Autorität, die sie gegenüber der Dorfgemeinschaft bei meiner Ankunft gezeigt hatte, und ihre Art und Weise, wie sie sich mir, einem bis anhin fremden Mann, genähert hatte, beeindruckten mich sehr.

Sie erzählte mir, dass sie aus der wohlhabendsten Familie des Dorfes stammte und als einzige Frau die Möglichkeit hatte, in Libreville zu studieren. Dort hatte sie R. vor etwa zehn Jahren kennen gelernt. Eine enge Freundschaft verband die beiden Frauen seither. Nachdem Mara mit ihrer Geschichte fertig war, wollte ich von mir selber etwas preisgeben. Mara meinte jedoch, sie müsse jetzt gehen, sonst wäre das nicht gut:

„Morgen früh kommt das Postflugzeug, es wird dich nach Libreville zurückbringen, dort wirst du R. treffen. Mit deiner Reise hierher hast du bewiesen, dass du es ehrlich meinst."

Sie gab mir einen Kuss auf die Wange und verliess mit dieser rätselhaften Andeutung mein Lager so leise, wie sie gekommen war. Ihre Bewegungen zeugten von grosser Anmut. An Schlaf war jetzt nicht mehr zu denken. Einerseits machte ich mir um R. sorgen, andererseits sehnte ich mich bereits nach dieser schönen Frau, die soeben noch an meiner Seite war. Lange nach Mitternacht versank ich doch noch in einen kurzen, tiefen Schlaf, welcher durch den anbrechenden neuen Tag und seine Geräusche bald wieder beendet wurde. Mara brachte mir Kaffee:

„Ich hoffe, du hast gut geschlafen. In einer Stunde wird das Postflugzeug beim Dorf kurz wassern und dich mitnehmen. Vor meiner Mutter und in der Öffentlichkeit werde ich dich wieder mit „Sie" ansprechen." Mit dieser Ankündigung nahm sie ihre anfängliche Distanziertheit wieder ein. Eigentlich hatte ich es überhaupt nicht eilig, sondern wollte vielmehr bleiben. Meine Gefühle und der Verstand kämpften gegen das Schicksal an. Es kam mir vor, als würde ich aus dem Paradies verstossen, was ich nicht hinnehmen wollte.

Das Leben eines Literaten ist nicht ganz einfach: Er bewegt sich in zwei Welten, die beide ihre Ansprüche an ihn stellen. Die fiktive Welt will spannend und interessant sein, benötigt viel Zeit, die der realen Welt abgeht. Das Leben mit einem Literaten ist manchmal ziemlich anstrengend, davon kann ich ein Liedchen singen.

Diese Woche tauchte Peter voll in seinen Roman ab: wir sahen uns lediglich bei den Mahlzeiten und für den Gutenachtkuss. Dazwischen verzog er sich an seinen Schreibplatz in der Gartenlaube oder verkroch sich im Bett mit beiden Ohren unter die Decke. Dort gab er im Schlaf mehr Geräusche von sich, als es mir lieb war. Er musste intensive

Träume haben, die nicht nur ihn, sondern auch mich erschreckten. Letzte Nacht rief er zum Beispiel ziemlich laut nach R. Ich schüttelte ihn, er öffnete die Augen für einen kurzen Moment, starrte mich an, drehte sich wieder zur Seite und schlief dann unruhig weiter. Ich hingegen blieb für längere Zeit wach liegen, machte mir Sorgen und fragte mich gar, ob er mir nun untreu würde. Heute Morgen als ich ihn darauf ansprach, hatte er keine Ahnung, was geschehen war! In der Regel erfuhr ich erst Tage später aus seinem Manuskript, was wirklich los war. Zum Glück hatte Michael keine Flausen im Kopf, sonst wäre es auch noch bei Tag ungemütlich geworden.

Unser Aufenthalt auf dem Bauernhof neigte sich dem Ende zu und ich hatte noch verschiedene Dinge zu erledigen. Am Morgen half ich Reto bei der Feldarbeit: Wir pflückten reifen Kopfsalat, lockerten den Boden und entfernten lästige Unkräuter. Am Nachmittag machte ich mich mit Klara und Michael auf den Weg zum Sonnhof.

„Jetzt habe ich gemeint, ihr habt mich bereits vergessen", begrüsste uns Fritz zum Schein etwas betupft.

Er bat uns, im Hof unter der Linde Platz zu nehmen, verschwand im Haus und kam bald mit einem Tablett und Getränken zurück:

„Für unseren Junior gibt es extra Sirup, für die Ladies empfehle ich frischen Most aus eigener Produktion und ich trinke ein Bier."

„Wie geht es dir?", erkundigte sich Klara.

„Bei so einem Besuch kann es mir nur gut gehen! Und selber?"

„Ausgezeichnet", erwiderte Klara, „von Reto, Rosi und Heiri darf ich dir liebe Grüsse ausrichten. Sie erwarten dich morgen wieder zur Arbeit."

„So, so, die sind vielleicht gut. Mal sehen, was sich machen lässt", antwortete Fritz in seiner betont bedächtigen Art, die seiner Person mehr Gewicht verleihen sollte.

„Und, wie geht es der Gattin des Literaten?"

Hallo!, dachte ich, nennt sich Peter bereits öffentlich so? Der hat einen schönen Knall! „Wie bitte, wie meinst du das?"

„Er hat mir den Entwurf seines neuen Buches zum Lesen gegeben."

„Kann mir vielleicht jemand erklären, um was es da geht? Ich verstehe kein Wort", meldete sich Klara mit lauter Fragezeichen im Kopf.

„Peter schreibt ein neues Buch und du wirst bestimmt auch darin erwähnt."

„Das geht doch nicht, der muss mich erst einmal fragen. Fotos kann man auch nicht einfach in die Zeitung stellen."

„Nur keine Angst, Peter wird sicher nichts Schlimmes von dir berichten, wenn überhaupt", beschwichtigte ich und Fritz meinte lakonisch:

„Er gibt dir einfach einen anderen Namen: Ich heisse darin zum Beispiel Fritz."

Wir mussten alle lachen.

„Wenn dem so ist, habe ich nichts dagegen. Das kannst du Peter ruhig sagen."

Michael nippte friedlich an seinem Sirup.

„Über was schreibt Peter eigentlich?", wollte Klara nun neugierig wissen.

„Das ist gar nicht so einfach zu erklären", musste ich eingestehen.

„Afrika spielt eine Rolle, Emigration und wie Peter zum Schreiben kommt", stellte Fritz seine bisherigen Kenntnisse unter Beweis.

„Aha, ich glaube, ich muss das Buch selber lesen. Wann kommt es heraus?"

„Gegen Ende Jahr, wenn alles gut geht", erklärte ich.

„Schön, dann bekomme ich bestimmt ein Belegexemplar", schloss Klara selbstbewusst das Thema.

Nun meldete sich Michael mit seinem leeren Glas in der Hand:

„Bekomme ich noch eine Limonade?"

„Zu viel Limonade ist ungesund", erwiderte ich.

„Dann möchte ich spielen."

„Wir zwei machen jetzt einen Hofrundgang, danach bekommst du noch etwas Limonade", nahm Fritz das Heft in die Hand, „deine Mutter möchte sich bestimmt mit Klara unterhalten."

Wie einfühlsam Fritz doch ist, dachte ich, denn mit Klara hatte ich noch kaum ein Wort gesprochen.

Michael gab Fritz die Hand und beide gingen dem Stall zu.

„Und, wie geht es euch?", wollte Klara wissen.

„Alles paletti."

„Habt ihr eigentlich nie ans Heiraten gedacht?", kam Klara auf ein Thema zu sprechen, das ihr offenbar unter den Nägeln brannte.

„Nein, wieso, sollten wir?"

„Ich meine ja nur, vor nicht allzu langer Zeit hat man das noch so gemacht."

„Und ihr?"

„Das ist so eine Sache", erwiderte Klara zögernd. Sie nahm nochmals einen Schluck Most und fuhr dann fort: „Meine Eltern würden es gerne sehen. Sie sind ziemlich konservativ, eben, so richtig vom Land."

„Wie sieht es mit Reto aus?"

„Bei Reto ist das nicht wirklich ein Thema. Ich bin mir gar nicht sicher, ob Heiri und Rosi getraut sind." Klara machte erneut eine Pause und prüfte wohl, was ihre eigene Meinung war. „So ein Fest, in weissem Kleid, wäre sicher schön. Das ist aber auch alles, was mich daran reizen würde."

„Und?", fragte ich, über diese für mich antiquierte Vorstellung schmunzelnd, „wo ist das Problem?"

„Meine Eltern liegen mir dauern in den Ohren."

„Entscheidend ist doch, ob eure Beziehung stimmt! Dann kann der Rest egal sein."

„Eigentlich hast du Recht", erwiderte Klara und ging gleich einen Schritt weiter, „vielleicht sollte ich von zu Hause ausziehen."

„Das wäre auch eine Möglichkeit", stimmte ich ihr zu.

„Wie lange seid ihr eigentlich noch auf dem Hof?"

„Bis Ende Woche", erwiderte ich leicht melancholisch.

„Dann müssen wir uns bald wieder in Basel treffen. Vielleicht ergibt sich die Gelegenheit, dass Peter und Reto auch dabei sein können."

„Das fände ich prima und lässt sich bestimmt einrichten", erwiderte ich.

Nun kehrten Michael und Fritz zurück. Ihr Hofrundgang hatte nicht besonders lange gedauert.

„Mama, was heisst pensioniert? Fritz hat gesagt, er sei pensioniert und habe deshalb keine Kühe mehr."

„Das heisst, dass er nicht mehr arbeitet."

„Aber, er war doch gestern auf dem Feld."

„Da hat er Heiri und Reto bei der Arbeit geholfen."

Michael drehte seine Augen nach oben, was er immer dann machte, wenn er etwas nur halb begriffen hatte, und wechselte das Thema:

„Bekomme ich jetzt von der Limonade?"

Fritz war bereits zur Stelle und wollte das Glas füllen.

„Ein halbes Glas genügt", bedeutete ich.

Als Michael seine Limonade ausgetrunken hatte, machten wir uns auf den Heimweg.

„Wenn du in Basel bist, musst du uns besuchen", schlug ich Fritz beim Abschied vor.

Zu Hause war es Zeit, Peter von seiner Schreibarbeit zu erlösen. Er hatte schliesslich noch familiäre Pflichten. Michael spielte bestens mit und nahm seinen Vater in dieser Woche zum ersten Mal so richtig in Beschlag. Ich hingegen setzte sich an Peters Platz in der Gartenlaube und begann den heutigen Tag zu rekapitulieren.

So leicht fiel mir das Schreiben noch nie. Als es Zeit für das Nachtessen war, ging ich in die Küche und kündigte an:

„Ich habe heute keine Zeit für das Abendessen!", füllte einen Teller, ging zurück in die Laube und schrieb essend weiter. Gegen 21 Uhr hatte ich meinen bisher längsten Text fertiggestellt. Es reichte gerade noch für einen Besuch bei Klara. Ihr Einverständnis wollte ich sicherheitshalber einholen.

„Liebe Anna", meinte Klara, „du bist ja mehr als seriös. Den Blanko-Check habe ich dir doch bereits gegeben."

Als ich zurück war, meinte Peter leicht verärgert:

„Ich bin hundemüde und hätte wenigstens beim Nachtessen etwas Ruhe gebraucht."

„Tut mir leid", erwiderte ich, „für einmal ist die Literatin mit mir durchgegangen und hat mindestens einen Fünftel meiner Schreibverpflichtung abgearbeitet."

Schliesslich stieg ich doch ins Flugzeug. Die Mission, wie auch immer sie lauten mochte, hatte obsiegt. Es brachte mich auf Umwegen nach Libreville. Joel, der Pilot, flog an diesem Tag noch weitere 12 Dörfer an. Während des ganzen Fluges dachte ich abwechslungsweise an R., dann an Mara und schliesslich an Anna und Michael. Gleichzeitig bekam ich einen guten Eindruck von diesem über weite Strecken bewaldeten Land.

Am Abend kurz vor sechs Uhr landeten wir auf einer Nebenpiste des Flughafens von Libreville. Joel rollte seine Maschine in den Posthangar und begleitete mich auf Schleichwegen zur Flughafenempfangshalle. Der Flughafen, den ich von meiner Anreise her kannte, besass zwei Fingerdocks und war gut überblickbar. In der Empfangshalle wies mich Joel an, beim dritten Schalter von links nach einer gewissen Naomi zu fragen. Sie sollte mir den weiteren Weg zu R. weisen. Ich bedankte mich bei ihm für den sicheren Flug und erkundigte mich, was ich ihm schuldig wäre.

„Das ist ein Freundschaftsdienst für R., bitte grüsse sie von mir", erwiderte er bescheiden.

Dann wünschte er mir zum Abschied viel Glück und verschwand durch einen Nebenausgang.

Ich begab mich an den erwähnten Schalter und stellte fest, dass ausgerechnet dieser Schalter geschlossen war. Was konnte ich tun?

Ich wartete kurz und überlegte scharf: Warum bin ich überhaupt hier? Wegen R., klar!, und wieso noch? Ich spürte ein dumpfes Gefühl in mir, konnte es aber noch nicht richtig deuten. Möglicherweise war es Wut, aber weswegen? Wegen R., die mich diese lange Reise machen liess und sich immer noch nicht zeigte. Nein, das war es kaum, denn R. hatte ihre Gründe: Mara gab sie mir zu verstehen, als sie sagte: R. müsse sehr umsichtig agieren. Das dumpfe Gefühl wurde stärker und forderte meine ganze Aufmerksamkeit. Ich hatte hier in Libreville zweifellos eine Mission zu erfüllen! Das wurde mir umgehend klar. Diese Mission konnte lediglich lauten: Ändere etwas an den Begebenheiten, mische die sozialen Verhältnisse auf, revoltiere! Ja, genau, revoltiere und sorge wenigstens für etwas mehr Gerechtigkeit und Chancengleichheit in diesem afrikanischen Land!

Nach dieser geistigen Anstrengung musste ich mich erschöpft mit dem Rücken zum Schalter gelehnt auf die Ellbogen abstützen, sonst wäre ich gleich ganz zu Boden geglitten. Ziemlich alles an mir – ausser den Ellbogen – hing herunter.

Ausgerechnet ich und warum ich!? Und weshalb habe ich mich auf dieses Unterfangen eingelassen?, fragte ich mich ohne jeden Mut. Liebend gerne wäre ich in diesem Augenblick weit weg von hier, zu Hause, bei Anna und Michael gewesen. Dort hatte ich meine wirklichen Aufgaben zu bestehen und nicht hier, den vermeintlichen Helden zu spielen. Warum musste ich mein soziales Gewissen in diesem Masse überbewerten und R. hierher folgen? Oder war es womöglich R. selber, die mich hierhergelockt hatte? Was wollte ich bei ihr, was wollte sie mit mir erreichen? Dieser Zustand dauerte in meiner Empfindung unendlich lange. Er würde wohl immer noch anhalten, wenn mich nicht der Beamte des benachbarten Schalters angesprochen hätte:

„Ist Ihnen nicht gut, Monsieur?", wollte er wissen und tippte mich vorsichtig an der Schulter.

„Nein, nein", zuckte ich zusammen, „alles in Ordnung. Aber", wie hiess diese Frau schon wieder, wie lautete ihr Name, ich kramte in meinem Gedächtnis, ach ja, „kennen sie eine gewisse Naomi?"

„Sie meinen die Hostess von Schalter drei?"

„Genau."

„Sie ist seit drei Tagen nicht zur Arbeit erschienen, kein Mensch weiss, wo sie ist."

Auch das noch. Leichte Verzweiflung machte sich in mir breit:

„Haben Sie eine Adresse, eine Handynummer? Ich muss sie unbedingt erreichen!"

„Das kann ich Ihnen gerne geben, fürchte allerdings, dass es Ihnen nichts nützt."

„Wieso?"

„Es macht ganz den Anschein, dass Naomi für längere Zeit, wenn nicht für immer verschwunden ist."

Der freundliche Beamte notierte die Adresse und gab mir den Zettel.

„Kennen Sie eine gewisse R.?"

„Ich weiss nur, dass sie eine Freundin von Naomi ist, mehr weiss ich nicht."

„Sie können mir bestimmt auch sagen, wie ich ins Zentrum der Stadt komme, besser gesagt zum Palast des Präsidenten."

„Nehmen Sie ein Taxi und lassen Sie sich hinbringen. Die Fahrt dauert etwa 30 Minuten und kostet 20 Francs."

Erst als ich im Taxi sass, wurde mir bewusst, warum ich eigentlich diese Destination angegeben hatte. Der vorhin fehlende Mut war zurückgekehrt und verwandelte meine Depression in Selbstüberschätzung: Ali Bongo, den Präsidenten von Gabun, wollte ich zur Rede stellen. Nichts weniger als das hatte ich im Sinn! Ich streckte mich im Fonds des Wagens, dehnte sämtliche meiner Finger bis die Gelenke knackten und faltete schliesslich meine Hände

hinter dem Kopf. Dergestalt begann ich mir einen Plan zurechtzu-
legen, der mich in dieser Angelegenheit zum Erfolg führen sollte.
Ich begann vorsichtig den Fahrer über den Präsidenten auszufra-
gen.

„Ach, Sie wollen den Präsidenten treffen", durchschaute mich
der Taxifahrer ziemlich schnell, „wo er allerdings im Palast zu finden ist und welchen Eingang Sie nehmen müssen, kann ich Ihnen
nicht sagen."

Nach kurzer Zeit kamen wir tatsächlich an besagtem Gebäude
an. Nun wusste ich, was der Chauffeur gemeint hatte; ein immen-
ser Bau tat sich vor meinen Augen auf:

„Gehört das alles zum Palast des Präsidenten?"

„Genau und dort vorne ist der Haupteingang. Passen Sie gut auf,
da gibt es ziemlich viel Wachpersonal, das nicht sehr zimperlich
mit Leuten umgeht, die sich dem Präsidenten nähern möchten."

Ich bedankte mich für den guten Service, die hilfreichen Auskünfte und bezahlte meine Schulden. Dann machte ich mich auf
zum Haupteingang und musste als erstes feststellen, dass der Palast gar nicht öffentlich zugänglich war. Dies machte mein Unterfangen zwar wesentlich komplizierter, aber nicht unmöglich.
Kampfgeist stieg in mir hoch. Ich nahm Abstand, um den ganzen

Palast besser zu überblicken und entdeckte einen weiteren Eingang. Dort bildete sich eine beträchtliche Schlange von Lieferwagen, die einer nach dem anderen zur Einfahrt in den Innenhof vorgelassen wurden. Ich schlich zum letzten Wagen; es war ein Pickup eines Gemüsehändlers, dessen Ladefläche mit einer Plane bedeckt war. Kurzentschlossen kroch ich unter die Plane und versteckte mich zwischen den Gemüsekistchen. Das Herz klopfte mir im Hals, bis ich endlich unbemerkt im Hof des Palastes, wo der Fahrer seinen Wagen parkierte, vom Pick-up stieg.

Von Geisterhand geführt, bewegte ich mich durch das Labyrinth des Palastes. Vom zentralen Längsgang gingen unzählige Türen ab. Alle Stockwerke schienen den gleichen Grundriss zu haben. Nicht so die beiden obersten Stockwerke, hier gab es nur wenige Türen. Ich vermutete, dass diese Eingänge zu Appartements führten. Eines davon wurde von zwei Soldaten bewacht. Wenn der Präsident irgendwo in diesem Palast wohnte, dann musste es hier sein.

Nun war meine mentale Stärke gefragt. Ich marschierte selbstbewusst auf die Soldaten zu und sagte ihnen ganz trocken:

„Der Präsident erwartet mich."

Die Türe ging auf und die beiden Soldaten liessen mich passieren. Ich betrat eine immense Eingangshalle, mit unzähligen Kronleuchtern an der Decke. Am Ende der Eingangshalle führten zwei geschwungene Treppen ins obere Stockwerk. Die linke der beiden Treppen stieg ich hoch, gelangte auf eine Balustrade, von welcher wiederum zahlreiche Räume abgingen. Drei Eingänge schienen für mein Ansinnen relevant zu sein. Einer davon wurde wiederum bewacht. Mit grösster Selbstverständlichkeit schritt ich auf die Wache zu, die meinen Anweisungen folgte und mich dem Präsidenten meldete. Er sass in einem mit viel Holz, Marmor und Plüsch ausgestatteten Büro hinter seinem grossen Schreibtisch. Eher klein gewachsen wirkte er etwas verloren in dieser Umgebung.

„Was führt Sie zu mir?", wollte er mit einem feinen Lächeln von mir wissen.

Auf diese Begrüssung war ich nicht gefasst. Meine ganze revolutionäre Energie, die ich auf dem Weg durch den Palast zu ihm aufgebaut hatte, die mich mühelos sämtliche Wachen passieren liess, sackte bereits ein wenig zusammen.

„Staatspräsident Bongo", erwiderte ich mit leicht brüchiger Stimme, „ich bin gekommen, um mehr Gerechtigkeit zu schaffen!"

„So, so, und wer gibt Ihnen das Recht dazu?"

„Die Verhältnisse in Ihrem Land!"

„Aha", Bongo machte eine kurze Pause, „wie wollen ausgerech-net Sie das beurteilen? Von wo kommen Sie überhaupt?", ging er ruhig zur Gegenfrage über.

Mein Selbstvertrauen sank weiter, aber an Aufgeben dachte ich noch lange nicht:

„Ich habe sämtliche Medienberichte studiert, die ich über Sie und Ihr Land ausfindig machen konnte, und zahlreiche Dörfer so-wie die Hauptstadt besucht. Überall das gleiche Bild: Eine krasse Minderheit verfügt über nahezu sämtliche Reichtümer dieses Lan-des und damit über die grosse Mehrheit der Menschen in Gabun!", liess ich bündig meine durch intensive Recherche zusammengetra-genen Erkenntnisse über sein Land verlauten.

„Ach ja? Sie sind wohl einer von jenen Menschen, die meinen, dass das Regieren die einfachste Sache der Welt sei. Dabei sind Staatspräsidenten die am meisten regierten Menschen der Welt. Sämtliche Anspruchsgruppen richten ihre Anliegen in der grössten Selbstverständlichkeit an sie."

Er machte eine heftige Bewegung mit dem rechten Arm über den Tisch, als wollte er diese sich imaginär stapelnden Anliegen mit ei-nem Mal vom Tisch wischen:

„Eigentlich habe ich schon lange auf denjenigen gewartet, der an meiner Stelle diese undankbare Aufgabe übernehmen will. Kommen Sie!", er stand auf, „und nehmen Sie an meiner Stelle Platz!"

Damit hatte ich nun wirklich nicht gerechnet. Auch der Präsident bemerkte mein Zögern:

„Warum nehmen Sie meinen Platz nicht ein?"

Ich zögerte jedoch aus einem anderen Grund. Ist das nun eine Finte oder will er sich aus der Verantwortung stehlen? Oder ist er womöglich tatsächlich guten Willens, was ihm ja in einem Zeitungsbeitrag attestiert wurde?

„Warum zögern Sie? Ich kann von heute auf morgen aus Gabun verschwinden, in Frankreich habe ich längst ausgesorgt. Aber alle, die sich ihre Kritik vollmundig auf die Fahne schreiben, sind letztlich mutlose Gesellen: Sie krebsen zurück, wenn es um den Tatbeweis geht. Und die anderen wollen diesen Sessel nur, um ihre Machtgelüste zu befriedigen. Das kann ich als Patriot nicht zulassen."

Er setzte sich und schien durch mich hindurch zu schauen. Mir hingegen war alles andere als klar, wie ich diesen Mann einschätzen sollte.

„Im Grunde genommen muss ich nur auf diesen Knopf drücken", er zeigte mir die Fernbedienung, die er die ganze Zeit in der Hand gehalten hatte, „und Ihr Schicksal wäre besiegelt."

Nun stand ich mit vollständig abgesägten Hosenbeinen da und sah entsprechend deprimiert aus. Das entging auch dem Präsidenten nicht:

„Machen Sie nicht so ein jämmerliches Gesicht, sonst wird mir noch angst und bange. Am besten Sie gehen jetzt!", meinte er streng. „Und verbreiten Sie ja keine Unwahrheiten über mich!"

Schneller wie ich hereingekommen war, verliess ich den Palast und das Land und landete schweissgebadet in meinem Bett. Mein erster Gedanke war: Jetzt muss ich R. wirklich treffen und nicht nur im Traum verpassen. Erstens, um sicher zu sein, dass es ihr gut geht; zweitens, weil ich viele Fragen habe, bei denen sie mir weiterhelfen kann; drittens als Lieferantin weiterer Ideen zum Roman. Ich nahm mir vor, den Kontakt zu ihr umgehend nach unserer Rückkehr vom Bauernhof herzustellen.

Am letzten Tag unseres Aufenthalts machte ich mit Anna einen Spaziergang aufs Feld hinaus. Wir gingen Arm in Arm und genossen unsere Zweisamkeit. Das Dorf hatten wir hinter uns gelassen und waren auf offenem Feld angelangt. Die Weitläufigkeit der

Landschaft, die durch nichts eingeengt schien, wirkte befreiend auf mich und tat gut. Ich genoss den Augenblick, bis ich an meine Verpflichtungen erinnert wurde:

„Ich bin froh, dass ich zu Hause noch Zeit zum Schreiben habe, bevor der Ernst des Lebens wiederbeginnt."

„Freust du dich überhaupt nicht aufs Studium?"

„Nicht wirklich, das ist alles so theoretisch verglichen mit dem, was wir in den vergangenen Wochen auf dem Hof erlebt haben."

„Das Masterstudium dauert ja keine Ewigkeit mehr und danach findest du bestimmt eine interessante Arbeit."

Wir setzten uns unter einen Kirschbaum ins frisch gemähte Gras.

„Die Aussicht, einen Hof zu übernehmen, ist nicht gerade günstig und als theoretischer Bauer möchte ich je länger, je weniger in die Geschichte respektive in die Amtsstube eingehen."

„Möchtest du denn überhaupt einen Hof übernehmen? Als Bauer wirst du kaum Zeit zum Schreiben haben; das machst du doch auch gerne."

„Das ist es eben, ich habe einfach zu viele Interessen und das Schreiben an sich ist kein Broterwerb! Wie soll ich damit eine Familie ernähren?"

„Na hör mal, ich bin auch noch da!"

„Stimmt! Du hast recht, aber trotzdem."

„Dein erster Roman war ein Achtungserfolg, der zweite wird sicher noch besser und die Arbeit beim lokalen Anzeiger bringt auch etwas ein."

„Da hast du nicht unrecht und es freut mich, dass du mir Mut machst. Irgendwie reicht es dennoch nicht", ich suchte nach einem passenden Bild für meine Gedanken und Empfindungen und wurde in nächster Nähe fündig: „Schau dir diesen Kirschbaum an: Der strotzt nur so vor Kraft und trägt seit vielen Jahren Früchte. Das kann er nur, weil seine Wurzeln unterirdisch mindestens so gut verzweigt sind wie die Äste oberirdisch. Das gibt ihm einen festen Anker und ein solides Fundament. Meines ist hingegen noch ziemlich dürftig ausgebildet."

„Ach, mein Lieber", schaute mich Anna spitzbübisch an, „du willst mehr sein, als dein Alter zulässt."

Sie gab mir einen zärtlichen Kuss und ich konnte das Thema loslassen. Ihre Art und Weise meine kleinen bis mittelgrossen Sorgen zu zerstreuen, war einfach genial. Grosse Probleme liess sie jedoch nie anbrennen. Dafür liebte ich sie.

„Wie weit bist du mit deiner Geschichte?"

„Erstaunlich weit, muss ich auch. Der Verlauf ist ziemlich klar und zahlreiche Kapitel hören sich bereits ganz gut an. Zusammen mit deinen zehn Prozent ergibt sich bereits ein beträchtlicher Umfang."

„Du hast in diesen Ferien sehr diszipliniert gearbeitet."

„Ich staune selber, dass ich das nun kann. Beim ersten Buch war das überhaupt nicht der Fall."

„Ich weiss noch gut, wie du halbe Nächte durchgearbeitet hast. Wie ich dich immer wieder daran erinnern musste, dass es neben Papier und Bleistift auch noch andere Dinge gibt, zum Beispiel mich!"

Anna schaute mich herausfordernd an. Als Zeichen, dass ich wohl verstanden hatte, nahm ich sie in meine Arme. Wir küssten uns innig und überliessen uns der Liebe auf freiem Feld. Nach unendlich zarten, innigen Berührungen löste sich Anna aus meinen Armen und begann ihre Kleider zu ordnen:

„Jetzt müssen wir zu Michael schauen, sonst wird er noch ungeduldig."

Wir gingen den Weg zurück zum Hof, wo die Rucksäcke bereits gepackt waren. Michael erwartete uns ungeduldig:

„Wo seid ihr so lange geblieben?"

„Wir haben einen Spaziergang aufs Feld gemacht", antwortete Anna. Beim Abschied meinte er:

„Ich will hierbleiben, hier ist es viel schöner als in unserer Wohnung!"

„Wir werden bestimmt wieder hierherkommen", versuchte ich Michael zu besänftigen.

„Vielleicht kommen Rosi, Heiri, Reto und Klara einmal bei uns vorbei?", ergänzte Anna und meinte zu Ihnen: „Ihr seid stets eingeladen, das wäre eine tolle Idee."

„Wann kommen wir wieder auf den Hof?", war Michael immer noch nicht zufrieden.

„Bestimmt vor nächstem Sommer."

„Wann ist das?"

„Das ist schon bald."

„Yuppi!"

Auch diese Klippe hatten wir erfolgreich umschifft.

„Im Winter, wenn weniger Arbeiten auf dem Hof anfallen, können wir einen Besuch bei euch gut einrichten, nicht wahr?", erwiderte Rosi unser Angebot.

Reto und Heiri nickten.

Auf zum Endspurt

Als ich heute Morgen aufwachte, war mir seltsam zumute. Ich lag in meinem Bett und versuchte die Landluft einzuatmen. Weder gelang mir dies, noch vernahm ich die Glocken vom nahen Kirchturm. Sehnsucht beschlich mich. Unser Schlafzimmer, das hell gestrichen und sowohl einfach wie zweckmässig eingerichtet war, kam mir ziemlich nüchtern vor, obwohl unsere Wohnung in einem gemütlichen Altbau lag. Zum Glück war Anna an meiner Seite. Ich drehte mich auf den Rücken und musste mich erst einmal sammeln.

Drei Wochen intensives Leben in einer grösseren Gemeinschaft auf dem Hof lagen hinter uns. Jede einzelne Minute war ausgefüllt. Keine hätte ich missen wollen. Meine Absicht, das Leben auf dem Hof mit meiner Schreibarbeit zu verbinden, konnte ich mit wenigen Abstrichen ganz gut umsetzen. Das Konzept des Romans war klar. Wichtige Kernelemente der Geschichte waren weit gediehen und die verbindende Rahmengeschichte in Portiönchen aufgeteilt und zum Teil bereits verfasst. In den letzten Tag steigerte ich mich in einen wahren Schreibwahn und war wohl auch deshalb etwas geschafft. Angesichts der Fülle der vergangenen Tage kam ich mir im Moment ziemlich leer vor. Gleichzeitig stellte ich mit Schrecken fest, dass die Agenda der kommenden Tage, zwar noch nicht nach-geführt, aber gefühlt, bereits zum Bersten voll war.

Ich drehte mich nochmals zur Seite und liess die Agenda sein. Auch der Hahn hätte krähen können, so viel er wollte. Morgenmuffel bin ich eher selten, darf ich aber von Zeit zu Zeit auch sein, dachte ich. Weder krähte der Hahn, den es in der Stadt sowieso nicht gab, noch schellte der Wecker, dafür öffnete sich leise die Schlafzimmertür und Michael schlich sich in unser Zimmer. Da Anna nichts dergleichen tat, musste ich mich wohl oder übel um unseren Sohn kümmern.

Erschöpfung hin oder her, Michael erzählte von einem riesen Ungetüm, das ihn im Traum verfolgt hatte. Ich dachte zunächst an einen Drachen, wurde aber von Michael umgehend korrigiert:

„Seit wann frisst ein Drache ganze Felder, hat Kanten und macht einen wahnsinnigen Lärm?"

„Vielleicht hat er gefaucht?"

„Räder hat er auch gehabt und eher getönt wie ein riesiger Last-wagen", ergänzte er.

„Sehr wahrscheinlich war es ein Mähdrescher, den du gesehen hast", deutete ich seinen Traum neu.

„Was ist ein Mähdrescher?"

„Eben das Ungetüm aus deinem Traum."

Damit Anna noch ruhig schlafen konnte, gingen wir in die Küche und Michael bekam seine Ovo.

„Ist ein Mähdrescher böse?", nahm Michael den Faden wieder auf. Der Traum schien ihn noch zu beschäftigen.

„Der Mähdrescher ist nicht böse. Er ist eine grosse Maschine. Er frisst auch nicht das ganze Feld, sondern nur das Getreide, das auf dem Feld wächst. Am Schluss spuckt er die Getreidekörner aus, die der Bauer zur Mühle bringt, wo sie gemahlen werden. Der Bäcker macht aus dem Mehl dann Brot."

Parallel zu meinen Erörterungen hatte ich für uns beide Konfitüreschnitten gestrichen. Die eine schnitt ich in mundgerechte Portionen und hielt den Teller Michael hin.

„Dann muss ich keine Angst vor Mähdreschern haben?"

„Angst brauchst du keine haben, nur vorsichtig musst du sein und immer genügend Abstand wahren. Das ist wie bei allen Maschinen."

„Hallo ihr beiden."

Anna stand nun auch in der Küche und strich sich den Schlaf aus dem Gesicht.

„Nimmst du auch einen Kaffee?"

„Gerne." Ich holte eine weitere Tasse aus dem Schrank und goss aus dem Thermoskrug ein.

Nun sassen wir alle drei am Tisch. Eine richtige kleine Familie, dachte ich und sehnte mich nach der Grossfamilie zurück, deren Teil wir in den vergangenen Wochen gewesen waren.

Was ist nur mit mir los?, rätselte ich. Eigentlich wusste ich genau, dass meine seltsame Verfassung von daher kam, dass die Ferien zu Ende waren und der Alltag wieder begonnen hatte.

„Na dann mal los", sagte ich mehr zur eigenen Motivation als zu Anna, „dann werde ich mich jetzt an die Arbeit machen."

„Mach das, und viele gute Gedanken!", wünschte sie mir.

Allerdings war noch nicht Arbeit am Roman angesagt, sondern das monatliche Gespräch beim Redakteur des lokalen Anzeigers.

Auf dem Weg dorthin beabsichtigte ich, Michael bei meiner Mutter vorbeizubringen. Er freute sich sehr auf seine Oma, denn bei ihr hatte er es immer besonders gut. Ich packte den Knirps auf den Kindersitz und strampelte das Bruderholz hoch. Ein E-Bike wäre für diese Strecke gar nicht übel, dachte ich schwitzend vor Anstrengung, doch dafür bin ich noch etwas zu jung.

Bei meiner Mutter gab es eine kurze Kaffeepause. Ich erzählte ihr von unserem Aufenthalt in Wallbach und von meinem neuen Buchprojekt. Meine Mutter versicherte mir, dass es ihr überhaupt nichts ausmache, Michael in den kommenden Wochen mehr als üblich zu betreuen:

„Ich kann auch zu euch kommen, wenn das dienen würde."

Das sind ganz neue Aussichten, dachte ich und bedankte mich für das grosszügige Angebot:

„Wir können das genauer besprechen, wenn ich heute Abend Michael abhole", verabschiedete ich mich.

Normalerweise besuchte ich gerne die Redaktion und war gespannt auf meine neuen Aufträge. Heute war es etwas anders, denn ich wusste nicht, wie der Redakteur auf mein Ansinnen reagieren würde. In den kommenden Wochen wollte ich nämlich etwas kürzertreten.

Die Schussfahrt vom Bruderholz hinunter genoss ich nur wenig.

Als ich an die Bürotür klopfte, war ich ziemlich nervös und mein Herz pochte ungewöhnlich heftig.

„Komm herein", hörte ich den Redaktionsleiter rufen, „seit wann klopfst du, wenn die Türe halb offensteht?"

„Hallo Erich"

„Wie siehst du denn aus, ist etwas?"

„Nicht wirklich", erwiderte ich und kam zur Sache: „Ich fürchte, dass ich in den kommenden Wochen nur wenig für den Anzeiger arbeiten kann."

„Deshalb musst du doch kein so komisches Gesicht machen. Komm setz dich."

Ich setzte mich an den runden Besprechungstisch und der Redaktionsleiter kam hinter dem Bürotisch hervor:

„Jetzt hast du doch erst gerade Ferien gehabt."

„Ferien kann man das eigentlich nicht nennen. Ich schreibe an einem neuen Roman und muss in einem Monat fertig sein", erwiderte ich.

„Das ist vielleicht eine Überraschung!"

„Eigentlich sollte er erst auf Ende Jahr fertig werden, der Verlag musste aber umdisponieren."

„Und hat dir das Messer an den Hals gesetzt, nicht wahr, genauso siehst du aus."

„Ungefähr so ist es gewesen", nickte ich und war froh, dass der Brocken auf dem Tisch lag.

„Herzliche Gratulation! Das freut mich für dich. Das ist ja nicht selbstverständlich."

„Vielen Dank!", erwiderte ich, „ich bin froh, dass du das so gut aufnimmst."

„Ganz auf deine Dienste kann ich allerdings nicht verzichten: Einen von drei Beiträgen kann ich dir problemlos erlassen, bei den verbleibenden wird es etwas schwieriger."

Im Grunde genommen wollte ich mindestens diesen Monat voll aussetzen. Diese maximale Forderung getraute ich mich bereits nicht mehr zu stellen, auch sonst kam mir der Redaktionsleiter zuvor, indem er meinte:

„Frag doch deine Kollegen und Kolleginnen selber an, ob sie dir einen weiteren Beitrag abnehmen können. Dagegen wäre nichts einzuwenden, du kennst sie ja alle und hast ihre Adressen."

Er nannte mir noch die verbleibenden Aufträge: ein Bericht über eine Mitgliederversammlung sowie jenen über einen Jodlerabend, und beendete das Gespräch. Ich nahm dies etwas betreten zur Kenntnis und war nicht ganz zufrieden mit dem Erreichten.

„Sobald dein Buch herausgekommen ist, können wir etwas im Anzeiger darüber bringen", versöhnte mich der Redakteur zum Abschied.

Mit dem Velo ging es in flotter Fahrt zurück in die Stadt, wo ich mich in meinem Büro an den Computer setzte. Ich tippte die Adresse von R. ins entsprechende Feld im Mailprogramm und überlegte mir eine aussagekräftige Betreffzeile:

„Fragen zu meiner Geschichte", schien mir angemessen zu sein. „Liebe R.", begann ich zu schreiben, „Stell dir vor, unsere Begegnung in Rotschuo und dein Besuch bei uns zu Hause in Basel haben mich zu einer neuen Geschichte inspiriert, die ich als Roman herausgeben möchte. Dein Heimatland Gabun und dessen Verhältnis zu Frankreich, das ich kritisch hinterfrage, spielen darin eine wichtige Rolle. Gerne würde ich einige entscheidende Passagen aus dem Buch mit dir besprechen und sie auf ihre Plausibilität hin überprüfen. Sie zeigen Frankreich und Gabuns Präsidenten Bongo in fragwürdiger Position. Sollte dein Besuch bei deiner Schwester in Paris noch aktuell sein, würde ich dich gerne dort treffen. Anna wird auch mitkommen. Teile mir bitte mit, ob das für dich geht. Mit lieben Grüssen, Peter."

Dies auf Deutsch zu formulieren ging gut. Die Übersetzung war für mich jedoch ein kleines Kunststück, das nur einigermassen gelang. Trotzdem, die Antwort liess nicht lange auf sich warten:

„Lieber Peter, Paris ist ok. Benutze bitte diese E-Mail-Adresse nicht mehr. Ich werde mich auf anderem Weg bei euch melden. Liebe Grüsse, R."

„Was ist nur mit R. los?", fragte sich Anna leicht besorgt, als ich ihr von der E-Mail berichtete: „Ihre Antwort ist doch sonderbar."

„In der Tat. Hoffentlich klärt sie uns bald darüber auf", erwiderte ich ebenfalls mit etlichen Rätseln im Kopf.

Nun war es bereits wieder Zeit, Michael abzuholen. Der kleine Mann war bester Laune, als ich bei meiner Mutter eintraf. Wohl hätte ich ihn problemlos über Nacht bei ihr schlafen lassen können. Eigentlich bemerkte er mich erst, als ich mit meiner Mutter ihren Beitrag zu seiner Aufsicht zu regeln begann:

„Mutter", sagte ich, „wir sind für jegliche Unterstützung dankbar. Der Verlag möchte, dass ich den neuen Roman bereits in einem Monat abliefere und bei Anna beginnt die Schule auch demnächst wieder."

„Dann bist du vollauf beschäftigt."

„Das darf man wohl sagen."

„Unter der Woche kann Michael problemlos jeden Vormittag bei mir sein. Den Transport könnte ich ebenfalls übernehmen."

„Ich hoffe, das wird dir nicht zu viel."

„Nur keine Angst, sonst melde ich mich."

„Vielen Dank, deine Unterstützung ist goldwert!"

„Sobald der Kindergarten beginnt, schaue ich an Nachmittagen zu ihm."

Damit war fürs Erste alles klar und ich war froh über diese pragmatische und grosszügige Hilfe seitens meiner Mutter.

„So, jetzt gehen wir, Michael. Nimm deine Sachen mit, wir fahren nach Hause."

„Bis morgen", verabschiedete mich meine Mutter.

„Bis morgen."

Ich packte den Knirps, setzte ihn in den Kindersitz und wir sausten den Berg hinunter nach Hause. Dort war Anna noch mit ihrer Arbeit beschäftigt. Ich ging in die Küche, gab Michael ein Rübchen und setzte Wasser zum Kochen auf.

Wenn es bei uns schnell gehen musste, gab es irgendwelche Teigwaren an einer Fertigsauce, die ich nur zu wärmen brauchte. Mit Rosi als Beispiel vor Augen hatte ich mir auf dem Bauernhof zwar vorgenommen, wieder vermehrt selber zu kochen. Dieser Vorsatz musste auf Grund der momentanen Umstände noch etwas warten. Immerhin schaffte ich es, einen Salat mit selbstgemachtem Dressing zuzubereiten.

„Du kannst jetzt Mama holen", sagte ich zu Michael, der gerade sein Rübchen fertig gegessen hatte, während ich den Tisch deckte.

Zum Glück hatte es noch geriebenen Käse im Kühlschrank. Pasta ohne Käse schmeckt nur halb so gut. Als wir alle am Tisch sassen, war ich ziemlich erschöpft vom heutigen Tag.

„Hast du keinen Appetit?", wollte Anna wissen.

„Doch, eigentlich schon, aber ich bin ziemlich kaputt."

„Dann ruhe dich nach dem Essen etwas aus, ich werde das Geschirr machen und Michael ins Bett bringen."

„Danke, das hilft mir sehr."

Nach dem Essen setzte ich mich in meinen Lesesessel und schaute die Zeitung durch. Sehr viel Belangloses und nichts Nennenswertes schien sich in der Welt zu ereignen. Danach öffnete ich noch einmal das Mailprogramm, um zu sehen, ob eine Nachricht von R. eingetroffen war. Fehlalarm. Ich schaltete den Computer aus. Für heute hatte ich definitiv genug.

Wenn das jeden Tag so weitergeht, bin ich nach zwei Wochen tot, ging es mir durch den Kopf. Ich musste die Arbeit unbedingt ruhiger angehen.

„Na mein Lieber", gesellte sich Anna zu mir, „hast du mit deiner Mutter gesprochen?"

„Sie übernimmt jeweils den Morgen und den Transport."

„Super!"

„Komm, setz dich zu mir!"

Anna setzte sich auf meine Knie, schlang ihre Arme um meinen Hals und schaute mich verträumt, verschmitzt lächelnd an. Ich tat es ihr gleich und wir küssten uns innig.

„Komm, wir gehen ins Schlafzimmer."

Nach einer kurzen Nacht ging es heute munter weiter. Gegen neun Uhr erschien meine Mutter und holte Michael ab.

„Ich bringe Michael nach seinem Mittagsschlaf zurück. Ist das gut so?"

„Ausgezeichnet!"

„Dann wünsche ich dir viel Inspiration."

„Danke, das habe ich nötig. Viel Spass mit dem Lausbuben und bis bald!"

Ich gab Michael den obligaten Abschiedskuss, ging wieder nach oben und verzog mich in mein Büro. Zunächst spitzte ich alle Bleistifte, suchte die Kugelschreiber zusammen, die sich bei uns immer

schnell verflüchtigten, und nahm schliesslich die Liste der Portiönchen hervor. Zahlreiche Aufgaben waren bereits durchgestrichen,
trotzdem waren noch viele zu erledigen. Nun war ich fast bereit.
Von meinem Arbeitsplatz warf ich einen Blick in den Innenhof, öffnete das Fenster und liess frische Luft hinein. Nicht ganz so schön
wie in der Gartenlaube auf dem Bauernhof, doch immerhin. Ich zog
die frische Luft ein und war nun definitiv bereit, meinem
Schreibabenteuer weiter zu folgen. Zwar hatte ich mein Konzept
und wusste etwa, wohin die Reise gehen würde, trotzdem konnte
jeder Gedanke, der sich auf meinem Blatt in Worte kondensierte,
zu einer überraschenden Wende führen. Ich war also gespannt und
auf der Hut, was sich in meiner Geschichte noch alles ereignen
würde. Die Titel der einzelnen Portiönchen waren genau genommen nur Arbeitstitel, die das jeweilige Thema grob umschrieben.
Diese Offenheit, dachte ich, ist unbedingt nötig, damit sich meine
geistigen Mitarbeiter gebührend einbringen können.

Den Konzeptionisten unter ihnen kannte ich bereits ziemlich
gut. Er hatte sich regelmässig und hartnäckig zu Wort gemeldet.
Seine Eingaben waren wichtig und gut. Der Romantiker hatte sich
gerade letzte Nacht bemerkbar gemacht. Momentan schien der
Schreibtheoretiker am Werk zu sein. Er riet mir, mit den Portiönchen zu beginnen.

Ich beherzigte diesen Ratschlag und begann unsere Ankunft auf dem Hof zu beschreiben. Der Entwurf dieses Teils der Geschichte beschäftigte mich den ganzen Vormittag. Zwischendurch ging ich zum Gemüsehändler um die Ecke, kaufte verschiedene Gemüse ein und kochte zum Mittagessen einen Eintopf für Anna und mich.

„Das schmeckt aber lecker!", war der Kommentar von Anna, der mich in meiner Kochkunst ermutigte.

„Hast du Neuigkeiten von R.?"

„Nein, sie hat noch nicht geantwortet."

R. sollte uns auch am nächsten und übernächsten Tag im Ungewissen lassen.

„Ich mache mir da ein wenig Sorgen", sagte Anna.

„Wir müssen uns gedulden", erwiderte ich, „etwas Anderes können wir im Moment nicht tun."

„Kommst du vorwärts mit dem Roman?"

„Doch, doch, ich bin ganz zufrieden, und du?"

„Am Anfang war es harzig, ich hatte Mühe, mich zurück in die Welt der Primarschule zu versetzen, jetzt bin ich wieder drin."

„Wenn ich heute Nachmittag noch etwas übernehmen muss, sagst du es."

„Ich glaube, ich komme zurecht."

Ich machte uns einen Kaffee, warf beim Trinken einen Blick in die Zeitung und setzte mich schliesslich wieder an den Schreibtisch. Nach der Überarbeitung des heute Morgen Geschriebenen, begann ich mir Fragen an R. zu notieren. Diese übersetzte ich alsdann ins Französische. Ebenso einige Textpassagen.

Mich interessierte vor allem, ob die gesellschaftspolitischen Verhältnisse in ihrer Heimat aus ihrer Sicht korrekt wiedergegeben waren. Ich musste auch wissen, ob das Bild des Präsidenten der Realität entsprach. Zur Formulierung dieser Passagen im Roman hatte ich mich ausschliesslich auf Zeitungsberichte gestützt. Diese vermitteln natürlich eine typische Aussensicht, welche zudem westlich geprägt war. Diese Sichtweise wollte ich prüfen. R. kannte die Verhältnisse und war sicher auch genügend kritisch. Ob ich die Fahrt mit dem Einbaum gut beschrieben hatte, wagte ich sie hingegen nicht zu fragen, dazu fehlten ihr die nötigen Ortskenntnisse, da sie nie in den Wald ging.

Zum Glück gibt es Übersetzungsprogramme, dachte ich, und gab ganze Sätze bei Google ein, stellte aber bald fest, dass sie nur die halbe Arbeit leisteten. Die andere Hälfte blieb an mir hängen und forderte meine Französischkenntnisse heraus. Bei den Übersetzungsarbeiten stellte ich einige Ungereimtheiten am Text fest, die ich gleich bereinigte.

Es ergab sich ein kreatives Ineinandergreifen von Kreieren und Redigieren, das ich als sehr angenehm empfand. Dazwischen genehmigte ich mir in der Küche eine kleine Stärkung, machte gelegentlich irgendwelche kleine Verrichtungen im Haushalt oder einen Einkauf im Quartierladen um die Ecke. Diese Arbeit war reich und vielfältig und ermüdete mich wesentlich weniger, als wenn ich nur geschrieben hätte.

Ausser an den beiden Sonntagen, wo wir sämtliche Arbeiten beiseite liessen und das Zusammensein in der Familie ins Zentrum stellten, ergab sich zwischen Anna, Michael und mir schnell ein Rhythmus, den wir in den verbleibenden zwei Ferienwochen beibehielten: Gegen sieben Uhr war Tagwache für die Eltern, Morgenessen zubereiten, sich um Michael kümmern, Morgenessen einnehmen, Küche in Ordnung bringen, Michael bereitmachen. Um 8.30 Uhr kam jeweils meine Mutter und holte den Burschen ab. Gegen elf Uhr machten Anna und ich eine gemeinsame kurze Pause und tauschten uns über den Fortgang unserer Arbeit aus. Einfaches Mittagessen um 13 Uhr. Anna und ich wechselten uns mit Kochen ab. Gegen 14.30 Uhr kam Michael zurück. Nun war wieder etwas mehr

Leben im Haus, was durchaus nicht störend war, denn Anna kümmerte sich um Michael. Kurze Pause um 16 Uhr. Abendessen. Abschluss der Arbeit im Büro. Gutenachtgeschichte für Michael. Gutenachtkuss. Gemeinsamer Tagesabschluss mit Anna in der Küche oder bei schönem Wetter auf dem Balkon bei Kerzenlicht und einem Glas Wein.

Durch dieses kontinuierliche Arbeiten nahmen die beschriebenen Seiten im Verlaufe dieser zwei Wochen beträchtlich zu. Die Kerngeschichte, welche sich mit der Problematik der Emigration befasste, wurde in eine Rahmengeschichte gebettet, die das Schreiben als solches und unsere Lebensumstände zum Thema hatte. Grössere Lücken zwischen den bestehenden Texten konnte ich nun je länger je mehr schliessen. Viele Passagen, die Reflexionen über unser Leben enthielten, gab ich Anna gleich zum Lesen. Es interessierte mich sehr, was sie dazu meinte. Ihre Rückmeldungen halfen mir einerseits, diese Passagen zu verfeinern, andererseits ermöglichten sie mir eine bessere Sicht auf meine Beziehung zu ihr und Michael.

„Dein Ringen um einen guten Weg zwischen deiner Verantwortung als Vater, tradiertem Verhalten und den Autonomiebestrebungen von Michael kommt in vielen Passagen gut zum Ausdruck."

Anna las gerade jenen Text über den Besuch in der Bibliothek:

„Das Bild von Vater und Sohn auf dem Fahrrad gefällt mir gut. Da bist du im Fluss, die Rollen sind geklärt, wie du selber sagst, und Michael ist auch im Fluss."

„Genau, und beide haben wir die gleiche Richtung", ergänzte ich.

Bei einer anderen Passage meinte Anna:

„Pass auf, dass du unser Leben nicht zu sehr idealisierst!"

Da hatte ich wirklich eine Schwäche und hoffte, dass sie nicht zu stark durchdrang. Mein Schreiben zeitigte also Resultate und die Geschichte begann Form anzunehmen. Sie steuerte ziemlich direkt auf das beabsichtigte zweite Treffen mit R. in Paris zu. Doch R. meldete sich noch immer nicht. Allmählich begann ich unruhig, sogar etwas nervös zu werden. Ich befürchtete, dass das Treffen ganz ins Wasser fallen könnte. Was würde ich dann tun? Konnte ich den Roman überhaupt abschliessen, ohne diesen wichtigen Schritt der Recherche ausgeführt zu haben? Was hinderte R. daran, sich zu melden? Vielleicht hatte sie Angst, mir Auskunft zu geben. Wenn ja, warum? Natürlich waren gewisse Dinge, die ich im Roman über Gabun, Frankreich oder über namentlich nicht genannte Politiker in der Schweiz sagte, nicht ganz ohne. Richtig brisant waren sie allerdings nicht, denn sie wurden bereits ausführlich in den Medien thematisiert. Selbstverständlich würde ich alles, was von ihr gesagt wurde, nur so verwenden, dass keine Rückschlüsse auf sie möglich waren.

Bis jetzt hatte ich immer nur von R. gesprochen, nie ihren vollen Namen verwendet, dies würde ich wohl zu ihrer Sicherheit so belassen. Sollte sich R. durch ihre Äusserungen in Gefahr bringen, was bis jetzt ein ziemlich abstruser Gedanke war, so könnte diese Gefahr womöglich auch auf mich, den Autoren, übergehen. Ich war weit davon entfernt, dies zu glauben; etwas Unsicherheit blieb trotzdem zurück. Über diese Gedanken sprach ich bei nächster Gelegenheit mit Anna. Wir sassen an einem lauschigen Sommerabend auf unserem Balkon. Michael war heute etwas früher zu Bett gegangen, sodass wir fast den ganzen Abend für uns hatten. Anna meinte zu meinen Erwägungen:

„Lieber Peter, ich glaube, du muss dir keine Sorgen machen. Bestimmt wird sich alles klären."

„Wirkliche Sorgen mache ich mir keine, nichtsdestotrotz lässt es mich nicht los."

„Vielleicht musst du dir eine Pause gönnen. Ich habe den Eindruck, dass deine Fantasie mit dir etwas durchgegangen ist."

„Möglicherweise hast du Recht, nur habe ich dafür die Zeit nicht."

„Trotzdem, mach morgen einen Spaziergang aufs Bruderholz und lüfte deinen Kopf, damit du wieder klar siehst", meinte sie.

Da konnte ich nicht widersprechen. Am folgenden Tag machte ich, wie mir geheissen wurde.

Als ich am frühen Nachmittag frisch gestärkt und frohen Mutes von meiner Tour zurückkam, fand ich einen Brief mit französischer Marke ohne Absender in unserem Briefkasten. Wer schreibt denn heute im Zeitalter der elektronischen Post noch Briefe?, fragte ich mich als erstes und ahnte bereits, wer das sein konnte. Schnell ging ich nach oben, öffnete den Brief und las folgende Zeile:

„Je vous attends samedi prochain à 14 heures à la voie au Gare de Lyon", stand da geschrieben, mehr nicht, keine Unterschrift, nichts, was den Absender hätte verraten können.

Doch mir war sogleich klar, wer diesen Brief geschrieben hatte. Ich schaute gleich in den Online-Fahrplan: Tatsächlich, um 13.59 Uhr fuhr der TGV von Basel herkommend in Paris ein. Die Sache war also ernst. Das lang ersehnte Zeichen von R. war eingetroffen. Dass R. den Kontakt zu uns auf diesem Weg suchte, konnte nur eines bedeuten: Sie und ihr Computer wurden überwacht. Mit dem Brief hatte R. ihren Widersachern erfolgreich ein Schnippchen geschlagen. Er kam unbeschädigt bei uns an und wurde unterwegs auch nicht geöffnet. Oder wurde er etwa doch und in einen neuen Umschlag gesteckt? Ich kontrollierte kurz die Schrift auf Brief und Umschlag: Sie waren zweifelsohne von derselben Hand geschrieben.

Ausgerechnet kommenden Samstag musste ich für den lokalen Anzeiger über diesen Jodlerabend berichten. Das war nun definitiv nicht möglich. Ich holte die Liste mit meinen Kolleginnen und Kollegen hervor und begann zu telefonieren. Der dritte Versuch war von Erfolg gekrönt: Beate, eine Germanistik-Studentin, erklärte sich gerne bereit, mir diesen Auftrag abzunehmen.

Die erste Hürde war gemeistert. Nun musste ich noch einen Platz für Michael organisieren. Ihn konnten und wollten wir nicht mitnehmen. Nachdem meine Mutter mit Michael bereits die ganze Woche gefordert war, musste es jemand anderes sein, aber wer? Hat nicht Klara in dieser Hinsicht ein Angebot gemacht, ging es mir durch den Kopf, vielleicht konnte sie sich mit Rosi abwechseln? Ich rief in Wallbach an und hatte Glück: Reto nahm das Telefon entgegen und meinte kurz entschlossen, er werde das mit Klara und Rosi regeln. Wir vereinbarten, dass ich Michael am Freitagabend Klara im Bahnhof Basel übergeben werde und wir ihn am Montag in Wallbach wieder abholen würden.

Nun begann ich meine Siebensachen zu packen, denn Freitag war bereits morgen. Viel brauchte ich nicht mitzunehmen: Neben meinen Notizen benötigte ich eigentlich nur das Pyjama und mein Necessaire.

Etwas hatte ich allerdings vergessen: Die Fahrkarten. An sie erinnerte mich Anna, die soeben mit Michael zur Türe hereinkam und überrascht von unserem Wochenendausflug Kenntnis nahm. Ich schwang mich auf mein Velo und fuhr zum Bahnhof, wo ich im Reisezentrum meine Nummer in der Warteschlange bezog. Nach einer Viertelstunde gab ich der Schalterbeamtin meine Destination bekannt: Zweimal nach Paris und retour, Hinfahrt am kommenden Samstag, Ankunft 13.59 und Rückfahrt am Montagnachmittag. Die Schalterbeamtin schaute mich verwundert an, gab dann die Destination ein, wartete kurze Zeit und erwiderte erstaunt mit freundlichem Lächeln:

„Sie sind vielleicht ein Glückspilz! Normalerweise ist dieser Zug auf Wochen hinaus ausgebucht. Ausgerechnet am kommenden Samstag gibt es noch zwei freie Plätze, die erst noch nebeneinanderliegen. Ich habe sie gleich reserviert."

„Wunderbar", erwiderte ich, und die freundliche Frau fragte weiter:

„Wann möchten Sie denn am Montag zurückreisen?"

„Am Montag möchte ich etwa gegen 17.00 in Basel sein", sagte ich ohne gross zu überlegen.

„Der TGV Paris ab 12.24 erreicht Basel um 16.33. Ist das ok?"

„Ja, den nehmen wir."

Ich bezahlte die Fahrkarten und wünschte der netten Frau einen schönen Abend. Das ging alles sehr schnell. Nun musste ich erst einmal innehalten. Ich setzte mich auf eine Bank beim Bahnhofplatz und ging die Zeit bis zur Abreise in Gedanken durch. Am Freitagabend würde ich Michael zum Bahnhof bringen. Am Samstag ging es los: Fahrt nach Paris, Treffen mit R., zwei Übernachtungen, am Montag zurück, Michael in Wallbach abholen. Ein intensives verlängertes Wochenende stand uns bevor. Ich freute mich, dass die Warterei ein Ende hatte, und war gespannt, was uns R. berichten würde. Ich ging zum Velo und fuhr nach Hause. Dort hatte Anna bereits das Nachtessen zubereitet.

„Und, wie sieht es aus?", wollte sie gleich als erstes wissen.

„Wir fahren am Samstag gegen 10.00 Uhr ab und haben gerade noch die letzten beiden freien Sitzplätze erhalten."

„Schön."

„Das erachte ich als ein gutes Omen für unsere Reise", gab ich zu verstehen.

„Ich freue mich sehr auf unseren Ausflug. Jetzt müssen wir noch Michael auf unsere Abwesenheit vorbereiten."

Wie auf Kommando erschien der kleine Mann in der Türe.

„Hör mal Michael", begann Anna behutsam, „Papa und Mama werden übermorgen eine kleine Reise unternehmen und du darfst zu Rosi und Klara nach Wallbach gehen."

„Rosi, Klara", schaute uns Michael fragend an,

„kann ich nicht mitkommen?"

„Nein, das geht für einmal leider nicht", erwiderte ich seinen fragenden Blick.

„Ist das auf dem Bauernhof?"

„Genau, wo wir vor Kurzem waren."

Nun hellte sich seine Mine merklich auf.

„Dort kannst du wieder den Kaninchen das Futter geben und Rosi beim Kochen helfen."

„Yuppie, aber warum kommt ihr nicht mit?"

„Wir würden sehr gerne mitkommen, aber Papa muss etwas in Paris erledigen."

„Paris?"

„Das ist eine grosse Stadt. Am Montag werden wir dich in Wall-bach wieder abholen. Das ist nur zweimal Schlafen", versuchte ich Michael sein verlängertes Wochenende in Wallbach zeitlich fassbar zu machen.

„Rosi und Klara freuen sich ganz fest auf dich und werden dir bestimmt viele Geschichten erzählen und oft mit dir spielen", zer-streute Anna Michaels letzte Bedenken.

„Yuppie, wann gehen wir?"

„Jetzt werden wir zunächst das Abendessen einnehmen, dann darfst du noch einmal in deinem Bettchen schlafen und morgen Abend bringt dich Papa zum Bahnhof, wo dich Klara in Empfang und mit nach Wallbach nimmt."

Das Essen mundete ausgezeichnet und wurde mit grossem Ap-petit verzehrt. Danach ging ich mit Michael in den nahen Park und löste ein Versprechen ein, das ich ihm schon lange gegeben hatte: Wir spielten gemeinsam Fussball. Zunächst war Michael im Tor und ich prüfte ihn mit allerlei leicht getretenen Schüssen. Er machte seine Sache ausgezeichnet und liess kaum einen Ball passieren. Da-nach versuchte ich mich im Dribbling und Michael bemühte sich, mir den Ball wegzunehmen. Schliesslich setzten wir uns auf die Bank und ich erklärte ihm, was wir in Paris machen würden.

„Weisst du", sagte ich zu ihm, „in Paris gibt es einen ganz hohen Turm. Auf den werden wir steigen und auf die Stadt hinunterblicken. Wenn du mal gross bist, musst du das unbedingt auch tun."

So verging der Abend im Flug und wir machten uns auf den Heimweg. Zu Hause angelangt war Michael ziemlich müde, schlüpfte schon fast freiwillig in sein Pyjama, putzte die Zähne und schlief sogar ohne Gutenachtgeschichte ein.

So kurzentschlossen wie an diesem Tag erlebte ich Peter noch selten. Er war sonst eher der ruhige, überlegte Typ. Manchmal sogar etwas träge. Davon war an diesem Donnerstag nichts zu spüren. Kaum hatte er den Brief von R. geöffnet, kam er bereits wieder vom Bahnhof zurück mit den Fahrkarten in der Hand und hatte alles geregelt. Das nennt man vielleicht Entschlusskraft! Am Treffen mit R. musste ihm tatsächlich viel liegen.

Am Freitag war er dann irgendwie verändert: Er versuchte konzentriert seiner Arbeit nachzugehen, was ihm nicht wirklich gelang. Eine gewisse Anspannung war bei ihm spürbar. Irgendetwas arbeitete intensiv in ihm. Mich beachtete er nur wenig: wenn dann nur zu 95 Prozent, blickte eher durch mich hindurch als mich an. Nach dem Frühstück ging er vom Tisch, ohne Tasse und Teller in den Geschirrspüler zu stellen. Das kam sonst praktisch nie vor. Die Elf-Uhr-Pause

liess er ganz aus. In der Mittagspause war er dann etwas kommunika-
tiver. Ich versuchte ihn darauf anzusprechen und bekam die lapidare
Antwort:

„Alles okay, alles im grünen Bereich."

Na ja, dachte ich, das wird hoffentlich vorübergehen und liess ihn
am Nachmittag links liegen. Gegen 15 Uhr kam Lotti mit Michael.
Dies war die Gelegenheit, Peter mit einer anderen Realität zu konfron-
tieren, die in der Regel heilsam wirkte. Mit der Begründung, ich müsse
noch meine Koffer packen und ein Geschenk für R. besorgen, schlich
ich aus der Wohnung. Gegen 17 Uhr, als ich nach Hause kam, war
Peter beinahe wieder normal. Michael hatte seine Wirkung voll entfal-
tet. Beide waren gerade dabei, das Rucksäcklein für den Ausflug nach
Wallbach zu packen.

„Wenn du alle deine Plüschtiere mitnehmen möchtest, hast du kei-
nen Platz mehr für deine Kleider."

„Haseputz, Lumpi und Kumbla will ich aber mitnehmen!"

Peter gab sich geschlagen, packte die Kleider in einen Plastiksack
und meinte:

„Jetzt müssen wir gehen, sonst verpassen wir Klara."

Er gab mir den ersten (!) Kuss an diesem Tag und ging mit Michael
zum Bahnhof. Als er zurück war, bemerkte er als erstes, dass er für das

Wochenende noch gar nichts eingepackt hatte. Er holte eilig seinen Rollkoffer und ich zog mich an meinen Arbeitsplatz zurück, wo ich diese Zeilen schrieb. Als ich damit fertig war, lag Peter bereits im Bett und schlief. Zum ersten Mal in unserer Beziehung hatte ich das Gefühl, an Peter vorbeigelebt zu haben.

Als ich diese Zeilen von Anna las, war ich ihr dankbar für ihre Offenheit, denn sie half mir meine eigene Befindlichkeit und deren Wirkung auf mein Umfeld besser einzuordnen. An jenem Tag ging es mir wirklich nicht besonders gut. Dies hatte Anna sehr wohl bemerkt. Ich wusste nicht, woran es genau lag, mit Sicherheit hatte es mit dem Wochenende zu tun. Vielleicht war es Reisefieber. Möglicherweise lag etwas Atmosphärisches in der Luft. Das Treffen mit R., einer Frau, konnte es wohl nicht sein, denn Anna war dabei. Mit R. hatte es trotzdem zu tun. Immerhin waren die Umstände des Treffens ziemlich mysteriös.

Meine Anspannung war am Freitagabend tatsächlich etwas abgeklungen, hielt aber trotzdem über Nacht an. Für einmal waren nicht meine geistigen Mitarbeiter am Werk, sondern eher mein psychotisches Unterbewusstsein. Ich schlief unruhig und träumte allerlei wirres Zeugs. Auf der obersten Plattform des Eiffelturms stehend, verstreute ich die Seiten meines Skripts in alle Richtungen. R.

beobachtete mich dabei und hielt die Szene mit dem Handy aus allen nur erdenklichen Positionen fest. Für was brauchte sie nur all diese Bilder? Unten in den Strassenschluchten der Stadt jagte Anna in ebenso viele Richtungen, um jede einzelne Seite wieder einzufangen. Kletterte auf Häuser, Bäume und dergleichen, holte einzelne Seiten herunter, damit ja keine verloren ging. Nach getaner Streuaktion stieg ich stolz mit geschwellter Brust den Turm hinunter, gefolgt von R. Ich kam erhobenen Hauptes genau in jenem Moment am Fuss der eisernen Konstruktion an, als mir Anna mit wild zerzausten Haaren die vollständig eingefangenen Blätter ungeordnet entgegenstreckte. Überrascht und irritiert nahm ich die Blätter nur widerwillig entgegen und warf sie umgehend wieder weit weg von mir. Worauf Anna, einer Ameise gleich, die Arbeit von Neuem aufnahm und mir die Blätter wieder aufdrängen wollte. Das wiederholte sich unzählige Male. Ich war zunehmend gereizt, Anna frustriert und R.'s Tanz mit dem Handy gestaltete sich immer wilder. Der Wecker erlöste mich glücklicherweise von diesem Stress.

Was hatte das nur zu bedeuten? Bereits bei meinem ersten Roman vernichtete ich das Skript nach getaner Arbeit. Nur dank Anna wurde es elektronisch gerettet. Schweissgebadet lag ich im Bett, gähnte und streckte sämtliche Glieder von mir, bis ich endlich wach war.

„Gibt es dich auch noch?", begrüsste mich Anna mit einem breiten Grinsen.

„He, was soll das? Natürlich gibt es mich noch! Nur habe ich ziemlich mies geträumt."

„Gestern hatte ich gar nicht den Eindruck, dass du da warst! Mich hast du behandelt wie Luft!"

„Entschuldige tausend Mal, bin halt nicht immer derselbe. War bestimmt nicht bös gemeint."

„Habe es auch nicht so aufgefasst."

„Wie spät ist es eigentlich?"

„Halb acht Uhr."

„Hilfe, dann ist es höchste Eisenbahn, dass wir aufstehen, um halb neun fährt der Zug."

„Du bist der Reiseleiter und hast den Wecker gestellt, nicht ich", stellte Anna die Dinge klar.

Wir beeilten uns, in unsere Klamotten zu kommen, nahmen in der Küche ein kurzes Frühstück zu uns und hasteten zum Bahnhof. Am französischen Bahnhof, welcher gleich an den Schweizer Bahnhof grenzte, hatte es auffallend viele Gendarmen.

„Ich glaube, wir werden beobachtet", sagte ich zu Anna und versuchte mich, so unauffällig wie nur möglich zu bewegen.

„Hm", erwiderte Anna, „bist du nun vollkommen übergeschnappt. Ich sehe keine Gendarmen, das sind lediglich Bahnbeamte."

Ich hingegen blieb bei meiner Meinung und war froh, als wir endlich im reservierten Abteil sassen. Was machen nur all diese Polizisten hier?, fragte ich mich insgeheim und versteckte mich hinter einer Gratiszeitung. Bestimmt waren es Agenten des französischen Geheimdienstes, die mich verfolgten, davon war ich überzeugt. Wer denn sonst, fragte ich mich, aber wieso? Na klar, ging es mir mit Schrecken durch den Kopf: In meinem ersten Mail an R. habe ich unmissverständlich angedeutet, dass ich mich in meinem Buch kritisch über Frankreichs Rolle im Zusammenhang mit Gabun äussern werde. Der französische Geheimdienst hat zweifellos dieses Mail abgefangen und ist mir jetzt auf den Fersen. Mir stockte der Atem. Fatalerweise würde meine Spur unweigerlich zu R. führen.

„Tous les billets, s'il vous plaît."

Ich zuckte zusammen und starrte über den Zeitungsrand hinaus den Schaffner an.

„Votre billet s'il vous plaît", wiederholte er seelenruhig.

Erst nachdem ich sicher war, dass es wirklich kein Polizist war, legte ich die Zeitung zur Seite, kramte unsere Fahrscheine aus dem Reisekoffer und hielt sie ihm entgegen.

„Merci beaucoup et bon voyage!"

Danach versteckte ich mich gleich wieder hinter der Zeitung.

„Du kannst hervorkommen, die Luft ist rein und der Gendarm weg!", lockte Anna mich aus meiner Deckung.

„Das war ja gar kein Gendarm!"

„Siehst du, das habe ich vorhin auch gesagt", erwiderte Anna neckisch.

Nun war ich etwas beruhigt, wenn auch nur äusserlich. Innerlich rumorte es heftig weiter. Ich bekam es mit der Angst zu tun: Peter, aufgepasst! Du hast eine Familie und darfst sie in keiner Weise unnötig in Gefahr bringen!, sagte mir meine innere Stimme. Am liebsten wäre ich gleich umgekehrt. Nicht einmal Anna an meiner Seite gab mir noch den nötigen Halt. Mein journalistisches Gewissen trieb mich aber weiter. Ich wollte der Sache auf den Grund gehen. Dieser Spannung musste ich irgendwie begegnen. Also stand ich auf und machte mich auf den Weg zum Restaurantwagen:

„Möchtest du auch einen Kaffee? Ich brauche etwas Koffein."

„Nanu, bist du unter die Junkies gegangen? Danke, nein."

Annas Antworten sind manchmal knallhart. Natürlich bin ich kein Koffein-Junkie, aber in meiner absurden Situation benutzte ich das Vokabular eines solchen. Ich bewegte mich durch den schwankenden Zug und war gefordert, mein Gleichgewicht zu halten. Dieses Bemühen brachte mich wieder etwas ins Lot. An der Theke bestellte ich beim Kellner einen doppelten Espresso und beobachtete die rasend schnell vorbeiziehende Landschaft. Drei Stunden dauerte die Reise von Basel bis Paris, Gare de Lyon. Dort würde R. auf uns warten.

Im Moment war Pause angesagt. Es war unwahrscheinlich, dass sich unterwegs im Zug noch ein Agent bemerkbar machen würde. Die Fahrt verlief nonstop und der Geheimdienst brauchte mir beim Ausstieg in Paris nur zu folgen. Ich war die beste Fährte, die man sich vorstellen konnte. Diese Situation war so absurd, dass ich selber lachen musste. Weil es ohnehin nichts zu ändern gab, konnte ich die Geschichte etwas gelassener angehen. Einigermassen beruhigt ging ich an meinen Platz zurück, wo mich Anna mit einem Kuss begrüsste. Sie hatte den Reiseführer aufgeschlagen und meinte:

„Da gibt es tausend Dinge zu sehen. Wo fangen wir bloss an?"

Eigentlich sind wir nicht der Sehenswürdigkeiten wegen nach Paris gekommen, dachte ich. Trotzdem musste ich mich dazu äussern:

„Den Eiffelturm müssen wir bestimmt sehen und das Centre Pompidou soll auch ganz eindrücklich sein."

„Mal sehen, was uns R. empfiehlt", erwiderte Anna, „allzu viel Zeit haben wir nicht zur Verfügung."

Sie vertiefte sich wieder in ihren Führer und ich holte mein Dossier mit den Fragen an R. hervor, legte es aber gleich wieder weg, denn ich hatte gar keine Lust, mich damit zu beschäftigen. Ich brauchte vor allem Ruhe, versank in meinen Sitz und blickte durchs Fenster auf die pfeilschnell durchschnittene Landschaft, die vorwiegend ländlich geprägt war. Ab und zu tangierten wir kleinere Städte in reichlicher Entfernung. Auf der Webseite der Schweizerischen Bundesbahn, die auch Auskunft über internationale Verbindungen gab, hatte ich mir vorgängig ein genaues Bild vom Streckenverlauf gemacht. Von Basel aus verläuft das Trassee für eine kurze Strecke nordwestlich bis Mulhouse, dann wiederum für eine kurze Strecke südwestlich bis Belford und schliesslich in direkter Verbindung über eine ca. 250 km lange Gerade bis Paris. Verglichen mit Auto und Flugzeug war unsere Ökobilanz äusserst günstig, auch die Fahrtdauer war nur unwesentlich länger als die Flugzeit.

Die Bahn war somit absolut konkurrenzfähig auf dieser Strecke. Dies erwähne ich nicht meinetwegen, sondern vielmehr als kleine Hommage an Heiri und Reto, die solchen Dingen grossen Wert beimessen.

Allmählich verdichtete sich die Besiedlung der Landschaft. Unsere Destination rückte näher. Ich schaute auf die Uhr, tatsächlich, Paris war nicht mehr weit. Die Reisezeit war im Flug verstrichen. Was für ein Widerspruch, dachte ich, und liess ihn gleichwohl gelten. Im Moment war er nicht wesentlich. Vielmehr stieg die Spannung, die vorübergehend abgeklungen war, wieder in mir an. Bereits in wenigen Minuten würde sich zeigen, was von meiner Verfolgungstheorie zu halten war. Sofern alles wie geplant verlief, würden wir R. auf dem Bahnsteig des Gare du Lyon treffen. Damit wäre meinen Verfolgern der Aufenthaltsort von R. preisgegeben. Das durfte nicht sein, war aber fast nicht zu vermeiden. Ausser, ging es mir durch den Kopf, wenn Anna und ich uns trennen würden. Das wäre vielleicht eine Möglichkeit, um allfällige Verfolger in die Irre zu leiten. Ob diesem Ansinnen schüttelte Anna nur den Kopf und meinte:

„Selbst, wenn dein Ablenkungsmanöver gelingen sollte, früher oder später wirst du uns trotzdem treffen, oder etwa nicht, und dann hättest du dasselbe Problem."

Da hatte sie allerdings Recht. Der Zug hatte inzwischen die weit gefächerte Gleisanlage im Einfahrbereich des Bahnhofs erreicht und schlängelte sich über diverse Weichen hinweg in gemächlichem Tempo seinem Ziel entgegen. Wir packten unsere Sachen und begaben uns in die Warteschlange zur Ausgangstür. Die Spannung stieg mit jeder Schwelle. Die Vorfreude ebenfalls. Endlich blieb der Zug stehen, der Luftdruck wurde abgelassen und die Türen konnten geöffnet werden. Gleich würde ich R. wieder in die schönen Augen blicken.

Als wir den Zug verliessen, war der Bahnsteig bereits ziemlich voll. Offenbar war es ein Sackbahnhof. Das erwogene Ablenkungsmanöver wäre somit illusorisch gewesen. Wir folgten dem Menschenstrom auf dem Perron und entdecken R. beim Übergang in die quergestellte Bahnhofshalle. Nun fehlten nur noch die Agenten des Geheimdienstes, die uns zusammen mit R. verhaften wollten. Gespannt schaute ich in alle Richtungen. Doch nichts dergleichen geschah. Erleichtert und beschämt zugleich, stellte ich fest, dass meine Theorie offensichtlich falsch war.

R. begrüsste uns freudig. Zu meiner Enttäuschung hatte sie allerdings eine Sonnenbrille auf. Sie hakte sich bei uns beiden gleich ein: Mit Anna auf der linken und mir auf der rechten Seite steuerte sie uns durch das Gewühl Richtung Hauptausgang. An einem etwas ruhigeren Ort in der Nähe des Hauptportals blieb R. stehen und fragte uns:

„Qu'est-ce-que vous voulez faire?"

„Hast du einen Vorschlag?", gab Anna den Ball zurück.

„Den Montmartre müsst ihr unbedingt kennen lernen", erwiderte R. überzeugt.

„Warum gerade dorthin?", wagte ich einzuwenden.

„Dieses Quartier ist mir bestens vertraut, es wird euch bestimmt gefallen."

„Warum nicht auf den Eiffelturm? Ich möchte die Stadt von oben sehen."

„Dort sind viel zu viele Touristen anzutreffen. Ausserdem hast du auf dem Montmartre ebenfalls eine ausgezeichnete Aussicht."

„Den Eiffelturm würde ich auch gerne sehen, es muss aber nicht gerade jetzt sein", schaltete sich Anna vermittelnd ein und setzte mich trotz guter Absicht in die Minderheit.

Gegen Frauenpower ist als einzelner Mann kein Kraut gewachsen, dachte ich und fügte mich dem Schicksal. Wir begaben uns zur Metro und fuhren an den Fuss dieses legendären Hügels.

Auf der Fahrt las ich im Stadtführer, dass der Montmartre weitgehend unterhöhlt sei und in sich zusammenzusacken drohte. Bis Anfang des 19. Jahrhundert wurden sämtliche Baumaterialien aus dem Innern des Hügels gewonnen. Seither machten unzählige Tiefgaragen und Tunnels der Metro den Untergrund zusätzlich instabil. Es gab sogar eine Standseilbahn zur Basilika Sacré-Cœur hinauf, die ich allerdings nicht benutzen wollte. Zum Erklimmen dieser für Schweizer Verhältnisse bescheidenen Anhöhe genügten die eigenen Beine, deklarierte ich, und Anna und R. folgten mir diesmal. Oben angekommen, entdeckten wir eine tolle Aussicht auf die Stadt. Es muss ja nicht immer der Eiffelturm sein, dachte ich zufrieden.

Nach dem Weitblick über die Stadt hinweg bemerkte ich ein lustiges, emsiges Treiben vieler junger Menschen im engeren Umfeld der Basilika. Ich setzte mich auf eine der Treppenstufen und begann die Szenerie interessiert zu beobachten. Allerdings nicht lange, denn R. und Anna zog es weiter.

„Auf dem Montmartre gibt es so viele tolle Dinge zu sehen", mahnte R., „wir sollten die Zeit nicht vertrödeln."

„Ich möchte lieber wenige Orte besichtigen, die aber richtig und in Ruhe", entgegnete ich.

„Damit wirst du in Paris nicht weit kommen", war R. überzeugt.

„Na dann halt nicht", seufzte ich und liess R., unsere Stadtführerin, gewähren. Sie führte uns direkt zur Place du Tertre, wo sich das Zentrum der Strassenmaler befand. Hier durfte ich nun wie gewünscht verweilen, allerdings in einer Pose, die ich nicht besonders lustig fand: R. wollte von Anna und mir ein Erinnerungsbild haben und suchte einen talentierten Maler. Der Auserwählte setzte uns zunächst ins richtige Licht und nahm Pinsel und Palette zur Hand.

So wie er uns, beobachtete ich ihn und notierte mir folgendes Bild: mittlere Statur, schwarze lange Haare, blaue Augen, dunkler Teint, weit ausladender, spitzer, schwarzer Schnauz, mit dem er ununterbrochen beschäftigt war. Seine Füsse steckten in WesternStiefeln, die Beine in Jeans und der Oberkörper in einem blauen Hemd aus starkem Stoff, welches er über die Hosen frei abfallend trug. Schief auf dem Kopf sass das obligate schwarze Perret und um den Hals trug er einen roten Foulard. Er arbeite konzentriert, unterbrach von Zeit zu Zeit seine Malerei, indem er sein Werk aus gebührender Distanz mit der von uns vorgegebenen Realität verglich. Dabei setzte er jeweils eine kritische Miene auf, strich sich den Schnauz zurecht und ging zurück an die Staffelei, machte diese und jene Retusche, bevor er mit seiner Malerei fortfuhr.

R. beobachtete die Szenerie abwechslungsweise mit kritischem, dann wieder anerkennendem Blick.

Anna und ich mussten stillhalten, was mir ziemlich schwerfiel. Mindestens mit den Augen versuchte ich die Umgebung einzufangen. Agenten suchte ich keine mehr. Nach einer halben Stunde war das Werk vollendet.

„Ola la la, que c'est beau", rief R. begeistert und gab dem stolzen Meister ein Küsschen auf beide Wangen.

Vorsichtig wagten Anna und ich einen Blick auf die Staffelei.

„Wow!", meinte Anna anerkennend, „sind wir nicht ein schönes Paar?"

„Daran habe ich in Wirklichkeit nie gezweifelt", erwiderte ich kritisch, denn das Porträt gefiel mir nicht besonders gut.

R. beglich den geschuldeten Betrag und wir setzten unseren Streifzug fort. Dieser führte direkt zur ersten Boutique und von dort zur zweiten. Nun war die Gelegenheit günstig, mich in eines der gemütlichen Cafés abzusetzen.

Warum sind wir eigentlich in Paris?, schüttelte ich leicht verärgert den Kopf. Der Kaffee schmeckte ausgezeichnet und ein feines Süssgebäck besänftigte mein Gemüt. Frauen, dachte ich und genoss vom Café aus die Aussicht auf das bunte Treiben vor mir.

Ich hatte nun etwas Zeit, meine Fragen an R. zu rekapitulieren. Fehlende Worte übersetzte ich mit Hilfe des mitgebrachten Wörterbuches. Ich wollte sicher sein, bei keiner Frage an einem fehlenden Wort zu scheitern.

Pünktlich zur abgemachten Zeit kamen Anna und R. von ihrem Bummel zurück und waren voller Pläne für den restlichen Nachmittag. Der eigentliche Grund unseres Besuches musste ein weiteres Mal warten und ich trottete den beiden von einem „Highlight" zum anderen nach. Gegen 20 Uhr suchten wir müde und hungrig eine Pizzeria auf. Der Hunger war grösser als die angebotene Portion, was meiner Stimmung nicht besonders zuträglich war. Danach geleitete uns R. in ein Hotel, wo sie für uns ein geräumiges Doppelzimmer im vierten Stock reserviert hatte.

„Bei meiner Schwester ist nicht genügend Platz vorhanden", gab sie zu verstehen.

Wir verabredeten uns für den kommenden Tag um 11 Uhr direkt beim Eiffelturm. Als R. gegangen war, meinte ich zu Anna:

„Das war noch nicht ganz nach meinem Geschmack."

„Mir hat es gefallen", erwiderte Anna, „morgen wirst du bestimmt vermehrt auf deine Rechnung kommen."

Ich zog die Schuhe aus und liess mich auf das französische Doppelbett fallen. Anna ging ins Badezimmer und machte sich frisch.

„So mein Lieber, was machen wir jetzt?"

„Darf ich dich etwas bitten?", entgegnete ich, „Wenn wir morgen mit R. zusammen sind, wäre ich froh, wenn du dich etwas zurücknehmen könntest, denn ich befürchte, dass ich sonst nicht dazukommen werde, meine Fragen an sie zu stellen."

„Das muss ich mir gut überlegen", gab sich Anna wählerisch.

„Wenn du mir das versprichst, darfst du heute Nacht mit mir machen, was du willst."

„Das nenne ich ein Angebot."

Anna nahm Anlauf und landete direkt neben mir auf dem Bett. Wir knutschten wild drauflos bis die Fetzen flogen und wir uns einander nicht mehr entziehen konnten. Unser Liebesspiel dauerte weit in die Nacht hinein. Irgendwann liess Anna erschöpft und zufrieden von mir ab und wir krochen unter die Decke.

Am anderen Morgen wachte ich zeitig auf und war noch ziemlich aufgewühlt vom vergangenen Tag und Abend. Paris ist eine anstrengende Stadt, dachte ich als erstes. An Schlaf war nicht mehr zu denken. Ich zog mich an und wollte so schnell wie möglich an die frische Luft. Anna notierte ich folgende kurze Nachricht:

„Führe meine Seele spazieren und bin gegen neun Uhr zum gemeinsamen Frühstück zurück."

Mit dem Stadtführer in der Tasche, schlich ich aus dem Zimmer, durch den unbelebten Korridor, die Treppe hinunter an der verwaisten Loge des Concierge vorbei zum Ausgang hinaus. Dort orientierte ich mich zunächst am Stadtplan und stellte fest, dass wir ganz in der Nähe des Jardin des Tuileries logierten. Genau das brauchte ich jetzt: viel Raum mit Grün als Kontrast zur dicht bebauten Stadt. Ich musste durchatmen, die tausend Eindrücke verarbeiten und loslassen, die sich in der kurzen Zeit in dieser Stadt meiner bemächtigt hatten. Nach wenigen Schritten fand ich eine lauschige Bank.

Die Ruhe am frühen Morgen im Innern der Grünanlage war wunderbar. Nun bin auch ich in Paris angekommen, befand ich, genoss die frische Morgenluft und liess meinen Blick schweifen. Nur einige wenige Jogger waren unterwegs. Mein Blick wanderte in Richtung Place de la Concorde, welcher die Grünanlage am anderen Ende begrenzte, und blieb dahinter in einiger Entfernung beim Arc de Triomphe hängen. Dieses Symbol für die Grösse der französischen Nation stammte wohl aus anderen Zeiten und machte mir auf den heutigen Tag bezogen einen zweifelhaften Eindruck. Die subversive Haltung, die hinter diesem Gedanken steckte, wurde mir sofort bewusst: Als Gast in diesem Land kam ich mir wie ein kleiner Nestbeschmutzer vor.

Da ich als Schweizer nicht besonders gut prädestiniert war, Kritik an anderen Ländern zu üben, liess ich diese Gedanken schnell beiseite: Das Bankgeheimnis haben wir zum Glück mittlerweile abgeschafft. Die Milliarden, die in unseren Safes lagern, fehlen dennoch irgendwo, dachte ich. Unverhofft war ich mitten in meiner Geschichte gelandet. Eine weitere wichtige Begegnung mit R. stand bevor. Ich nickte mir im Geiste zu, stand auf, verliess den Park gemessenen Schrittes und kehrte in die Pension zurück.

Anna war bereits am Frühstückstisch und wartete geduldig auf mich.

„Hast du gut geschlafen?"

„Herrlich!", antwortete ich in bester Laune, gab ihr einen Kuss und wir bedienten uns am Buffet.

Mit einem vollen Teller kehrte ich an unseren Platz zurück. Was ich nicht zum Frühstück essen mochte, wollte ich für die Verpflegung unterwegs einpacken und mitnehmen. Anna tat es mir gleich.

„Hör mal, mein Lieber", begann Anna das Gespräch, „ich werde heute nicht mit auf den Eiffelturm kommen, so kannst du in aller Ruhe mit R. die hängigen Fragen klären."

„Bist du sicher, dass du da nicht hoch willst?", war ich ziemlich überrascht, „Wir könnten uns auch nachher trennen."

„Nein", sagte Anna bestimmt, „Ich gehe in den Louvre einige Bilder anschauen, das wollte ich ohnehin und das ist ja nicht unbedingt dein Ding. Danach können wir uns irgendwo treffen."

„Wenn du meinst, für mich ist es so sicher viel einfacher. Vielen Dank für das Angebot!"

Wir beendeten das Frühstück und ich machte mich auf den Weg.

R. war ziemlich überrascht, wenn nicht gar betupft, dass ich alleine kam, fasste sich aber schnell wieder. Sie hängte sich bei mir unter und behandelte mich wie einen guten alten Freund. Nur ihre Augen zeigte sie mir auch dieses Mal nicht. Es schien so, als versteckte sie sich hinter den Brillengläsern.

Wir stellten uns in die Warteschlange an der Kasse, die glücklicherweise relativ kurz war. Um uns herum standen viele Japaner, Chinesen und Touristen anderer Nationalitäten. Das Stimmenwirrwarr war beträchtlich und eine leichte Nervosität spürbar.

Wir stiegen die Treppe hoch und genossen den zunehmenden Weitblick. R. erklärte mir die Namen von wichtigen Gebäuden, die am stetig wachsenden Horizont dazukamen. Ich hingegen versuchte mich auf die Gebäude im näheren Umfeld zu konzentrieren; betrachtete sie zunächst von unten, dann sozusagen auf gleicher Augenhöhe und schliesslich von weit oben; nahm sie erst als markante Erscheinung wahr, die schliesslich dem unausweichlichen Verschwinden in die Bedeutungslosigkeit unterlag. Wie relativ doch alles ist, dachte ich. Vom Ausmass der Metropole schwer beeindruckt, erreichte ich im Schlepptau von R. die zweite Plattform. Sie lag gemäss Führer in einer Höhe von 115 Metern.

Ob dem sich stetig ändernden und erweiternden Spektakel hatte ich beinahe meine Mission vergessen.

Auf der Plattform war die Aufregung der versammelten Touristen noch viel ausgeprägter. Einige kamen mir bereits recht bekannt vor. Mit ihnen stellten wir uns wieder in die Schlange vor dem Lift zur dritten Plattform.

Noch hatte ich mit R. keine Silbe über mein Anliegen gesprochen. Dicht gedrängt und mit viel wenig verständlichem Geschnatter um die Ohren war es auch hier nicht möglich, ein vernünftiges Gespräch zu führen. Die Dauer des Aufzugs kam mir unendlich lang vor. Mir brannten wichtige Dinge auf der Zunge, die ich anzusprechen wieder verschieben musste. R. schien das überhaupt nicht zu kümmern. Als wir endlich auf der dritten Plattform ankamen, war ich überzeugt, dass der Eiffelturm für mein Unterfangen wohl der dümmste Ort auf der ganzen Welt war. Völlig ernüchtert trat ich durch die Tür des Lifts auf die Plattform hinaus. Am liebsten wäre ich gleich umgekehrt, mit dem nächsten Lift hinuntergefahren und hätte mich an einem ruhigen, ungestörten Ort verkrochen. R. hingegen wollte unbedingt zur obersten Plattform hoch.

„Du willst doch immer auf die höchsten Berge", meinte sie.

Somit war ich Gefangener meiner selbst und trottete mürrisch und voller Selbstmitleid hinter ihr her. Nicht nur das, auch die Sensation des Rund- und Tiefblicks nahm zusehends ab. Der Blick reichte zwar weiter. Die noch klar erkennbaren Objekte nahmen dafür ab und alles schien in einem riesigen Brei zu verschwinden. Dass ich in dieser misslichen Gemütslage nur noch ein schlechter Kommunikator war, muss wohl nicht speziell betont werden. Ich fürchtete bereits, noch weniger zu den Worten zu finden, die ich gebraucht hätte, um meine Fragen nicht nur auf Deutsch, sondern auf Französisch zu stellen. Meine in der Vorbereitungszeit an Bedeutung hochstilisierte Reise nach Paris drohte in einem Fiasko zu enden. Auf der letzten Plattform angekommen war ich ziemlich paralysiert. Ich schlurfte mit grosser Mühe aus dem Lift und lehnte an die Brüstung, ohne wirklich hinunter zu schauen. Mein Zustand entging nun auch R. nicht mehr:

„Was ist mit dir los?", wollte sie wissen.

„Gefällt dir dieser grandiose Ausblick hier oben gar nicht?"

„Doch, nein, eigentlich nicht", drückte ich mich um eine klare Antwort herum.

„Im Grunde genommen bin ich für etwas ganz Anderes hier."

„Du geniesst gar nicht die Aussicht, lebst nur in deinem Kopf und nicht im Moment. Das habe ich sofort gespürt."

„Es hat zu viele Touristen", brachte ich mühsam hervor.

„Siehst du, das habe ich gleich gesagt", erwiderte sie und wandte sich von mir ab, um den Ausblick zu geniessen.

Auf mein schwach angedeutetes Anliegen ging sie gar nicht erst ein. Somit lag es weiterhin an mir, das Thema anzusprechen. Ich beschloss damit zu warten, bis ich wieder sicheren Boden unter den Füssen hatte. Meine Geduld wurde allerdings arg strapaziert, denn die Begeisterungsfähigkeit von R. schien sich nicht nur auf die Schweizer Berge zu beschränken. Sie entdeckte tausend Dinge unter uns und meinte nun, sie müsse mir Augen und Herz für all diese

Sehenswürdigkeiten öffnen. Tatsächlich liess ich mich sogar von ihr anstecken und machte mit abnehmendem Widerwillen mit. Dabei wollte ich R. auch nicht vergraulen, schliesslich war ich noch immer auf ihre Unterstützung angewiesen. Zu guter Letzt gelang es mir, ganz freundlich in die Kamera eines bereitwilligen Fotografen zu blicken, den R. gebeten hatte, uns beide vor dem Hintergrund sämtlicher vier Himmelsrichtungen abzulichten. Die Fotos versandte sie gleich per MMS an Anna.

„Jetzt habe ich Hunger", meldete sie ihr nächstes Bedürfnis nach diesem Marathon der Eindrücke an.

Wir machten uns endlich auf den Rückweg und benötigten in den Warteschlangen vor den Lifts wesentlich mehr Geduld als beim Aufstieg. Mit knurrendem Magen kamen wir unten an, stürzten uns in die erstbeste Buvette und verzehrten einige Sandwichs. Mir taten die Füsse weh und ich brauchte dringend Abstand von diesem Touristengewimmel.

„Kennst du ein ruhiges Café in der Nähe?"

Wir nahmen die Metro für zwei Stationen und fanden den Weg zu einem kleinen, lauschigen Platz abseits des Touristenstroms. Hier gab es zwei, drei kleinere Läden und ein Restaurant, das auf den Platz hinaus gestuhlt hatte. Wir setzten uns an einen freien Tisch. Hier fühlte ich mich gleich wesentlich besser. Der Kellner nahm die Bestellung auf und ich begann vorsichtig mit meinem Anliegen:

„Warum hast du uns eigentlich gebeten, nicht mehr deine Mailadresse zu verwenden?"

„Ach, das war nur eine Vorsichtsmassnahme, weiter nichts", war die lapidare Antwort, die mich etwas ratlos zurückliess:

„Wir haben uns nämlich bereits Sorgen um dich gemacht."

„Das müsst ihr doch nicht."

„Warum ergreifst du dann solche Vorsichtsmassnahmen?"

„Die Leute, mit denen ich in Katar in Kontakt bin, können manchmal ganz schöne aufdringlich werden, deshalb."

„Hast du Erfolg bei deiner Suche nach Sponsoren?"

„Einen habe ich an der Leine, der könnte was werden. Bis man soweit ist, muss man sich mit allerhand Leuten herumschlagen, darunter sind auch ziemlich dubiose. Für die meisten Spekulanten, die Ackerland in Afrika in grossem Umfang für irgendwelche chinesischen oder saudi-arabischen Investoren kaufen möchten, bin ich natürlich völlig uninteressant."

„So, so", antwortete ich nachdenklich, „dann stimmt es also, dass der Ausverkauf deiner Heimat begonnen hat."

„Leider ist es so. Eine grosse Schweinerei. Die Leute, die das verkaufte Land bewirtschaften, werden natürlich nicht gefragt. Das habe ich jedem Spekulanten offen ins Gesicht gesagt, deshalb muss ich auch aufpassen. Die Dubiosen unter ihnen könnten Angst bekommen, dass ich sie verpfeifen würde."

Schneller als gedacht, waren wir mitten in der Geschichte angelangt. Gleichzeitig wandelte sich die bisherige Distanziertheit zwischen R. und mir in angenehme Vertrautheit.

„In meinem Roman beschreibe ich unter anderem die politischen Verhältnisse in deinem Land. Wie würdest du den jetzigen Präsidenten einschätzen? Sein Vater Omar war ja eine Marionette Frankreichs, wenn auch eine sehr geschickte, die meiner Einschätzung nach die Fäden schliesslich selber in die Hand genommen hat. Aber er hat in die eigene Tasche gearbeitet, während sein Sohn offenbar auch andere Werte kennt."

„Schwer zu sagen", meinte R. und war in Gedanken intensiv mit meiner Frage beschäftigt.

„Immerhin ist für ihn Nachhaltigkeit kein Fremdwort mehr und er versucht den Reichtum im Land zu behalten", gab ich zu bedenken,

„Du hast recht", kam sie zum Schluss, „die Schwierigkeit besteht allerdings darin, zu unterscheiden, was der Einfluss des Präsidenten ist und wo seine Entourage bestimmt. Der Präsident ist möglicherweise fortschrittlicher als man denkt."

Wir sassen einander stumm gegenüber und bedachten das Gesagte.

„Was schreibst du sonst noch?"

„Ganz viele Dinge: Zum Beispiel über den Aufenthalt in Rotschuo, wo wir uns kennen gelernt haben. Auch unser Besuch in Paris, vielleicht wird sogar das jetzige Gespräch in irgendeiner Form in den Roman Eingang finden."

„Dann bin ich also im Roman erwähnt?"

„Sicher."

„Aber nicht unter dem richtigen Namen?"

„Wie du willst."

R. überlegte einen Augenblick und erwiderte bestimmt:

„Nein, ich möchte nicht, dass man mich im Roman erkennen kann. Jetzt, wo ich mit meinem Projekt Aussicht auf Erfolg habe, möchte ich auf gar keinen Fall Schwierigkeiten riskieren, die durch eine Äusserung in deinem Buch entstehen könnten."

Für den Roman spielte es zwar keine Rolle, so abrupt hatte ich mir ihre Absage trotzdem nicht vorgestellt. Auch wenn R. nur von Vorsichtsmassnahmen sprach, steckte vielleicht doch etwas mehr dahinter. Ganz beruhigt war ich noch nicht. Da R. offenbar nicht von sich aus darüber sprechen konnte oder wollte, bohrte ich weiter.

„Gibt es Leute deines Vertrauens, die mir sonst noch Auskünfte über dein Land geben könnten? Eigentlich wollte ich Gabun selber besuchen. Das ist aber leider nicht möglich, da ich den Roman ziemlich bald abschliessen muss."

„Was willst du in meinem Land? Doch nicht etwa den Präsidenten besuchen? Nein, mein Lieber, damit wirst du keinen Erfolg haben. Der Präsident ist bestens von seiner Umwelt abgeschirmt."

Beinahe hätte ich ihr gesagt, dass ich ihm bereits begegnet bin, aber meinen Traum würde sie wohl nicht verstehen.

„Dein Land besuchen", sagte ich nur, „sowie du die Schweiz besucht hast, aus blossem Interesse."

„Wenn du viel Wald sehen möchtest, dann ist das der richtige Ort."

„Und dein Tourismusprojekt?"

„Da bist du noch etwas zu früh. Wenn es soweit ist, bist du herzlich willkommen."

Irgendwie hatte ich den Eindruck, R. wollte mich gar nicht in ihrem Heimatland haben, sonst hätte sie doch anders reagiert. Die Vertrautheit mit ihr, die sich im Verlaufe des Gesprächs eingestellt hatte, war nun wieder verflogen. Immerhin konnte ich jetzt die grosse Begeisterung, die R. für die Schweiz hegte, besser verstehen: Für sie, die in ihrem Land nur Wald sah, den sie nicht einmal zu betreten wagte, musste ein Land wie die Schweiz oder Paris mit dem Eiffelturm eine wahre Sensation darstellen. Gleichzeitig liess mein Interesse an Gabun nach. Der dortige Besuch mit ihr an meiner Seite, den ich erwogen hatte, war ohnehin illusorisch und unter solchen Umständen noch viel gefährlicher, als ihr Name in meinem Buch. Ich bestellte einen zweiten Espresso.

Dieser Ort mitten in Paris kam mir vor wie eine Oase. Eine mächtige Platane zierte den Platz in seiner Mitte. Hier könnte man den ganzen Nachmittag verbringen und schreiben. Ich musste allerdings nachdenken. R. holte gelangweilt ihr Handy hervor und kontrollierte die eingegangenen Nachrichten. Ihrer Reaktion zur Folge war mindestens eine erfreuliche SMS darunter. Was wollte ich von R. noch wissen? Konnte sie mir noch hilfreich sein? Die wichtigste

Frage, jene zum Präsidenten, hatte sie mir beantwortet und die anderen Fragen waren plötzlich nicht mehr interessant. Insbesondere jene Fragen zu ihrer Person konnte ich weglassen. Wenn R. in meinem Buch nicht erkannt werden wollte, so war es nur hilfreich, wenn sie und ihr Umfeld nicht allzu genau beschrieben sind. Eigentlich hatte R. mit der Geschichte gar nicht mehr viel zu tun; sie hatte mich höchstens inspiriert. Gleichzeitig beschloss ich, anstelle von R. nicht irgendeinen gabunischen Frauennamen zu verwenden, sondern es bei der rätselhaften Bezeichnung R. zu belassen. Somit war meine Mission in Paris bereits erfüllt. Inhaltlich hatte ich zwar nicht viel erfahren, doch wurde ich immerhin in der wichtigsten Frage bestätigt. Ich erkundigte mich bloss noch:

„Hast du gute Nachrichten erhalten?"

„Mein Investor möchte sich mit mir treffen."

„Super!", rief ich ungewollt laut aus und gratulierte ihr mit den üblichen drei Küsschen auf die Wange.

„Ist das alles, was du von mir wissen willst?"

„Tutto chiaro", erwiderte ich, schaute auf die Uhr und stellte mit Schrecken fest, dass der Nachmittag bereits fortgeschritten war. Anna würde bestimmt ungeduldig auf einen Anruf warten.

„Rufe doch bitte Anna an", sagte ich, „du weisst am besten, wie wir uns wieder treffen können."

„Hallo R."...

„Wo seid ihr?"...

„Habt ihr die Fragen geklärt?"...

„Dann mache ich mich jetzt auf den Weg zu euch."...

„Welche Metro muss ich nehmen?"...

„Ich bin im Jardin des Tuileries."...

„Okay, alles klar, freut mich, deine Schwester kennen zu lernen. Bis bald."

Endlich haben sie sich gemeldet, dachte ich, ist ja allerhöchste Zeit. Ich las die Seite des Kunstbuches zu Ende und machte mich erleichtert auf den Weg. Ich hatte nämlich bereits befürchtet, dass die beiden versumpft waren. Das hätte gerade noch gefehlt.

Auch sonst war dieser Tag bereits genügend chaotisch verlaufen. Dabei waren meine Pläne heute Morgen noch völlig klar. Nach dem Morgenessen machte ich mich gleich auf den Weg zum Louvre. Als ich mich dort in der Eingangshalle in die Warteschlange stellte, ergriff mich eine seltsame Nervosität. Über mir türmte sich die gläserne, dreieckige Glaspyramide. Sie kam mir unheimlich vor. Sämtliche Energien schienen durch die Pyramide hindurch auf mich gebündelt zu sein. Alles an mir begann zu zittern, mein Nervenkostüm flatterte gehörig. So was hatte ich noch nie erlebt. Die grosszügig von oben mit Licht durchflutete Halle wurde urplötzlich zum engen Korsett. Ich musste sie so schnell wie möglich verlassen. Oben auf dem Platz sah ich mich dem monumentalen Bauwerk des Louvre gegenüber. Wie um mich in meiner Nichtigkeit zu verspotten, spiegelte es sich auch noch in den Wasserflächen davor. Ich war keineswegs beruhigt und flüchtete mich gleich wieder in den Untergrund zum nächstgelegenen Metroschacht. Ausser Atem setzte ich mich aufs Geratewohl in die erste einfahrende Metro. Sie gab mir wenigstens wieder so etwas wie eine Richtung. Das beruhigte mich etwas. Ich begann die Passagiere zu studieren: Die junge Mutter mit dem quengelnden Kind schräg vis-à-vis, den gebrechlichen Alten mit dem fast zahnlosen Gebiss, Jugendliche vertieft in ihre Smartphones. Überhaupt, die meisten Menschen hier in der Kabine hatten entweder einen Knopf im Ohr oder stierten in ihr rechteckiges Kästchen vor der Nase. Niemand bemerkte meine Not. Diese hatte zwar abgenommen, war aber immer noch latent vorhanden. Nur wenige Personen ausser mir blieben länger als zwei bis drei Stationen. Nachdem ich unzählige Passagiere beobachtet hatte, beschloss ich aus ihrem Blickfeld zu verschwinden und stieg an der nächsten Station aus.

Der Weg durch das weitläufige Labyrinth dieser U-Bahnstation strapazierte meine Geduld arg. Endlich gelangte ich ans Tageslicht und wusste zunächst einmal nicht, wo ich war. Zum Glück gelang es mir, einen Plan des U-Bahnstreckennetzes ausfindig zu machen. Die Überraschung war nicht gering: Ich war bestimmt mindestens eine Stunde unterwegs und immer noch mitten in der Stadt. Ich setzte mich auf eine Bank und beschloss, wieder vernünftig zu sein. Zwar verspürte ich noch immer den grössten Drang, mich kreuz und quer durch die Stadt zu bewegen, doch zwang ich mich zur Ruhe und war mir dabei selbst ein riesengrosses Rätsel. Diese Seite war neu an mir. Erst etliche Tage später, als ich Peters Traum vom Eiffelturm gelesen hatte, konnte ich mir einen Reim auf diese Erlebnisse bilden. Was aber bedeutet es, vernünftig zu sein in dieser seltsamen Situation?, fragte ich mich und kam zum Schluss, dass ich wohl am besten dort weitermachen sollte, wo ich aufgehört hatte, es zu sein. Das war zweifellos unter der gläsernen Pyramide in der Eingangshalle des Louvre. Doch konnte ich mich im Ernst nochmals dorthin wagen? Ich beschloss, dass es sein musste.

Zunächst hatte ich allerdings Hunger und Durst. An der nächsten Buvette besorgte ich mir Kaffee und ein Süssgebäck und setzte mich

auf dieselbe Bank wie vorhin. Der Kaffee tat gut: Er belebte meine Geis-
ter. Gestärkt wagte ich mich erneut ins Labyrinth und fand auf Anhieb
den Weg zurück zum richtigen Perron. Auf dem Rückweg beobachtete
ich wieder die Passagiere und wurde so mit den Bewohnern dieser
Stadt besser vertraut. Nein, wie Basler sahen sie nicht aus. Aber was
unterschied sie von meinen Landsleuten? War es die Eleganz ihrer
Kleidung, wie man gerne sagte? Nicht wirklich. Vielleicht eher die
schärfer gezeichneten Konturen ihrer Gesichter, überhaupt das Hagere
in ihrer Gestalt. Das war es sehr wahrscheinlich, aber wirklich sicher
war ich mir nicht. Als ich wieder in der Eingangshalle des Louvre
stand, war der Besucherandrang mindestens dreimal so gross und
meine Lust definitiv verblasst. Den Eintritt investierte ich stattdessen
in ein Kunstbuch, das ich in einer Kunstbuchhandlung erstand. So
ausgerüstet, begab ich mich in den Jardin des Tuileries, setzte mich auf
eine Bank, womöglich jene, die bereits Peter heute Morgen benutzt
hatte, und begann im Kunstbuch die Schätze des Louvres zu entdecken.

Als wir am vereinbarten Treffpunkt angelangten, begrüsste mich
Anna mit einem feinen, schnippischen Lächeln:

„Na, bist du klüger geworden?", wollte sie gleich wissen.

„Mission erfüllt", erwiderte ich mit einem vielsagenden Blick.

Wir folgten R. um einige Häuserecken herum zur Rue Calcair, wo ihre Schwester im Haus Nummer 54 wohnte und stiegen in den vierten Stock hoch. Dort empfingen uns die Schwester und ihre vierjährige Tochter herzlich. Ihr Mann sei gerade irgendwo in Frankreich auf Montage unterwegs, erklärte sie bei der Begrüssung. R. stellte uns mit „der Schriftsteller und seine Partnerin" vor, noch bevor sie unsere Vornamen nannte. Ich fühlte mich ziemlich geschmeichelt: Offenbar interessierte sie sich mehr für meine Schreibarbeit, als es bisher den Anschein gemacht hatte. Allerdings ergänzte sie gleich:

„Frag Peter ja nicht nach dem Motiv seines neuen Romans, sonst wirst du gleich darin erwähnt."

Ist das nun ironisch gemeint oder nicht?, fragte ich mich leicht irritiert. Auf jeden Fall war das Thema fürs erste erledigt. Na dann halt, dachte ich mir.

Die Schwester bat uns einzutreten.

Vom zentralen Gang aus liess ich meinen Blick durch die offene Türe ins Wohnzimmer schweifen. Auch die Türe zur Küche stand offen. Die anderen waren geschlossen. Dahinter befanden sich wohl zwei Schlafzimmer und das Badezimmer. Die Wohnung war nicht besonders gross, aber geschmackvoll eingerichtet. Sämtliche Einrichtungsgegenstände schienen sich genau am richtigen Platz zu befinden. Die Schwester führte uns ins Wohnzimmer, bediente uns mit Snacks und Getränken. Dann verzog sie sich in die Küche, um die letzten Vorbereitungen für das Abendessen zu treffen.

An einer der vier Wände entdeckte ich eine umfassende, gut geordnete Bibliothek. Sie enthielt, soweit ich es beurteilen konnte, die meisten bedeutenden französischen Schriftsteller mit Gesamtausgaben ihrer Werke. Wow, dachte ich, so eine Bibliothek mit deutscher Literatur müsste ich auch haben.

„Meine Schwester hat in Paris französische Literatur studiert", erwiderte R. meinen staunenden Blick.

Ich bedauerte bereits meine mangelhaften Kenntnisse der französischen Sprache und Literatur, die ein Gespräch darüber nicht erlauben würden. Nach dem ersten war auch das zweite potenzielle Gesprächsthema bei Tisch erledigt. Dann wird es wohl bei oberflächlichem Smalltalk bleiben, dachte ich und beobachtete Anna, wie sie bereits fröhlich mit der vierjährigen Leonie im Gang spielte.

„Meine Schwester kennt sich nicht nur in französischer Sprache aus, sondern spricht auch Deutsch", erwähnte R. beiläufig.

Ich war perplex, warum sagte mir das R. erst jetzt?

R. deutete meine Verwunderung richtig und bemühte sich, eine Erklärung nachzuliefern:

„Das habe ich auch erst vor Kurzem erfahren, sonst hätte ich es euch längst gesagt."

Was für eine Überraschung, dachte ich, das ergibt ja ganz neue Perspektiven für meinen Roman.

„Heute wird meine Schwester allerdings kein Wörtchen Deutsch sprechen, aus Rücksicht auf mich. Das musste sie mir versprechen.

Wie auf Kommando erschien die soeben Erwähnte mit einer Salatschüssel in der Hand:

„A table, s'il-vous-plaît, comme entrée je vous propose une salade composée."

Wir setzten uns an den gedeckten Tisch und liessen es uns schmecken. Danach gab es Steak de boeuf mit Kartoffelgratin und verschiedenen Gemüsen garniert. Nach unserer Fastfood-Verpflegung in den vergangenen zwei Tagen war diese Mahlzeit wie ein Gedicht. Vor lauter Essen vergassen wir sogar die Konversation, nicht einmal Smalltalk war angesagt.

„Das hat ausgezeichnet geschmeckt", gratulierte ich der Schwester, nachdem ich den letzten Bissen ausgekostet hatte.

Auch Anna war voll des Lobes und die Schwester erwiderte bescheiden:

„Wir haben nicht alle Tage so nette Gäste aus der Schweiz."

Während sich Anna und R. mit Leonie beschäftigten, half ich beim Abräumen des Tisches. Als ich mit der Schwester alleine in der Küche war, wollte ich es genau wissen:

„Du sprichst Deutsch, hat mir R. gesagt."

Die Schwester schaute kurz zu den anderen und schloss die Küchentüre.

„Als Leonie zur Welt kam, gab ich meine Arbeit auf und suchte eine Beschäftigung für die freien Momente zu Hause. Da mich Sprachen stets fasziniert haben, begann ich mit dem Heimstudium von Deutsch und Spanisch", erwiderte sie in fliessendem Deutsch. „Seitdem Leonie in den Kindergarten geht, arbeite ich als Übersetzerin."

„Ich nehme an, R. hat dir nichts von der Geschichte meines Romans erzählt", fuhr ich zögernd fort.

„Keine Ahnung."

„Euer Heimatland Gabun und dessen Verhältnis zu Frankreich spielen darin eine Rolle", wiederholte ich in etwa das, was ich heute bereits zu R. gesagt hatte, „R. hat mich dazu inspiriert."

„Interessant."

„Gewisse Passagen im Roman sollten noch von jemandem gegengelesen werden, der die örtlichen Verhältnisse kennt. Eigentlich ist es nicht zwingend, aber doch besser."

„Wenn du willst, kann ich das gerne tun. Das wäre bestimmt eine gute Übung für mich."

„Ehrlich? Super!", freute ich mich über dieses Angebot. „R. ist übrigens auch im Roman erwähnt. Du erfährst, wie wir uns kennen gelernt haben."

„Darf ich mit ihr über meine Aufgabe sprechen?"

„Das bleibt, glaube ich, besser unter uns", schloss ich mit konspirativer Miene und die Schwester hielt als Zeichen der Verschwiegenheit den Finger vor den Mund.

Ich versprach ihr umgehend die Textpassagen über Gabun zuzustellen, denn diese waren bereits ziemlich weit gediehen.

Nun öffnete sich sachte die Küchentüre und Leonie trat ein:

„Wann gibt es die Nachspeise?"

Das erinnerte mich sehr an Michael, der ja etwa gleich alt war. Die Schwester öffnete den Kühlschrank und entnahm eine Schüssel mit Tiramisu.

„Mmh, das sieht lecker aus", meinte ich und wir begaben uns zu den anderen an den Tisch.

„Wer möchte Kaffee, wer Tee?"

Wir waren eine Gesellschaft von Teetrinkern. Die Schwester setzte Wasser auf und wir liessen uns diese Gaumenfreude als krönenden Abschluss für das wirklich gute Nachtessen schmecken. Nach dem letzten Löffel Tiramisu fielen Leonie beinahe die Augen zu und für uns war es auch Zeit. Beim Abschied meinte Anna:

„Wenn ihr in die Schweiz kommen solltet, seid ihr stets willkommen, und wir werden uns für dieses famose Nachtessen revanchieren."

R. begleitete uns noch zur Metro und ging dann wieder zurück.

Auf dem Heimweg sprachen wir kaum ein Wort. Das Nachtleben von Paris huschte an uns vorbei. Eine leichte Müdigkeit überkam mich. Ein intensiver Tag neigte sich dem Ende zu. Die Bilder vermischten sich. Im Hotel durchbrach Anna das Schweigen und erkundigte sich, was ich mit der Schwester in der Küche besprochen hätte.

„So, so, du hast gut aufgepasst", musste ich lachen, „das möchtest du also wissen."

„Komm schon."

„Rate mal."

„Du bist gemein."

„Hast du gewusst", sagte ich betont langsam..."

„Sag schon!"

„dass die Schwester von R. Deutsch spricht?"

„Ehrlich! Das kann ich kaum glauben. Warum hat sie nichts davon gesagt?"

„R. wollte es nicht, aus Angst, dass wir nur noch Deutsch sprechen würden."

„Dieses Luder!"

„Die Schwester wird mir die sensiblen Stellen aus dem Roman über Gabun gegenlesen."

„Super, das hast du gut gemacht!"

Anna gab mir zur Belohnung einen Kuss. Von einander hatten wir heute noch nicht viel gehabt. Mehr sollte es auch nicht mehr werden, denn die Müdigkeit war stärker und zog uns unweigerlich ins weiche Bett.

Am kommenden Tag, noch beim Morgenessen im Speisesaal, nahmen wir beide wie auf Kommando praktisch gleichzeitig den Schreibstift hervor und begannen Notizen auf die Papierunterlage zu machen.

„Nanu, was ist denn in dich gefahren?", wollte ich überrascht von Anna wissen.

„Null Bock auf Stadtbesichtigung", sagte sie trotzig.

„Du auch?"

„Hast du mal was von Grossstadt-Depression gehört?"

„Wie bitte?"

„Grossstadt-Depression", wiederholte Anna geduldig.

„Nein, was ist das?"

„Ich bin nahe daran, eine zu bekommen und muss etwas dagegen tun", erklärte Anna den Sachverhalt, „das geht ganz gut mit Schreiben."

Ich hatte zwar nicht genau verstanden, was sie meinte, liess es aber gelten und erkundigte mich:

„Was schreibst du?"

„Mein letztes Prozent über den gestrigen Tag. Als ihr auf dem Eiffelturm gewesen seid, habe ich interessante Dinge erlebt."

„Dann gehen wir also nicht mehr in die Stadt."

„Viel Zeit bleibt ohnehin nicht: 10 Uhr Auschecken, 12 Uhr Treffen mit R., gegen 14 Uhr Abfahrt des Zuges."

„Was schlägst du vor?"

„Wir verkrümeln uns an einen ruhigen Ort und ich schreibe meine Geschichte fertig und du könntest dasselbe tun."

Diese rotzige Sprache liebte ich besonders an ihr, denn sie erinnerte mich an unsere erste Zeit in Südfrankreich. Ich schaute ihr tief in die Augen und gab ihr einen innigen Kuss. Anna hatte wie immer Recht.

Wir beendeten unser Frühstück, packten die Unterlagen mit unseren Notizen ein und begaben uns die Treppe hoch in unser Zimmer. Unsere Siebensachen waren schnell gepackt. An der Rezeption bedankten wir uns beim Portier für den netten Aufenthalt und beglichen unsere Rechnung.

Das ruhige Örtchen stellte sich wie von selbst ein: Es war die Bank in den Tuillerien, die zunächst von mir genutzt wurde, später dann von Anna, und die nun für uns beide zum Ort der Inspiration und des Schreibens bestimmt war. Die Seiten füllten sich locker. Das Erlebte war noch sehr präsent. Die Anwesenheit von Anna, die dasselbe tat, wirkte zusätzlich stimulierend. Wenn sich mein Geist in irgendeinem gedanklichen Labyrinth verlief, liess ich den Blick schweifen und meine Gedanken lösten sich wieder locker von dieser Irrfahrt. Um halb Zwölf mahnte mich Anna, dass es Zeit wäre zu gehen. Ich hatte soeben den Text zum Porträt auf dem Montmartre im Entwurf beendet. Wir packten unsere Schreibutensilien ein und machten uns auf den Weg zur Metro. Schreiben würde ich im Zug noch viel können.

Beim Gare de Lyon warteten wir ein paar Minuten auf R. Viele Reisende waren zu dieser Zeit unterwegs und erschwerten uns den Überblick. Einen Moment lang befürchtete ich, dass wir R. verpassen könnten. Wir warteten aber bestimmt am abgemachten Ort. Plötzlich stand R. neben uns. Sie schien bester Laune zu sein und führte uns in ein Café, das etwas ruhiger in einer Nebenstrasse in der Nähe des Bahnhofs lag.

„Wie hat es euch in Paris gefallen?", wollte sie gleich wissen.

„Schön, zum Teil etwas hektisch. Der Besuch bei deiner Schwester war sehr nett", erwiderte Anna.

„Ich bin zufrieden", gab ich zu verstehen, „habe nicht alles, aber das Wesentliche erfahren und war sogar auf dem Eiffelturm."

„Was sind deine nächsten Pläne", wollte nun Anna neugierig wissen:

„Ich werde mich demnächst mit meinem Investor treffen und hoffe, dass wir uns vertraglich einigen können."

„Hat er angebissen?"

„Ich denke schon."

„Machst du das eigentlich alles ganz alleine?" Diese Frage lag mir schon lange auf der Zunge.

„Mein Vater berät mich dabei. Er lässt sämtliche Unterlagen von einem befreundeten Juristen prüfen. So sollte eigentlich nichts schiefgehen."

Die Zeit plätscherte dahin, wir sprachen noch über dies und jenes und machten uns dann auf den Weg zum Bahnsteig.

„Grüsst bitte Michael ganz lieb von mir", bat uns R. beim Abschied: „Wenn ich bei euch in der Nähe bin, komme ich bestimmt auf einen Besuch vorbei."

„Tu das!", erwiderten Anna und ich gleichzeitig.

Wir umarmten R., stiegen in den Zug und winkten ihr bei der Abfahrt aus unserem Abteil zu. Dann machten wir es uns bequem. Ich nahm mein Skript hervor und packte die Gratiszeitung auf dem Tischchen für die spätere Lektüre in meine Tasche. Als Erstes setzte ich meinen literarischen Rundgang durch Paris fort. Im Nachhinein fand ich die Eskapade auf den Eiffelturm gar nicht mehr so schlimm. Ich schrieb und schrieb, liess die draussen vorbeiziehende Landschaft Landschaft sein und beachtete auch Anna nur für kurze Augenblicke.

Der fiktive Peter auf dem Papier holte den echten im Zug immer mehr ein. Kurz vor Basel war ich sowohl in der Realität wie auf dem Manuskript am selben Ort angelangt und lehnte mich zufrieden im Sessel zurück.

„Gibt es dich auch noch?", meldete sich Anna zu Wort.

„Mich gibt es gerade jetzt sogar in doppelter Ausführung."

„Wie meinst du das?"

„Als fiktive Romanfigur und in der Realität."

„So, so." Anna begriff nicht gleich, meinte aber: „Pass nur auf, dass die Romanfigur dich nicht links überholt."

Dies wiederum begriff ich nicht.

In Basel verpflegten wir uns beim Umsteigen in den Regionalzug nach Mumpf.

Kurz nach Rheinfelden wurde es mir schlagartig bewusst: Ich hatte noch genau zwei Wochen Zeit, um den Roman fertigzustellen. Ein verrückter Endspurt bahnte sich an. Der fiktive Peter und ich mussten rechtzeitig ins Ziel kommen. Ein ohnehin nicht einfaches Unterfangen, wenn man bedenkt, wie unberechenbar Romanfiguren sein können. Bei diesem Gedanken sträubten sich meine echten wie fiktiven Haare zu Berg.

„Peter", Anna schaute mich eindringlich an, „was ist mit dir?"

Ertappt schüttelte ich den Kopf, rieb mir mit beiden Händen das Gesicht von den Augen über die Ohren und Wangen bis hin zum Genick und holte mich damit in die Realität zurück.

„Nichts, nichts. Ich habe nur realisiert, wie wenig Zeit mir noch zum Schreiben bleibt."

Und Baldur war unerbittlich: Seine Termine mussten eingehalten werden. Entschuldigungen gab es keine. Wer mit ihm geschäften wollte, musste sich daran halten. Meine Haare standen mir zwar nicht mehr zu Berge, dafür wich meine sonst gesunde Farbe aus dem Gesicht.

„Du siehst aber blass aus", hörte ich Anna beunruhigt sagen.

„Das ist auch kein Wunder, der Zeitdruck, der auf mir lastet, ist enorm!"

„Du wirst es schaffen!" Anna wechselte den Sitzplatz, setzte sich neben mich und ich lehnte meinen arg strapazierten Kopf an ihre Schultern. Sie kraulte meinen Nacken und streichelte mich sanft.

Die Last löste sich von mir und machte einem überraschenden Gedanken Platz: Der Roman hat sein Ziel bereits erreicht! Und zwar auf der Rückreise von Paris, kurz vor Basel, als der wahre und fiktive Peter zur gleichen Zeit am gleichen Ort angelangt waren, stellte ich überzeugt fest. Genau zu diesem Zeitpunkt war alles Wesentliche, was in dieser Geschichte angedacht war, aufgeschrieben. Die Fragen bezüglich Migration, die ursprünglich offen im Raum gestanden hatten, waren beantwortet. Die Geschichte musste also gar nicht mehr weitergesponnen werden. Nur noch wenige Portiönchen fehlten. Zu ihnen hatte ich klare Vorstellungen.

Ein Anliegen konnte allerdings nicht wirklich eingelöst werden, musste ich mir eingestehen: Der fiktive Peter wollte an den Verhältnissen etwas ändern. Das Beispiel des geträumten Flüchtlings aus Gabun, welcher im Schweizer Asylverfahren hängen blieb, motivierte ihn dazu. Er versuchte an den vordergründigen Wurzeln des Problems in Afrika, im Präsidentenpalast zu intervenieren. Er wollte dazu beitragen, dass die dort lebenden Menschen sich weniger dazu gezwungen sehen, diesen gefährlichen Weg nach Europa auf sich zu nehmen. Im Präsidentenpalast ist er aber kläglich gescheitert. Die Lektüre seiner übrigen Quellen hätten ihn aber etwas Anderes lehren können. Der Präsident war höchstens ein Teil des

Problems und bestimmt nicht der grösste. Die Verhältnisse in Afrika waren nämlich im Wesentlichen von der kapitalistisch geprägten westlichen Welt bestimmt. Der fiktive Peter hätte also an einem anderen Ort ansetzen müssen. Aber wo genau? Hier blieb eine gewisse Ratlosigkeit zurück. Wie dem auch sei, musste dieses Anliegen so stehen gelassen werden.

In der verbleibenden Zeit galt es die Geschichte abzurunden, zu schleifen und in der Schlussredaktion sämtliche Ungereimtheiten auszumerzen. Dies schien mir machbar zu sein. Meine Gedanken überzeugten mich dermassen, dass meine gerade noch gedrückte Stimmung in Euphorie umschlug. Die Zugdurchsage kündigte die Haltestelle von Mumpf an. Michael, zusammen mit Klara, nahm uns freudig in Empfang. Was für ein Wiedersehen! Wir stiegen in den Lieferwagen und legten den restlichen Weg nach Wallbach zurück. Auf dem Hof war der Tisch bereits gedeckt. Michael nahm wie selbstverständlich oben am Tisch Platz, flankiert von Rosi und Klara. In der Mitte sassen Anna und ich. Neben uns setzten sich Heiri und Reto. Zur Vorspeise gab es Kürbissuppe, danach Salat und schliesslich Gemüse aus dem Ofen. Alle waren darauf gespannt, von unserer Reise nach Paris zu erfahren. Anna und ich wechselten uns beim Erzählen ab. Michael fragte bei diesem und jenem Wort nach und erhielt jeweils eine kindgerechte Erklärung. An R. erinnerte er sich nur schwach.

„Dann ist eure Reise ein voller Erfolg gewesen", resümierte Reto.

„Das kann man wohl sagen", erwiderte ich und Anna ergänzte:

„Mir hat es sehr gefallen."

„So, wie das tönt, ist dein Buch weit fortgeschritten", stellte Heiri fest.

„Ich bin auf der Zielgeraden und Anna hat ihr Soll auch bereits zu 99% erfüllt."

„Schreibst du auch mit?", war Rosi überrascht.

„Ich bringe eine zusätzliche Optik in die Geschichte ein und es kann vorkommen, dass ich gewisse Dinge richtigstellen muss", erwiderte Anna selbstbewusst.

„Dann darf man auf das Resultat gespannt sein", meinte Klara, „und, wie gesagt, ich bekomme ein Belegexemplar!"

Die Zeit verging viel zu schnell. Es reichte gerade noch für die Nachspeise, dann machten wir uns müde auf den Heimweg. Die Wallbacher bekräftigten beim Abschied, dass sie uns bald in Basel besuchen würden. Michael hatte in den vergangenen drei Tagen wohl ein ziemlich volles Programm gehabt: auch er war nicht mehr sehr unternehmungslustig. Im Zugabteil legte er sich neben Anna auf die Bank, benutzte ihren Schoss als Kopfkissen und schlief friedlich ein. Auch wir dösten stumm vor uns hin. In Basel schätzten wir einmal mehr den kurzen Weg vom Bahnhof zu uns nach Hause. Michael mochte nicht mehr laufen, so dass ich ihn tragen musste. In der Wohnung stellten wir unser Gepäck nur gerade in den Gang, brachten Michael zu Bett und schlüpften anschliessend selber unter die Decke.

In dieser Nacht begegnete mir R. im Traum. Wir waren auf einem afrikanischen Markt. R. besorgte sich Lebensmittel für ein Essen, das am Abend stattfinden sollte. Sie war bester Laune, feilschte locker um jedes Angebot und war darin ziemlich erfolgreich. Mir erklärte sie die Namen sämtlicher Gemüse sowie Früchte und wusste auch gleich, wie man sie zu einem leckeren Essen oder Dessert zubereitete. Als Gegenleistung trug ich ihre Taschen und war bald schwer behangen. Stark beeindruckt von dem regen Treiben lauschte ich ihren Erläuterungen und bekam davon nicht genug. Nicht nur das Markttreiben, sondern die Erscheinung von R. selber bezauberte mich zusehends. Nichts von ihrer Reserviertheit, die ich in Paris zu spüren bekommen hatte, war da vorhanden.

Am Nachmittag half ich ihr beim Rüsten der Zutaten. Gekocht wurde in grossen Töpfen über dem Feuer. R. führte mich in die

Tricks und Kniffe der gabunischen Kochkunst ein. Die Vorbereitungen dauerten bis in den Abend. Als alle Gäste da waren, wurden die Schalen gefüllt und das Essen konnte beginnen.

Ich beobachtete die Szene und suchte immer von neuem R.'s Blick. Kaum war die Nacht hereingebrochen, ertönten die ersten Trommelklänge. Sie zogen mich auf die Tanzfläche und wie von Zauberhand gelenkt, war R. plötzlich ganz nahe an meiner Seite. Die Trommelrhythmen wurden immer wie wilder. Ich sah nur noch R., unsere Bewegungen flochten sich ineinander. Die Bezauberung steigerte sich zur Ekstase. Dann riss der Film.

Schweissgebadet wachte ich in meinem Bett auf und hatte ziemlich Mühe, zurück in die Realität zu finden. Neben mir lag Anna friedlich schlafend. Das war mir auch lieb so. Als ich wieder einigermassen denken konnte, versuchte ich den Traum zu deuten. R. offenbarte mir darin vielmehr über Afrika und ihr Leben als in ihren Antworten auf meine Fragen, die ich ihr in Paris gestellt hatte. Warum hat sie mir im Traum so viel mehr mitgeteilt als in der Realität? Hatte ich ihr womöglich die falschen Fragen gestellt, jene, die nur mich, aber nicht wirklich sie interessierten?

Nach einem kurzen Morgenkaffee ging ich ins Büro und nahm meine Unterlagen aus der Reisetasche hervor. Dabei entdeckte ich die Gratiszeitung, welche ich im TGV mitgenommen hatte, und blätterte sie durch. Gross war das Erstaunen, als ich auf der Innenseite das Foto des französischen Aussenministers zusammen mit einer schwarzen Frau sah. Ich musste zwei Mal hinblicken, bis ich mir sicher war: Die abgebildete Frau hatte – bis auf die extravagante Form der Sonnenbrille und die langen Beine - eine gewisse Ähnlichkeit mit R. Der Titel lautete:

„Aussenminister in eleganter Begleitung" Im Text stand: „Rätselhafte afrikanische Schönheit entpuppte sich als enge Vertraute von Präsident Bongo in Gabun. Die in ihrem Land bekannte Persönlichkeit verliess Gabun, nachdem sie nur knapp einem Attentat entgangen war. Mit Hilfe von ihr bekannten Verlegern versucht sie publizistisch auf Missstände in ihrem Land hinzuweisen. Frankreich hat sie nach einem Besuch beim Aussenminister bereits wieder verlassen. Sie beklagte sich über fehlende Unterstützung der französischen Medien."

Nun fiel es mir wie Schuppen von den Augen: Diese Frau hatte nicht nur Ähnlichkeiten mit R., sie war sie auch. Lange Beine und Brille hin oder her. Bei uns trug sie ohnehin nur Jeans. Der kurze Bericht liess keine andere Deutung zu. Ein leises Zittern durchfuhr meinen Körper. Ich musste mich im Stuhl zurücklehnen. Mit vielem hatte ich gerechnet, mit dem nicht.

War einer dieser Verleger womöglich Baldur? Und wenn ja: War das womöglich der wahre Grund, warum Baldur schnellstmöglich ein zweites Buch von mir wollte? Nun kam ich mir plötzlich ausgenutzt vor. Nichtsahnend hatte ich diesen Roman geschrieben. Dabei war womöglich alles ein abgekartetes Spiel. Konnte ich unter diesen Umständen überhaupt noch zu meinem Text stehen? Ich war nahe daran das Skript in tausend Stücke zu zerreissen. Irgendjemand, vielleicht meine geistigen Mitautoren, hielten mich zurück. Und lieferte die nötigen Argumente, es nicht zu tun.

R. hatte mich zwar vielleicht instrumentalisiert; aber hatte ich mit ihr nicht dasselbe getan? Waren R. und ich nicht vielmehr Verbündete? Beide prangerten wir Missstände in Gabun an. Nun war mir auch ihr Blick und mein damaliger Gedanke plötzlich sonnenklar: sie wusste in diesem Moment genau, dass ich diesen Roman so schreiben will, wie sie es wollte. Ich atmete tief durch und tat – einer Eingebung folgend – als wäre nichts geschehen.

Auf den Roman hatte diese Enthüllung ohnehin keinen Einfluss mehr. R. war bereits eine Inspirationsquelle, nur bisher nicht so offensichtlich. Ich wollte sie bei der nächsten Gelegenheit darauf ansprechen. Baldur gedachte ich nach dem Erscheinen des Romans damit zu konfrontieren und Anna musste ich nicht unnötig in Angst versetzen.

In der nächsten Woche füllten sich die Blätter meines Skripts mit roter Farbe für Korrekturen. Gegenüber früheren Korrekturdurchläufen hatte sich der Text weitgehend gesetzt. Die beanstandeten Stellen waren eher der Kategorie „Details" zuzuordnen. Da schliesslich jeder Buchstabe am richtigen Platz und keiner zu viel sein sollte, mussten auch diese Details stimmen.

Auf Ende der Woche verabredete ich eine Redaktionssitzung mit Anna, um ihre Beiträge optimal einzuordnen. Zusammen gingen wir Annas Texte durch, bestimmten die definitive Stelle und formulierten die Übergänge. Ein besonderes Augenmerk galt dem Schreibstil. Er musste sich genügend klar von meinem unterscheiden, damit ihr Text die nötige Eigenständigkeit besass. Dies gelang mit einigen Retuschen. Bei dieser Arbeit kam uns zu Gute, dass Anna den Roman bereits beinahe so gut wie ich selber kannte.

In der letzten Woche setzte ich alle Korrekturen um und stand am Freitag um Punkt 10 Uhr mit dem definitiv bereinigten Skript im Büro von Herrn Baldur.

„Na sehen Sie, ich habe es genau gewusst, dass Sie es schaffen werden", meinte er anerkennend. „Das Skript geht gleich ins Lektorat und in etwa zwei Wochen dürften Sie die Korrekturfahne erhalten. Sie kennen das ja bereits."

Das war es auch schon, geschäftlich wie immer. Oder nicht: Baldur kam zögernd auf mich zu und legte mir väterlich den Arm um die Schultern:

„Ich muss Ihnen etwas gestehen", fing er an und berichtete vom schlechten Gewissen getrieben sein Vergehen.

Tatsächlich hatte ihn R. in seinem Büro aufgesucht. Sie bat ihn etwas für ihr Land zu tun, das in die demokratische Sackgasse geraten sei, wie sie sich ausdrückte.

„Ich schlug ihr ein Romanprojekt vor", sagte Baldur und gemeinsam heckten sie einen Plan aus. „Ich musste mir nicht lange überlegen, um zu wissen, dass nur Sie diesen Roman schreiben konnten. R. bestand auf absoluter Diskretion: Auf gar keinen Fall durfte die treibende Kraft hinter dem Buch bekannt werden. Der Autor musste sozusagen aus eigenem Antrieb das Buch schreiben. Ihr war es wichtig, eine Aussensicht zu bekommen. Nach den Ereignissen, die zu ihrer Flucht geführt hatten, war sie sich über ihre politischen Ansichten bezüglich von Gabun nicht mehr sicher. Sie wollte die Geschichte deshalb nur anstossen und sonst keinen Einfluss nehmen. Vergeblich versuchte ich sie auf das Risiko hinzuweisen, dass das Resultat womöglich nicht den Erwartungen entsprach. Doch sie vertraute auf ihre suggestiven Kräfte, wie sie sie nannte. In dieser Beziehung traute ich R. durchaus etwas zu, war ich ihnen ja selbst bereits erlegen", führte Baldur aus. „Als sämtliche Details geklärt waren, machte R. sich auf den Weg von Basel über Genf nach Rotschuo, wo sie Sie als Rucksacktouristin rein zufällig traf. Alles musste ganz echt wirken, deshalb auch die umständliche Anfahrtsreise."

„Aber von wo wusste sie von unserem Aufenthalt?"

„Sie selber haben es mir gesagt."

„Habe ich das wirklich?"

„So ist es, bei unserem ersten Treffen. Um das ganze Unternehmen etwas abzusichern", gestand Baldur augenzwinkernd, „habe ich sogar die Bibliothekarin der städtischen Bibliothek in den Plan eingeweiht. Sie sollte ihnen unbedingt die richtigen Bücher empfehlen. Ich war mir nämlich sicher, dass sie mit der Recherche aus Gewohnheit dort beginnen würden."

Hegte ich am Anfang des Gesprächs noch einen leisen Groll gegenüber Baldur, so konnte ich ihm spätestens jetzt nicht mehr böse sein. Er hatte mich schliesslich geschickt auf den guten Weg gebracht. Ich staunte nur, wie gut alles funktioniert hatte.

„Glauben Sie mir, bis zum Zeitpunkt, wo sie mir ihr Konzept vorgelegt haben, bin ich ziemlich nervös gewesen. Aber das Risiko hat sich gelohnt und R. wird auch zufrieden sein."

Nun lag es an mir, ihm zu zeigen, dass ich nicht ganz ahnungslos war. Ich zog die Gratiszeitung hervor und gab ihm den Beitrag zum Lesen. Als er fertig war, mussten wir beide lachen.

„Haben Sie zurzeit Kontakt mit R.?", wollte ich wissen.

„Als die Bespitzelung von ihr begann, mussten wir das Projekt beschleunigen, was sie ja zu spüren bekommen haben. Momentan ist sie untergetaucht. Aber sie wird sich bei Ihnen melden."

„Wieso denn?"

„Ich denke, Sie könnten ihrem Roman noch zusätzliche Spannung verleihen."

„Wie denn?"

„Indem Sie ihm ein Kapitel mit der Flucht von R. aus Gabun nach Frankreich voranstellen würden. Den Inhalt dazu kann sie Ihnen am besten selber schildern. Ausserdem würden Sie mit dem Roman am momentan allgegenwärtigen Thema der Flucht noch besser anknüpfen."

Da musste ich ihm rechtgeben.

„Wie sieht das zeitlich aus?"

„Dies könnte parallel zum Lektorat erfolgen und sollte keine wesentlich Verzögerung nach sich ziehen."

Ich dankte ihm für sein Geständnis und seine Anregung und ging erleichtert nach Hause. Bereits am nächsten Tag meldete sich R. Wir trafen uns einen Tag später und das erste Kapitel entstand in ziemlich kurzer Zeit. Um allfällige Verfolger zu irritieren haben wir uns darauf geeinigt, dass sie im ersten Kapitel Mava heissen sollte; mit dem Zusatz, dass der Name nichts besagen würde. Zum Abschluss der gemeinsamen Arbeit versprach sie mir, bei der Vernissage zu erscheinen.

Nachwort

Hier sitze ich nun und harre der Dinge, die da kommen. Der Zug hat soeben Basel verlassen. Die Fahrt soll nach Zürich gehen. Ich sitze gegen die Fahrrichtung und schaue zum Fenster hinaus. Die vorbeiziehende Agglomeration nehme ich kaum wahr. Mein Blick ist vielmehr nach innen gerichtet und meine Stimmung nicht besonders gut. Nach einem entspannten Wochenende suche ich den Weg zurück in den Alltag. Wieso zurück und nicht vorwärts? Ich schliesse meine Augen und sehe mich bereits wieder in einem Hörsaal sitzen. Eingeklemmt zwischen Klapptisch und -stuhl lausche ich den Ausführungen eines Dozenten, welcher seine PowerPoint-Präsentation randvoll mit langweiliger, trockener Materie gefüllt hat. Was für ein Gegensatz zu dem, was ich in den vergangenen Wochen erleben durfte!

In Gedanken gehe ich meine Hörsaal-Buchhaltung durch, welche die guten von den schlechten Momenten in diesen Katakomben der Wissenschaft fein säuberlich voneinander trennt: Sie befindet sich stark in den roten Zahlen. Auch sonst sieht der Saldo meines Studiums eher schlecht aus. Insgesamt wird er nur durch den erreichten universitären Abschluss des Bachelors in Agrarwissenschaften aufgewogen. Ehrlich gesagt, weiss ich nicht, was er mir nützen soll. Mein Missmut wird zusätzlich genährt vom Umstand, dass ich mir nicht wirklich im Klaren bin, wohin die Reise gehen soll.

Wenn mir Anna heute Morgen nicht gut zugeredet hätte, wäre ich gar nicht erst in den Zug gestiegen. Sie meinte:

„Wenn ich dich wäre, würde ich das Angefangene abschliessen", und fügte hinzu: „Deine Zeit als Schriftsteller wird bestimmt noch kommen."

Hoffentlich hat sie recht damit!

ENDE

Inspirationsquellen

Folgende Quellen haben mir zur Inspiration gedient:

„Bilal: Als Illegaler auf dem Weg nach Europa" von Fabrizio Gatti, erschienen im Verlag Antje Kunstmann GmbH, 2010

„Wir lassen sie verhungern" von Jean Ziegler, erschienen im C. Bertelsmann Verlag, 2012

Diverse Zeitungsberichte von alliance sud infodoc in Bern

Angaben zum Autor

Christoph Frommherz lebt und schreibt in der Region Basel. Er ist Geograph und arbeitet Teilzeit bei einer national tätigen Stiftung im Bildungsbereich. Hier befasst er sich mit Fragen der Vernetzung, Kommunikation und Bereitstellung von Unterrichtsmedien zum Thema Nachhaltigkeit. Neben der Familie beanspruchen sein politisches Engagement, sein Theaterschaffen sowie seine Arbeit als Autor den restlichen Teil der verfügbaren Zeit. All diesen Aktivitäten gemeinsam ist das Verfassen von Texten in unterschiedlichsten Formaten. Über die Jahre sind zahlreiche Theaterstücke entstanden, die er zum Teil im Teaterverlag Elgg veröffentlicht oder in verschiedenen Projekten auf der Bühne umgesetzt hat. Nach „Vater und sein Bruder", erschienen im Friedrich Reinhardt Verlag Basel, ist „Gabun retour" sein zweiter Roman.